Im Bann der zertanzten Schuhe

Janna Ruth wurde 1986 in Berlin geboren und lebt zurzeit mit ihrem Mann und den drei Söhnen in Potsdam, der Stadt der Schlösser und Parks.

Als Doktorandin der Geologie erforscht sie tagsüber die Plattengrenzen unserer Welt. Nachts erschafft sie neue Welten. 2016 gewann Janna den uebersinnlich Schreibwettbewerb vom Ueberreuter Verlag. Daraufhin veröffentlichte sie im März 2017 ihr Debüt „Tanz der Feuerblüten“ und entführte die Leser in eine dem feudalen Japan angelehnte Fantasywelt. Im Juni 2017 folgte „Im Bann der zertanzten Schuhe“ als 5. Band der Märchenspinnerei, eines Zusammenschlusses von Selbstverlegerinnen. Knapp ein Jahr später wurde das Buch mit dem SERAPH 2018 als „Bester Independent Titel ausgezeichnet.

Bisher in der Märchenspinnerei erschienen:

Der Axolotlkönig	von Sylvia Rieß
Ein Mantel so rot	von Barbara Schinko
Hollerbrunn	von Tina Skupin
Kein Schnee im Hexenhaus	von Susanne Eisele
Leuchtendschwarzer Rabenmond	von Valentina Kramer
Meerschaum	von Anna Holub
Zarin Saltan	von Katherina Ushachov
Der siebte Sohn	von Julia Maar
Herzenswünsche kommen teuer	von Mira Lindorm
Unter schwarzen Federn	von Sabrina Schuh

Im Bann der zertanzten Schuhe

von

Janna Ruth

Liebe Grüße
von Neuseeland ♡
Janna
Ruth

3. Auflage April 2018
ISBN-13: 978-3-96111-467-2
auch als Ebook

Erstausgabe Juni 2017

Coverdesign: Yvonne Landsiedel
unter Verwendung von Bildmaterial von
Kiselev Andrey Valerevich / shutterstock.com
Scherenschnitte: Jana Mittelstädt

Impressum:
Zum Jagenstein 21, 14478 Potsdam
janna@janna-ruth.com
www.janna-ruth.com

Für Yvi,
Die mir geholfen hat, meine Träume wahr werden zu lassen.

Inhalt:

KAPITEL 1

Ouverture

Schutt und Asche rieselten vom Himmel, als Jonas sich flach auf den Boden warf. Kaum dass er lag, erschütterte eine zweite Explosion die Erde. Schreie mischten sich unter das laute Heulen der Sirenen. Jonas presste die Hände auf die Ohren, aber die Schreie bohrten sich gleichzeitig mit den Glassplittern tief in seinen Kopf. Hitze wallte über ihn hinweg und brachte den Geruch von verbranntem Fleisch mit sich. Die Schreie wurden lauter, kreischten unmenschlich hoch. Er konnte ihnen nicht entgehen; verbrannte mit ihnen, während er sich gleichzeitig unter Anstrengung all seiner Kraft aus dem Schutt wühlte, den Kopf immer unten haltend. Bloß nicht auffallen. Wenn er nur weit genug weg käme, hätte er eine Chance.

Zum dritten Mal wurde seine Umgebung in Stücke gerissen.

Es war sein eigener Schrei, der Jonas schließlich aus dem Schlaf riss. Desorientiert und nach Luft schnappend sah er sich in dem kleinen Zimmer um. Nirgendwo lag zersplittertes Glas, die Balken waren nicht zerborsten und der Mann im anderen Bett röchelte nicht, sondern schnarchte. Jonas' Herz schlug heftig, die Laken waren durchgeschwitzt und in seinen Augen brannten Tränen, aber er war in Sicherheit.

Seufzend ließ Jonas sich zurück ins Kissen fallen und starrte die Decke an. Noch immer hallten die grausigen Schreie in seinem Kopf, nur unterbrochen von immer heftigeren Detonationen. Das Soldatenleben und der Krieg lagen hinter ihm und dennoch ließen sie ihn nicht los. Er hatte das Gefühl stillzustehen, während die Welt sich ohne ihn weiter drehte. Als wäre da nichts anderes mehr als dieser Albtraum. Je länger er an die Decke starrte, desto heftiger spürte er die Erschütterungen, wenn die Bomben in seinem Kopf explodierten.

Die Narbe auf seinem Rücken begann zu schmerzen und Jonas hielt es nicht länger aus. Er schlug die Decke zurück und schwang die Beine aus dem Bett. Ein Blick zur Uhr verriet ihm, dass es vier Uhr morgens war.

Während er sich anzog, lauschte er auf die Umgebung. Von dem Schnarchen seines Zimmernachbarn abgesehen, lag die Jugendherberge in vollkommener Stille. Selbst die Gruppe grölender Jugendlicher vom Vorabend war längst im Bett verschwunden. Es war diese Stille, die die

Albträume nachts einlud. Die Stille in ihm, die er selbst nicht zu vertreiben vermochte. Schon schlichen sich die Erinnerungen, die er zu vergessen suchte, wieder an.

Er brauchte unbedingt einen Ortswechsel. Geräusche. Leben.

Jonas beschloss, die Jugendherberge zu verlassen und den Morgen zu nutzen, sich mit der neuen Stadt vertraut zu machen. Mit ein wenig Glück hatte er heute Abend endlich wieder einen Job und konnte versuchen, sich ein neues Leben aufzubauen. Alles, was er tun musste, war, durch das Bewerbungsgespräch zu kommen, ohne einen seiner Anfälle zu bekommen.

Die frische Luft half ihm, die Gedanken an den Traum endlich zu vertreiben. Es war angenehm draußen, nicht so heiß wie tagsüber. Die Nacht war erfüllt von Lauten. Irgendwo hinter ihm tropfte eine Kühlanlage, während zwischen den Gräsern die Grillen zirpten. Ein Rascheln im Busch zog Jonas' Aufmerksamkeit auf sich. Im Krieg hatte es keine Büsche gegeben, nur kalten nackten Stein.

Die Jugendherberge lag auf einem Hügel außerhalb der beschaulichen Kleinstadt und Jonas lief ein Stück, bis er freie Sicht hinunter auf die Dächer hatte. Die meisten Häuser lagen im Dunkeln. Nur hier und da drang das Licht der Straßenlaternen zu ihm hinauf. Unweigerlich wurde sein Blick auf ein kleines Lichtermeer im Süden der Stadt gezogen.

Wie von selbst trugen seine Füße Jonas in diese Richtung, auf der Suche nach Gesellschaft. Noch lange, bevor er die beleuchteten Straßen erreichte, konnte er den Puls des Lebens hören. Ein Bass dröhnte von weiter vorn, vermischte sich mit anderen Rhythmen und schon bald vernahm Jonas vereinzelte Melodien. Menschen torkelten über die Straße, lachend und grölend. Zu seiner Rechten keifte sich ein junges Paar an, während weiter vorne lautstark und falsch mitgesungen wurde.

Erleichtert ließ sich Jonas von den Klängen mittragen.

Es dämmerte bereits, als sich die Tür eines Clubs neben Jonas öffnete und lautes Gelächter ertönte. Eine Gruppe kichernder Mädchen stolperte ins Freie und scherzte mit dem Türsteher. Ihr lebensfrohes Lachen schlug Jonas in seinen Bann und er betrachtete die heiteren Nachtschwärmer, wie sie sich gegenseitig stützen, laut schnatterten und dabei immer wieder in Gelächter ausbrachen.

Besonders eine der jungen Frauen zog Jonas' Blick auf sich. Tänzelnd sprang sie trotz ihrer Trunkenheit hinter den anderen her, als würde sie eine Musik hören, die niemand anders vernahm. Während er sie betrachtete, spürte Jonas zum ersten Mal seit langem, wie sich seine Lippen zu einem Lächeln verzogen.

Es dauerte eine ganze Weile, bis er bemerkte, dass ihre bis in die Zehen gestreckten Füße barfuß waren. Irritiert folgte Jonas ihrer Spur zurück und entdeckte die liegengelassenen Schuhe nahe der Clubtür. Es waren keine Highheels, wie er erwartet hatte, sondern Spitzenschuhe, wie sie im Ballett benutzt wurden. Jonas bückte sich und beeilte sich, der kleinen Gruppe zu folgen, die nun ein Taxi angehalten hatte.

„Entschuldigung?" rief er und das Mädchen drehte sich erwartungsvoll zu ihm um. Für einen Moment verlor Jonas sich in ihren dunklen Augen, dann räusperte er sich und hob die Schuhe in die Höhe. „Sie haben da was vergessen."

Schwankend sah sie zuerst zu ihren bloßen Zehen, als müsste sie die Richtigkeit seiner Aussage überprüfen. „Oh, stimmt. Danke!"

Jonas betrachtete erneut die Schuhe in seinen Händen. Die Sohlen und die Spitze waren abgenutzt, die Bänder fransig und schmutzig. „Die sind ziemlich durchgetanzt."

Das Mädchen sah auf und lachte. „Ja, schon irgendwie." Als könnte sie nie lange genug still stehen, tänzelte sie auf der Stelle herum und stolperte schließlich nach vorne.

Mit der linken Hand griff Jonas ihren Arm. Hitze breitete sich in seinem Magen aus, während er ihr half, ihr Gleichgewicht wiederzufinden. „Alles in Ordnung?"

Sie nickte und strich sich mehrere Strähnen aus dem Gesicht, ein amüsiertes Grinsen auf den Lippen.

Mit einem kleinen Räuspern reichte Jonas ihr die Schuhe. „Hier."

Sofort hob sie abwehrend die Hand. „O nein! Mir tun die Füße jetzt schon weh. Ich habe die ganze Nacht durchgetanzt. Ich glaube, ich könnte mir nicht mal die Bänder zubinden."

In ihrem Zustand glaubte ihr Jonas das nur zu gerne.

Dennoch beharrte er darauf, ihr die Schuhe zu geben. „Ja, schon, aber ..."

„Es sind nur Schuhe! Kaputte Schuhe!" Das Mädchen lächelte verschmitzt und Jonas konnte nicht anders, als es ihr gleich zu tun. „Behalt sie einfach!“, schlug sie plötzlich im Übermut vor.

Die Absurdität des Angebots entlockte Jonas ein Schnauben. „Ich fürchte, die sind mir zu klein.“ Zu seiner Freude hellte sich ihr gesamtes Gesicht auf, als sie in schallendes Gelächter ausbrach.

„Sophie, jetzt komm endlich! Das Taxi wartet“, drängelte eine ihrer Freundinnen und hielt ungeduldig die Tür auf.

Mit einem letzten Grinsen winkte Sophie ihm zu und stolperte mit etwas Hilfe in das Taxi hinein. Die Tür fiel zu und das lebensfrohe Lachen verklang.

Seufzend sah Jonas dem Taxi hinterher, das kaputte Paar Ballettschuhe noch immer in der Hand. Als das Auto schließlich um die Ecke bog, drehte er sich neugierig zu dem Club um.

DeModie.

In düsteren, verschlungenen Lettern stand der Name über einer schmalen, unscheinbaren Holztür. Hätte Jonas vorhin nicht direkt daneben gestanden, hätte er den Eingang niemals zwischen den leuchtenden Neonschildern der Nachbarclubs entdeckt. Je länger er hinsah, desto mehr schien sie mit dem Gebäude zu verschmelzen.

Verwirrt wandte Jonas sich ab und ging weiter, Sophies Bild vor Augen. Noch immer waren seine Lippen zu einem Lächeln verzogen und er fühlte sich so lebendig wie lange nicht mehr. Gut gelaunt pfiff er ein Liedchen, während die Welt um ihn herum langsam erwachte.

„Interessanter Schuppen, oder?“, wurde er plötzlich von der Seite angesprochen.

Jonas brauchte einen Moment, bevor er den Bettler in seinem Haufen Decken richtig wahrnahm. Nichts an dem Mann war auffällig. Das verfilzte Haar hing ihm tief ins Gesicht und seine Augen huschten unstet umher. Ein abgegriffener Plastikbecher stand vor ihm.

Zögerlich tastete Jonas nach seinem Portmonee und ließ ein paar Münzen in den Becher fallen. „Was meinen Sie?"

Der Bettler grinste ihn an und entblößte schiefe gelbe Zähne. „Das DeModie. Der Traum einer jeden Jungfer."

„Jungfer?", wiederholte Jonas ungläubig. Das Wort hatte er das letzte Mal in einem Märchenbuch gelesen. Er sah zurück zu der Stelle, wo das DeModie förmlich zwischen den anderen Clubs verschwand. „Sieht für mich eher nach Absteige aus."

Der Mann hustete und klopfte auf den Platz neben sich. „Eben eben, es soll ja nicht jeden anlocken."

Jonas zögerte. Der Bettler war nicht unbedingt die Gesellschaft, nach der es ihn verlangt hatte. Aber was wäre, wenn er nicht der einzige war, den es nach einem kurzen Gespräch verlangte? „Und wer soll stattdessen reingehen?", fragte er, während er neben dem Bettler Platz nahm. „Etwa zarte Jungfern?"

Die blauen Augen des Bettlers funkelten vergnügt, während er nach vorne langte und das Geld zwischen seinen warmen Decken verschwinden ließ. „Du wirst es schon sehen, wirst es schon sehen."

Jonas wunderte sich, was genau er sehen würde, doch der Mann war mit sich selbst beschäftigt und murmelte vor sich hin. „Irgendwo ... na, ich habe doch ... ja, ja, die Zeit und ihre Träume ... Ah, da bist du ja. "Jonas fragte sich schon, in was für eine Situation er sich jetzt schon wieder manövriert hatte, als der Mann eine kleine Flasche hervornahm. Grunzend schüttete er die Münzen aus seinem Becher und goss ein. Jonas wollte sich gerade wieder erheben, als der Bettler ihm plötzlich den Becher vor die Nase hielt. „Hier, trink!"

Zögerlich betrachtete Jonas den gräulichen Rand des Bechers. Seine Gedanken sprangen sogleich zu den zahlreichen Krankheitserregern, die sich mit Sicherheit in dem Becher tummelten. Er wollte sich gar nicht ausmalen, was er sich dabei wohl alles holen könnte.

Und wenn schon.

Wenn der Krieg ihn nicht umgebracht hatte, würde es dieser Becher erst recht nicht tun. Jonas griff nach dem Becher und nahm einen Schluck. Fast hätte er ihn wieder ausgespien, so widerlich schmeckte der Schnaps.

Lachend nahm der Bettler ihm den Becher wieder ab und leerte ihn in einem Zug. „Nicht viel gewöhnt, was?"

Jonas verzog das Gesicht. Der ekelhafte Geschmack lag ihm noch immer auf der Zunge.

„Aber gut erzogen und freundlich. Würde sich nicht jeder zum alten Manu setzen."

„Was ist denn das für ein Club?" fragte Jonas schließlich, als er wieder Luft zum Atmen hatte, bemüht wenigstens etwas Vernünftiges aus dem alten Mann herauszubekommen.

„Oh, der schönste Ort auf Erden, reicher als jede Schatzkammer und voller Freuden." Sehnsüchtig sah der Mann zu dem Club, bevor er sich wieder abwandte. „Und der kälteste. Hier, ich will dir was geben."

Zu Jonas' Entsetzen begann der Mann, sich aus der obersten Decke zu schälen, welche sich als ein zerschlissener Wintermantel herausstellte, und reichte ihn Jonas.

Protestierend hob Jonas die Hände. „O nein, das kann ich nicht annehmen. Sie brauchen den mehr als ich. Jetzt ist es noch warm, aber später ..."

„Nimm ihn, Junge", grollte der Bettler überraschend vehement. „Das ist kein gewöhnlicher Mantel."

Skeptisch hob Jonas die Brauen. „Nicht?"

Der Bettler nickte mit den Gedanken schon wieder ganz woanders. „Du wirst sein Geheimnis schon noch lüften. Glaub mir, dir wird er mehr nutzen als mir. Er stammt aus dem Club."

„Ich ..." Jonas fiel nichts ein, was er darauf erwidern sollte und beließ er es bei einem schlichten „Danke".

Der Bettler lächelte wohlwollend. „Vertrau mir. Damit kannst du dir Zugang zu all den wunderbaren Träumen verschaffen."

Zweifelnd sah Jonas auf den zerschlissenen Mantel. Jetzt war er Besitzer von gleich zwei Kleidungsstücken, die am ehesten in die nächste Mülltonne gehörten. Vielleicht sollte er darüber nachdenken, einen Second-Hand-Laden aufzumachen, wenn das Vorstellungsgespräch wieder in die Hose ging.

Kaum hatte der Bettler sein Geschenk übergeben, verlor er das Interesse an Jonas. „Nun mach schon, dass du wegkommst, Junge!"

Irritiert stand Jonas auf. Im Fortgehen warf er immer wieder einen Blick über die Schulter. Der Bettler schenkte ihm keinerlei Aufmerksamkeit mehr und verschwand stattdessen wieder in seinen Decken, unscheinbar wie das DeModie.

Jonas wandte sich nach vorne und betrachtete sein neues Erbstück. Im Sonnenlicht sah er gar nicht mehr so dreckig aus. Ganz im Gegenteil, der Schmutz war verschwunden und zum Vorschein kam ein Stoff, der feiner war, als alles, was er je in der Hand gehalten hatte. Er fühlte sich unglaublich leicht und trotzdem weich wie Samt an. Wenn er das feine Gewebe zwischen den Fingern hin und her rieb, schimmerte der Stoff sogar im Sonnenlicht.

An seinem Verstand zweifelnd betrachtete Jonas die Schuhe in seiner anderen Hand, doch sie sahen genauso abgenutzt aus wie zuvor.

Müde rieb Jonas sich mit dem Arm über die Augen. Vielleicht hinterließen die Schlafstörungen doch langsam ihre Spuren. Bei einem letzten zweifelnden Blick zurück stellte Jonas fest, dass die Ecke vollkommen leer war, als wäre der Bettler nie dagewesen. Kopfschüttelnd betrachtete Jonas den merkwürdigen Mantel in seiner Hand. Der Schnitt war altmodisch und der Stoff gut eine Handbreit zu lang für ihn. Dabei hatte der alte Mann gar nicht so groß gewirkt.

Er hoffte inständig, dass der Rest des Tages nicht ebenso verwirrend verlaufen würde. Immerhin stand seine Zukunft auf dem Spiel.

„Und was haben Sie in den letzten drei Jahren gemacht?"

Die Frage bohrte sich tief in Jonas' Eingeweide. Nervös sah er den gut gepflegten Mann mit dem schütteren Haar an, der entspannt in seinem Stuhl saß und ihn kritisch betrachtete. Es war der analytische Blick, den Jonas von anderen Offizieren kannte. Als würde er ausrechnen, wie hoch die Chancen waren, dass Jonas die nächste Mission überleben würde.

Jonas räusperte sich und griff zum wiederholten Male zu dem Glas Wasser vor sich. „Ich habe ein Studium begonnen und versucht, eine Ausbildung zu machen." Die Details dieser jämmerlichen Versuche lagen vor ihnen in der Mappe mit dem Lebenslauf.

„Aber?" Der Mann hatte eine seiner buschigen Augenbrauen gehoben und tappte leicht mit den Fingern auf seinen Schreibtisch.

Sich an seine Ausbildung erinnernd, drückte Jonas das Rückgrat durch und erstattete Bericht. „Ich hatte das Studium zu früh angefangen und mit der Umstellung zu kämpfen." Es war der Zeitpunkt gewesen, an dem die Albträume angefangen hatten. „So viele Leute an einem Ort waren mir unangenehm und daher blieb ich öfter zu Hause als förderlich für meinen Notendurchschnitt war. Während meiner Ausbildung kam es zu einigen unerwarteten Fehlstunden wegen ..." Schluckend dachte er an die damaligen Panikattacken; Tage, die er kauernd unter dem Bett verbracht und nur als dunkle Episoden seiner Albtraumwelt erlebt hatte.

Der durchbohrende Blick seines Gegenübers ließ Jonas

nervös werden. Es war ihm nicht möglich, ihn zu erwidern, und so sah er sich stattdessen in dem luxuriösen Büro um. Der Ruhestand vom aktiven Dienst hatte Herrn Kallenbach gut getan. Die Stühle in dem großen lichten Büro waren mit edlem Leder bezogen und an den Wänden hingen teure Gemälde. Als er wieder zurücksah, bemerkte er, dass er immer noch genau beobachtet wurde.

Schließlich erlöste Herr Kallenbach ihn und sagte mit ruhiger Stimme. „Sie haben mehr aus dem Krieg mitgebracht, als Sie erwartet haben."

Jonas starrte auf seine Finger. Es war ihm peinlich, dass der Krieg ihn so mitgenommen hatte. Er hatte tapfer gekämpft, jeden Auftrag ausgeführt und war lebend heimgekehrt. Das war mehr, als manch einer seiner Kameraden behaupten konnte. Was würden sie jetzt sagen, wenn sie sahen, dass er sich vor jeder noch so kleinen Erschütterung des Bodens fürchtete oder dass ihn die Erinnerung jede Nacht aufs Neue einholte? Was würden sie davon halten, wenn sie wüssten, dass er das Leben, das ihm geblieben war, nicht in vollen Zügen genießen konnte? Dass er den Weg in dieses Leben nicht mehr fand?

Verhalten räusperte sich Jonas und nickte. „Ich gebe mein Bestes."

Sie wussten beide, dass das lächerlich wenig war. Dennoch war Herr Kallenbach gewillt fortzufahren: „Was verstehen Sie unter einer guten Arbeitsmoral?"

„Gewissenhaftigkeit, Sorgfalt, sowohl Eigenständigkeit als auch die Bereitschaft, Befehle ohne Fragen auszuführen, Verlässlichkeit", zählte Jonas auf, den Blick diesmal ungezwungen erwidernd.

Herr Kallenbach nickte und lehnte sich ein wenig vor. „Und sind Sie das? Verlässlich?"

Etwas unwohl rutschte Jonas auf dem Stuhl herum, bis ihn der stahlharte Blick zwang, wieder Haltung anzunehmen. „Jawohl!" Beinahe hätte er salutiert, senkte stattdessen jedoch den Blick. „Ich wurde für meine tadellose Militärzeit mit dem Bundesehrenkreuz ausgezeichnet. Welche Aufgabe Sie auch immer für mich haben, Sie können auf mich zählen." Das Versprechen war Jonas unverhofft herausgerutscht, denn eigentlich hatte er keine Ahnung, was Herr Kallenbach von ihm erwartete.

Nach mehreren Versuchen, sich aus eigener Kraft ein neues Standbein in dieser neuen Realität aufzubauen, hatte Jonas seinem ehemaligen Truppführer von seinen Schwierigkeiten erzählt. Natürlich hatte er ihm nichts von den Albträumen gesagt. Das war auch nicht nötig gewesen. Die Wahrheit hatte deutlich in seinen Augen gestanden.

Sein Truppführer hatte ihn schließlich Herrn Kallenbach empfohlen, der zurzeit nach vertrauenswürdigen Leuten suchte.

„Ich will ehrlich mit Ihnen sein. Ich glaube nicht, dass Sie für den Job geeignet sind."

Jonas' Herz sank. Langsam wurde es brenzlig, wenn er aus seinem Leben etwas machen und nicht im Sicherheitsdienst oder schlimmer noch bei der Müllabfuhr enden wollte.

„Aber ich wäre der Letzte, der einem jungen Mann keine Chance geben würde."

Überrascht horchte Jonas auf, gespannt auf das, was kommen würde.

Herr Kallenbach lehnte sich zurück. „Ich möchte Sie als persönlichen Assistenten einstellen. Ihr Truppführer erwähnte, dass Sie etwas von Logistik und Administration verstehen."

Jonas nickte erneut. Er hatte die Arbeit im Lager genossen, auch wenn er nur Befehle ausgeführt hatte.

Zufrieden fuhr Herr Kallenbach fort. „Ich nehme an, dass Sie sich noch keine Wohnung in der Stadt besorgt haben?"

Diesmal schüttelte Jonas den Kopf. Es hätte als nächstes auf seiner Liste gestanden.

„Gut. Sie können in der Gästewohnung auf der anderen Seite des Anwesens einziehen. Die übrigen Formalien übernehme ich. Das Gehalt entspricht dem meiner Sicherheitsangestellten."

Mit diesen Worten schob er Jonas einen Umschlag über den Tisch. Auf sein Nicken hin nahm Jonas ihn an sich und warf einen Blick auf den Vertrag. Als er die Zahlen sah, wurde ihm schwindlig. Er konnte es sich nicht leisten, den Job auszuschlagen.

„Ihre erste Aufgabe wird jedoch andere Qualitäten von Ihnen abverlangen. Sehen Sie es als Bewährungsprobe an. Es geht dabei um meine Tochter. Sophie", erklärte Herr Kallenbach.

Verwirrt griff Jonas nach dem Glas Wasser, nur um festzustellen, dass es längst leer war.

Ohne Kommentar schob sein Gegenüber die Flasche herüber und sprach weiter: „Jede Nacht verschwindet sie und taucht erst bei Tagesanbruch wieder auf. Sie sagt mir weder, wohin sie geht, noch vertraut sie es sonst jemandem an. Alle Versuche, ihr zu folgen, enden mit dem gleichen Ergebnis. Sie ist immer wie vom Erdboden verschluckt. Ich habe die Gegend, in der sie verschwindet, gründlich absuchen lassen. Ohne Erfolg."

„Wäre das nicht eher etwas für einen Privatdetektiv?" Jonas war nur einfacher Soldat gewesen. Er wüsste nicht einmal, wo er mit der Aufgabe anfangen sollte.

Herr Kallenbach seufzte. „Glauben Sie mir, es waren schon mehrere an der Aufgabe dran. Ich weiß nicht, woran es liegt, dass alle scheitern. Sie jedoch sind nicht viel älter als meine Tochter. Vielleicht können Sie herausfinden, wo sie sich Nacht für Nacht herumtreibt."

Nervös befeuchtete Jonas seine Lippen. Ihm war nicht wohl bei dem Gedanken, dass er das Mädchen beschatten sollte. Aber er brauchte das Geld und viel mehr noch die Chance. Während er mit sich rang, verlor sein Gegenüber allmählich die Geduld. „Also?"

„Ich fühle mich nicht wohl dabei", gab Jonas zu.

Bevor er sich jedoch erklären konnte, schnaubte Herr Kallenbach. „Wenn Sie Ihre Aufgabe gut machen, schreibe ich Ihnen eine Empfehlung aus, mit der Sie sich vernünftig bewerben können. Oder Sie bleiben in der Firma, wenn sich das ergibt."

Jonas wusste, dass er das Angebot nicht ablehnen konnte. Vielleicht fand sich ja ein anderer Weg, um an die

Informationen heranzukommen. Möglicherweise verriet sie es ihm, wenn er ihr die Sache erklärte. Seine Lippen waren trocken, als er antwortete: „Einverstanden. Wann fange ich an?"

Den schweren Reisesack mit all seinem Hab und Gut über der Schulter, näherte sich Jonas dem Haus am Rande des Kallenbach-Anwesen. Im Vergleich zum Bürokomplex und dem großen Herrenhaus war das Gästehaus geradezu winzig.

Immerhin stand es abgeschieden genug, dass er sich einbilden konnte, in seinem eigenen Heim statt im Garten seines Arbeitgebers zu wohnen. In Gedanken bei dem bevorstehenden Auftrag schloss Jonas die Tür auf und stolperte im nächsten Moment über eine Tasche. Als er aufsah, erwartete ihn das reinste Chaos.

Der Eingangsbereich mündete in einen großflächigen Wohnbereich, in dem es aussah, als hätte eine Bombe eingeschlagen. Kleider, Jacken und Schuhe lagen wild herum, in der offenen Küche stapelte sich das dreckige Geschirr und mindestens ein Dutzend verschiedenster Magazine - Mode, Stars und das Kulturblatt - lagen quer über Tisch und Sitzgarnitur verteilt. Alles in Jonas sträubte sich gegen die Unordnung und seine Hände zuckten nervös im Wunsch, anzupacken und aufzuräumen.

Im Gegensatz zu einem Bombeneinschlag war dieses Chaos jedoch nicht Ausdruck für Tod und Zerstörung, sondern für Leben. Dafür sprach auch die klassische Musik, die aus einem Nebenraum zu ihm drang.

Verwundert darüber, dass er offensichtlich nicht der einzige Bewohner des Gästehauses war, stellte Jonas seinen Rucksack neben der Tür ab und suchte nach dem Ursprung der Musik.

Er hatte alles erwartet, aber bestimmt keinen Tanzsaal, komplett mit Barre und Spiegelwänden. An der gegenüberliegenden Seite standen sowohl ein Klavier, als auch eine hochmoderne Musikanlage und auf dem Parkett drehte sich ein Mädchen im Kreis, das eine Bein hoch erhoben, Zehen und Arme gestreckt. Er erkannte sie an der Art, wie sie leichtfüßig und beschwingt ihre Füße setzte, lange bevor er ihr Gesicht sehen konnte. Es war das Mädchen von letzter Nacht, deren Schuhe er noch in seinem Reisesack hatte. Sophie.

Vor seinen Augen vollführte sie atemberaubende Sprünge und Pirouetten, jede Bewegung ein Teil der Musik, als würden sie und die Melodie eins sein.

Alles um sich herum vergessend, beobachtete Jonas sie. Er bewunderte ihre Eleganz, nun, da sie nicht länger betrunken war, sondern hellwach und konzentriert. Anders als letzte Nacht hatte sie ihr dunkelblondes Haar zu einem makellosen Dutt gebunden. Zum Tanzen trug sie einen hautfarbenen Body, unter dem Jonas sich ein viel zu deutliches Bild von ihrem Körper machen konnte.

Er wollte sich gerade mit hochrotem Kopf zurückziehen, als Sophie mitten in der Bewegung erstarrte, ihre Augen erschrocken geweitet. Augenblicklich wurde Jonas sich bewusst, wie das für sie wirken musste, wenn ein fremder Mann plötzlich in ihrem Tanzsaal stand und sie angaffte. Verlegen streckte er ihr die Hand hin. „Jonas Grienkamp. Ich nehme an, du bist Sophie. Dein Vater hat mich vorhin angestellt und mir die Schlüssel für das Haus gegeben. Ich wusste nicht, dass du hier wohnst."

Während er sprach, konnte er sehen, wie sich ihre Stirn vor Verärgerung in Falten legte und sie die Arme vor der Brust verschränkte. „Das ist ihm wahrscheinlich entfallen, nicht wahr?" Augenrollend löste sie die Arme wieder und stemmte sie stattdessen in die Hüften. „Lass mich raten. Du bist eingestellt, um mich zu bespitzeln."

Überrascht riss Jonas die Augen auf. „Ich wusste wirklich nicht, dass das Haus bewohnt ist. Hätte ich das gewusst, hätte ich das Angebot abgelehnt."

„Jetzt bist du eben hier", sagte Sophie und winkte ab.

„Ich bin gleich wieder weg. Wirklich, es tut mir leid, dass ich dich erschreckt habe." Langsam ging Jonas ein paar Schritte rückwärts. „Aber du tanzt echt gut. Also, ich meine ... Nicht, dass ich dich beobachten wollte oder sowas. Ich ..."Nervös unterbrach Jonas seinen Wortschwall.

Sophie war seinen Schritten gefolgt und hatte begonnen zu schmunzeln. „Jetzt mach dir nicht gleich ins Hemd. Du hast mich beim Tanzen erwischt, nicht unter der Dusche."

Jonas spürte erneut, wie ihm die Röte ins Gesicht schoss.

„Mein Vater will offensichtlich, dass du in der Nähe wohnst und er hat dir die Schlüssel gegeben. Wahrscheinlich hofft er, dass ich sofort schreiend die Koffer packe und ins Haus zurückkehre, aber da hat er sich geschnitten. Wenn er meint, er müsse mir einen Mitbewohner zur Seite stellen, dann machen wir eben eine

WG auf.“ Sie stand nun dicht vor ihm. Ihre dunklen Augen funkelten belustigt. „Es sei denn, du hast etwas dagegen.“

„Ich äh ...“ Sein Mund war auf einmal furchtbar trocken geworden. Schließlich schüttelte Jonas den Kopf.

Sophie lachte und griff nach dem Handtuch, das neben der Tür hing. „Es gibt da nur ein kleines Problem.“ Während sie sich ihren Nacken trockenrieb, sah sie wieder zu ihm. „Ich habe mich ziemlich ausgebreitet. Wir müssten das zweite Schlafzimmer erstmal freiräumen.“

Erleichtert atmete Jonas auf. Er hatte schon das Schlimmste erwartet. „Das kriege ich hin“, antwortete er, sich langsam wieder etwas entspannend.

„Prima!“ Sophie hängte das Handtuch wieder an seinen Haken und löste den Haarknoten, so dass ihr die langen Haare wie in der Nacht zuvor über den Rücken fielen.

Offensichtlich war er jedoch der einzige, der sich an ihre Begegnung erinnerte. „Sag mal, gestern Nacht ...“

Schockiert sah Sophie ihn an. „Du bist also doch ein Spitzel!“ Bevor Jonas sich erklären konnte, seufzte sie und sah ihn schließlich vorwurfsvoll an. „Das ist deine Masche, ja? Du fragst mich geradeheraus, was ich gestern Nacht gemacht habe?“

„Nein, das weiß ich doch“, erklärte Jonas beschwichtigend. Ihm fiel gerade ein Stein vom Herzen, weil er ihr gar nicht nachspionieren brauchte. „Du hast das DeModie besucht. Diesen unscheinbaren kleinen Club in der Niemeyerstraße.“

Ihre Augen wurden groß vor Überraschung. „Du warst schon mal im DeModie?“

Mit einem leichten Kopfschütteln antwortete Jonas: „Nein, ich habe nur gesehen, wie ihr da gerade herauskamt. Erinnerst du dich nicht? Wir haben miteinander gesprochen. Ich habe ... einen Moment."

Neugierig folgte Sophie ihm zurück ins Wohnzimmer zu seiner Tasche und warf sich dabei eine Strickjacke um, die sie von der Sessellehne gegriffen hatte.

Es dauerte nicht lange, bis Jonas die Schuhe, eingewickelt in den seltsamen Mantel gefunden hatte. Mit einem schiefen Lächeln überreichte er sie ihr.

„O mein ... Meine Schuhe! Wie kommst du denn an die heran?" rief sie plötzlich vor Freude strahlend aus.

Etwas überrumpelt von ihrer großen Freude über die kaputten Schuhe rieb Jonas sich den Nacken. „Na ja, wie ich sagte. Ich habe dich gestern Nacht gesehen und du hattest sie vor dem Club liegen lassen. Als ich sie dir geben wollte, hast du sie mir geschenkt. Oder so ähnlich."

Jetzt lief Sophie rot an. „O Mann, das ist mir so peinlich. Ich war ziemlich betrunken, glaube ich. Ich bin vorhin aufgewacht und konnte mich überhaupt nicht mehr erinnern, was passiert war. Ich dachte, ich hätte sie für immer verloren."

Als Jonas sie ihr endlich überreichte, nahm sie die zerschlissenen Schuhe fast ehrfürchtig in ihre Hände. Gerührt sah Sophie zu Jonas auf und plötzlich machte sie einen Schritt nach vorne und hauchte ihm einen Kuss auf die Wange. „Danke."

Überrascht konnte Jonas nur etwas dümmlich grinsen. Vielleicht war dieser Job ja doch ein Glücksgriff.

„Was hat es denn mit dem DeModie auf sich, dass da jeder so geheimnisvoll tut?“, fragte Jonas interessiert, als er die nächste Kiste mit Sophies Zeug aus dem kleinen Schlafzimmer trug. Sophie hatte nicht gelogen, als sie meinte, es müsste noch freigeräumt werden. Aber langsam ließ sich das Bett in dem Zimmer erahnen. Mit etwas Glück würde er bis zum Abend sogar etwas Platz im Schrank finden.

Sophie war gerade dabei, sich durch die verstreuten Sachen im Wohnzimmer zu wühlen und hielt hin und wieder ein Outfit vor den Spiegel. „Ach nur so ein Tanzclub. Ist ziemlich speziell und sie lassen nicht jeden rein.“

Was wohl heißen sollte, man würde ihn ihrer Meinung nach nicht einlassen. „Und was ist da so besonders dran?“ Er stellte die Kiste auf dem Sofa ab und betrachtete, wie sie sich vor dem Spiegel hin und her drehte.

Dann drehte sie sich um und sah neugierig in die Kiste vor ihm. „Oh, es ist ziemlich exquisit. Sehr teuer, ausgewählte Gäste, die beste Musik in der ganzen Stadt.“ Sophie griff nach etwas Goldenem aus der Kiste. „Da bist du!“

Nie im Leben hätte Jonas das Stück Stoff für ein Kleid gehalten, aber Sophie nahm es heraus, drückte es kokett an ihren Körper und lief dann in ihr Zimmer. „Bin gleich wieder bei dir“, rief sie noch, bevor die Tür zufiel.

Jonas schüttelte schmunzelnd den Kopf und setzte seine Arbeit fort. Er war froh, dass Sophie mit ihm zusammen wohnen wollte. Ihr fröhliches Geplapper und ihr glockenhelles Lachen hatten ihm bereits den Tag versüßt.

„Hilfst du mir mal?“ Als Sophie wieder aus dem Zimmer kam, hatte sie das knapp geschnittene Kleid angelegt. Sie drehte ihm den Rücken zu und bat: „Kannst du hinten zumachen?“

Die Ansicht ihres bloßen Rückens weckte Regungen in Jonas, die er längst vergessen hatte.

Das Kleid war viel zu kurz, wenn man es überhaupt so nennen konnte. Über der Hüfte saßen goldene Rüschen, die nicht ansatzweise lang genug waren, um als Rock durchzugehen. Es handelte sich vielmehr um ein Tanzkostüm, aber Sophie bewegte sich darin so natürlich, als wäre sie eben in ihre Wohlfühlklamotten geschlüpft.

Bemüht, nicht zu sehr zu starren und sie dabei bloß nicht zu berühren, zog er den Reißverschluss hoch.

„Vielen Dank!“

„Nichts zu danken“, murmelte Jonas und sah wie sie bereits wieder davon tänzelte und ins Bad ging.

Die Tür weit offen, begann Sophie Make-up aufzutragen. „Wenn du Hunger hast, schau mal in den Kühlschrank. Ich glaube, irgendwo sind noch etwas Broccoli und Bohnen“, plapperte sie munter. „Du kannst dir gerne etwas kochen, aber ich bin diese Woche noch nicht zum Einkaufen gekommen.“ Sophie rauschte schon wieder an ihm vorbei, erneut auf der Suche nach irgendetwas. „Du brauchst aber nicht auf mich zu warten.“

„Weil du die ganze Nacht wegbleiben wirst?“, fragte Jonas und erwischte sich schon wieder dabei, wie er ihr nachsah.

Sophie wandte sich mit ihrem Lockenstab in der Hand zu ihm um und strahlte dabei übers ganze Gesicht. „Genau.

Bei Sonnenaufgang bin ich wieder hier."

Bei ihrem Lächeln breitete sich ein Kribbeln in Jonas' Magen aus. Bemüht grummelig, um nichts davon preiszugeben, murmelte Jonas: „Da schlafe ich noch."

Sie schmunzelte nur und schon war sie wieder im Bad verschwunden.

Jonas seufzte. Sophies Lebensfreude erfüllte ihn mit einer Zuversicht und Hoffnung, wie er sie lange nicht mehr gekannt hatte. Ihr Lachen war wirklich zauberhaft.

„Wie sehe ich aus?", riss ihn ihre Frage aus seinen Gedanken. Sophie drehte sich vor ihm, so dass die Rüschen an ihrem Kleid in die Höhe sprangen.

„Äh ... gut. Toll. Ich meine ... sehr, sehr schön", stotterte Jonas und kam sich dabei vor wie ein Trottel.

Vergnügt kicherte Sophie und machte sich auf den Weg zur Tür. „Dann kann's ja losgehen." Zu seiner Überraschung wählte sie jedoch keine Highheels, die zu dem sexy Look gepasst hätten. Stattdessen griff sie nach den abgenutzten Schuhen von gestern Nacht.

Irritiert sah Jonas ihr dabei zu, wie sie die Schnüre festband. Er hatte noch nie erlebt, dass jemand Spitzenschuhe zum Ausgehen trug. Aber das erklärte immerhin ihren desolaten Zustand.

Als sie fertig angezogen war, richtete sich Sophie auf. „Genieß deine erste Nacht!", empfahl sie mit einem Grinsen und öffnete die Tür. „Bis morgen früh."

Die Tür fiel ins Schloss und mit einem Mal kehrte Stille ein. Kein Geraschel, kein aufgeregtes Geplapper und schon gar kein Lachen. Ohne Sophie wirkte das kleine Haus viel leerer und unheimlicher. Da waren Schatten, die ihm vorher nicht aufgefallen waren und besorgt betrachtete Jonas die Tür, welche sich viel zu leicht auftreten ließe.

Was hatte er sich nur dabei gedacht, diesen Job anzunehmen? Oder sich von Sophie zu der WG überreden lassen? Das hatte schon im Studentenwohnheim nicht geklappt. Seine Albträume waren vor den anderen nie lange verborgen geblieben und die Erklärungsnot hatte ihn schließlich aus dem Haus getrieben.

Jonas' Blick huschte nervös durch den Raum, von dem er sicher war, dass die Wände einem Granatenangriff nicht standhalten würden. Plötzlich schien es ihm unmöglich, eine Nacht in diesem fremden Haus zu verbringen. Sein Atem ging schneller und nur mit Mühe zwang er sich, sich hinzusetzen und tief durchzuatmen.

Er war in Deutschland. Niemand würde heute Nacht angreifen, sagte er sich selbst immer wieder, während er seine Hände damit beschäftigte auszupacken. Das Haus war sicher. Dennoch zitterten Jonas' Hände von Minute zu Minute mehr.

Vielleicht war es besser, wenn er sich das DeModie noch einmal genauer ansah. Nicht um Sophie nachzuspionieren, sondern weil ihn der Club neugierig machte. Seine Finger ertasteten den weichen Stoff des alten Mantels und sein Entschluss war getroffen.

Hätte Jonas nicht genau gewusst, wo das DeModie in der letzten Nacht noch gestanden hatte, hätte er es nicht wiedergefunden. Der dunkle unscheinbare Club war so eng zwischen die gut besuchten Nachbarlokale gepresst, dass Jonas sich fragte, wie dahinter überhaupt ein nennenswerter Tanzraum Platz fand. Für die meisten Nachtschwärmer, die sich langsam einfanden, war der Eingang nahezu unsichtbar. Nur hin und wieder fand eine Gruppe zielstrebig ihren Weg und erhielt sofort Einlass.

Jonas beschloss schließlich, sein Glück zu wagen und klopfte an der Tür an. Nichts geschah. Nicht einmal Musik drang durch das Metall zu ihm auf die Straße, obwohl er die konkurrierenden Beats der Nachbarclubs deutlich hören konnte. Zehn Minuten verbrachte Jonas damit zu warten, bevor sich eine Gruppe junger Menschen näherte und sich die Tür zu öffnen begann. Hatte er etwa einen Bewegungsmelder umgangen?

Der überraschend junge und gutaussehende Türsteher, der ihm die Tür von innen öffnete, sah ihn erst irritiert dann unfreundlich an. „Verschwinde, Junge! Du gehörst hier nicht her."

„Und warum?", fragte Jonas irritiert. Er hatte keine Nerven für kindische Machtspiele. Der Türsteher verschränkte die Arme und Jonas seufzte schwer. „Was ist das Problem?"

Während er den Weg für Jonas blockierte, würdigte der Türsteher die drei Jugendlichen nicht mal eines Blickes, als sie an ihnen vorbeischlüpften. „Weil wir solche Typen wie dich hier nicht einlassen."

Die Antwort verschlug Jonas die Sprache und bevor er etwas erwidern konnte, hatte sich die Tür bereits wieder geschlossen. Typen wie ihn? Jonas wusste nicht einmal, wie er das verstehen sollte. Er wusste, dass Türsteher gerne den großen Macker raushängen ließen oder ihre Auswahl an absurden Dingen wie der Kleidungswahl festmachten. Er hatte sich nicht herausgeputzt wie Sophie und trug nur ein schlichtes Shirt und eine Hose. Aber so viel anders hatten die drei eben auch nicht ausgesehen.

Seufzend warf Jonas einen Blick in die reflektierende Scheibe des Nachbarclubs und hielt erschrocken inne. Tiefe Augenringe lagen unter seinen Augen und er war blass geworden. Es war eine Weile her, dass er sich zuletzt im Spiegel gesehen hatte, aber dass er so kränklich aussah, erschreckte ihn. Wann hatte er sich nur dermaßen gehen lassen? Kein Wunder, dass man ihn nicht in den Club ließ.

Dennoch musste er irgendwie zusehen, dass er einen Weg hinein fand, denn die Neugier hatte ihn gepackt. Vielleicht reichte es ja aus, wenn er den seltsamen Mantel trug, den er von dem Bettler bekommen hatte. Edel genug war er schließlich trotz des fürchterlichen Stils.

Jonas beschloss, dass er außer seiner Würde nichts zu verlieren hatte, wenn er in einem derart altmodischen Teil daherkam und warf sich den Mantel um. Instinktiv setzte er auch die Kapuze auf, obwohl die Temperaturen wahrlich nicht dafür sprachen. Er verstand nicht viel von Mode, aber selbst ihm war klar, dass er geradezu lächerlich aussehen musste. Innerlich bereitete Jonas sich schon auf den Spott des Türstehers vor.

Er wollte gerade klopfen, als er plötzlich von hinten angerempelt wurde. Ohne einen Kommentar sahen die zwei jungen Frauen geradewegs durch ihn durch und lächelten strahlend. Irritiert drehte Jonas sich um und entdeckte, dass die Tür des DeModie wieder offenstand. Der Türsteher lächelte freundlich, ja geradezu charmant, und machte einen eleganten Diener. „Guten Abend, die Damen." Jonas ignorierte er vollkommen.

Wut kroch in Jonas empor angesichts solcher Herabsetzung. Ihm den Zutritt zu verwehren, war eine Sache gewesen, aber so zu tun, als wäre er Luft, war zu viel. Mit aller Selbstsicherheit, die er noch in sich fand, richtete sich Jonas auf und ging den kichernden Frauen nach, den Türsteher seinerseits keines Blickes würdigend. Jeden Moment rechnete er damit, grob am Arm gepackt und nach hinten gezogen zu werden, doch der Türsteher schloss ohne jeden Kommentar die Tür hinter ihm. Vielleicht war der Mantel ja so etwas wie ein geheimes Markenzeichen, dass er irgendwie dazugehörte.

Vollständige Dunkelheit umfing ihn und er brauchte einen Moment, um seine Augen daran zu gewöhnen. Schließlich entdeckte Jonas ein schwaches Glimmen im Gang und begann sich durch den Korridor zu tasten. Treppenstufen. Der Club lag unter den anderen, deshalb der schmale Eingang. Vor sich konnte er die beiden Frauen aufgeregt tuscheln hören. Stillschweigend, um sich nicht doch noch zu verraten, folgte er ihnen.

Der Anblick, der sich ihm bot, als er schließlich um die Ecke bog, raubte ihm fast den Atem. Statt eines überfüllten engen Clubs erstreckte sich vor und unter ihm ein Wald aus Gold- und Silberbäumen, der so prächtig glänzte, dass ihm die Augen zu tränen begannen. Jeder sachte Windhauch ließ die filigranen Blätter mit einem zarten Klimpern aneinanderstoßen.

Die Treppe führte geradewegs durch den endlos scheinenden Wald. Jonas sah zur Decke, aber woher auch immer das unwirkliche Licht kommen mochte, das den Wald glitzern und funkeln ließ, er konnte die Quelle nicht entdecken. Stattdessen türmten sich an der Decke dunkle Wolkenberge. „Raucheffekte", wisperte Jonas leise und bemerkte da erst, dass seine unfreiwilligen Begleiterinnen bereits zur Hälfte die Treppe hinabgestiegen waren. Hastig folgte er ihnen, damit er vor lauter Staunen nicht den Anschluss verlor. Wer wusste schon, ob das DeModie nicht noch andere Hindernisse für ihn bereithielt?

Die beiden Frauen ließen sich nicht im Geringsten von seiner Anwesenheit beirren. Verträumt schwärmten sie von den gutaussehenden Männern, die sie gleich treffen würden. Selbst als eine kurz über die Schulter schaute, glitt ihr Blick geradewegs durch Jonas hindurch. Dann erinnerte er sich. Der alte Mann hatte davon gesprochen, dass der Mantel ein Geheimnis hatte. War er etwa wirklich unsichtbar?

Jonas hob die Hand, um seinen wahnwitzigen Gedanken zu überprüfen, aber diese sah noch genau wie immer aus. Unsichtbar! Wahrscheinlicher war, dass sich die beiden Frauen schlicht nicht dafür interessierten, dass hinter ihnen noch jemand den Club betreten hatte.

Kopfschüttelnd ging er weiter. Immer wieder glitt sein Blick zu der prächtigen Dekoration und entdeckte Detail um Detail. Was er für Blätter auf einem silbernen Zweig gehalten hatte, entpuppte sich plötzlich als ein Schwarm

Schmetterlinge mit ebenso metallenen Flügeln. Als sie sich in die Luft erhoben, sprossen aus dem kahlen Zweig im Nu neue Blätter. Ein Kolibri mit goldenen Flügeln schwirrte von Blüte zu Blüte und sog ihren Nektar. Dort, wo der Nektar auf den Boden tropfte, bildeten sich neue filigrane Geflechte. Sie waren so zart, dass sie bereits unter der leichtesten Berührung von Jonas' Fingerspitzen nachgaben.

Erst als er schon fast den Boden der Treppe erreicht hatte, fiel ihm die ungewöhnliche Musik auf, die sich nahtlos mit dem melodischen Klirren der Blätter vermischte. Die Klänge waren nahezu ätherisch, aber jeder Ton schlug eine andere Saite in ihm an und brachte seine Nerven zum Vibrieren. Der Bass dröhnte in seinem Magen und er konnte sich kaum des Drangs erwehren mitzuwippen.

Noch während er sich fragte, welchen Künstler er all die Jahre verpasst hatte, öffnete sich der Wald schließlich und gab den Blick auf einen unterirdischen See frei, der fast die Gänze des Raumes einnahm.

Wie erstarrt blieb Jonas stehen. „Kneif mich mal", wisperte er angesichts der überwältigenden Dimensionen und Detailtreue. Am Ufer schillerten die Kiesel in unterschiedlichsten Farben und als Jonas sich bückte und sie durch seine Finger rieseln ließ, bemerkte er erstaunt, wie schwer sie waren.

„Die Reichtümer des DeModie ..." Staunend erhob er sich. Ihm war fast schwindlig, bei der Vorstellung, wie viel diese Ausstattung gekostet haben mochte. Die Höhle allein war ein architektonisches Meisterwerk. Die kostspielige Dekoration und die beeindruckenden Spezialeffekte setzten dem Ganzen noch die Krone auf.

Zumindest dachte Jonas das, bis er das schwarz glänzende Schloss am anderen Ufer entdeckte. Sicher, dass er jetzt vollkommen verrückt geworden war, rieb er sich die Augen und sah noch einmal hin. Das Schloss war immer noch da. Imposant und mächtig erhob es sich jenseits des Sees in die Höhe, fast als ob der Erdboden darüber nicht existierte.

Mehrere Minuten stand Jonas verblüfft da und konnte den Blick nicht von den Zinnen abwenden. Endlos stolperten seine Gedanken von einem Kostenüberschlag über die logistischen Herausforderungen bis hin zu den physikalischen Grundlagen, die das Gesehene in die gewohnten Bahnen der Logik zu pressen versuchten.

Erst als er fast von einem lachenden Paar angerempelt wurde, fielen ihm die Tänzer auf, die wie schwerelos über den Teich glitten und ihm wurde bewusst, dass er einer optischen Täuschung zum Opfer gefallen war. Was er als Wasser empfunden hatte, war in Wirklichkeit eine spiegelglatte Tanzfläche, auf der die Besucher umherwirbelten, während die Boote kleine Sitzgelegenheiten waren. Das Schloss dagegen war lediglich Teil der meisterhaft ausgearbeiteten Hinterwand, an welcher sich Bar und Mischpult befanden.

Erleichtert atmete Jonas aus. Es mochten sich tatsächlich Reichtümer in dem exklusiven Club befinden, aber er war nicht aus Versehen in eine andere Welt abgestiegen oder hatte den Verstand verloren. Nur die Tatsache, dass wirklich jeder durch ihn hindurchsah, während er sich unter die Tanzenden mischte, bereitete ihm noch immer Unbehagen. Sein Verstand konnte nicht akzeptieren, dass er wirklich unsichtbar war, doch so langsam musste er sich an den Gedanken gewöhnen, denn selbst als Jonas ein Glas Bier direkt vom Tablett eines Kellners nahm, starrte dieser nur in die Leere.

Überwältigt von der Vorstellung lehnte er sich an die Schlosswand, die tatsächlich aus schwarzem Stein bestand oder wenigstens einem sehr guten Imitat. Das Bier beruhigte seine Nerven und er ließ nochmal den Blick durch die Menge schweifen. Er fragte sich, wem der Club wohl gehören mochte und was der Bettler und sein eigenartiger Mantel damit zu tun hatten. Dann jedoch sah er, wonach er gesucht hatte und im selben Moment machte sich ein bitterer Geschmack in seinem Mund breit.

Sophie befand sich unweit von ihm in den Armen eines Mannes, den er nur mit einem Wort beschreiben konnte: stattlich. Er sah aus wie ein junger Gott: wohl definierte Muskeln, ein scharf geschnittenes Gesicht, blaue Augen und blondes, gestyltes Haar. Als wäre das nicht genug, war er auch noch ein vorzüglicher Tänzer, der Sophie geschickt und elegant über die spiegelglatte Tanzfläche führte.

Das Schlimmste jedoch war der Blick, mit dem Sophie ihn ansah. Es war, als wäre ihr Tanzpartner alles, was noch in ihrer Welt existieren würde, so verliebt versank sie in seinem Blick. Das also war das ganze Geheimnis hinter Sophies nächtlichem Verschwinden. Sie hatte einen Geliebten, mit dem sie jede einzelne Nacht verbrachte und den sie vor ihrem Vater geheimhalten wollte.

Der Gedanke hinterließ einen schalen Geschmack auf Jonas' Zunge, den auch das Bier nicht wegspülen konnte.

Eine Zeit lang konnte er den Blick nicht von den beiden nehmen, während der fremde Tänzer Sophie in endlosen Pirouetten drehte und sie hoch in die Lüfte hob. Doch es war mehr Sophie, die Jonas faszinierte mit den Formen, die ihr Körper beschrieb, wenn sie die Beine in die Luft warf oder ihren Rücken in seinen Armen wie eine junge Weide bog. Die Begeisterung stand ihr deutlich in das gerötete Gesicht geschrieben. Wenn Jonas sie so betrachtete, konnte er sich fast einbilden, dass sie den Tanz mehr genoss als die Anwesenheit ihres perfekten Partners.

Zumindest bis die Musik endete und Sophie lachend in die Arme ihres Geliebten fiel und beide in einem leidenschaftlichen Kuss versanken. Enttäuscht stieß Jonas sich von der Wand ab, platzierte das leere Glas auf dem nächsten Tisch und drängte sich über die Tanzfläche Richtung Ausgang. Plötzlich widerte ihn der ganze übertriebene Prunk an.

Er war schon halb die Treppe hoch, als er sich an seinen Auftrag erinnerte. Wenn er ihrem Vater Bericht erstatten würde, brauchte er Beweise für den wunderlichen Club. Sophie würde seine Worte sicher nicht bestätigen und wer wusste schon, ob ihn der Mantel noch ein weiteres Mal einließ. Stattdessen blieb Jonas' Blick an den Silberzweigen hängen. Der Club hatte so viele von ihnen, dass es wahrscheinlich nicht einmal auffallen würde. Beherzt trat Jonas vor und brach einen der schimmernden Zweige ab.

Augenblicklich krachte es so laut, als würden die Wände um ihn herum zusammenstürzen. Der Boden bebte unter ihm und Staub brannte in seiner Lunge.

Der Krieg hatte ihn wieder.

KAPITEL 2
Cavalier

Der plötzliche Lärm ließ die Musik für einen Moment verstummen und Sophie stolpern. Verwirrt sah sie sich um und blickte in die beunruhigten Gesichter der Umstehenden. Die Stille kroch in ihre Glieder und ihr war mit einem Mal schrecklich kalt. Selbst das Licht im DeModie war ein wenig düsterer geworden, als hätten einige Lampen hoch oben in den Wolken den Geist aufgegeben. Bevor sie jedoch etwas sagen konnte, erklang die Musik wieder. Anders als zuvor hörte sie sich nun schräg und unangenehm an. Als hätte sich ein Kratzer auf den Platten eingeschlichen. Dass die Leute neben ihr dazu tanzten und lachten, während sie sich im Takt der falschen Melodie wiegten, war Sophie geradezu unheimlich.

„Was war das?", wisperte Sophie und drückte sich eng an Luca heran.

Lucas starke Arme schlossen sich um sie und hielten sie tröstlich. „Wahrscheinlich hat Bastien wieder den Bass zu laut gestellt und es gab einen Kurzschluss. Hey, Tomas", rief er und ging ein paar Schritte auf den vorbeieilenden Kellner zu.

Während sich die beiden unterhielten, entdeckte Sophie eine rote Strieme auf Lucas Nacken und ein schlechtes Gewissen machte sich in ihr breit. Sie hatte in ihrem Übermut nicht einmal gemerkt, dass sie ihn gekratzt hatte. Oder war es in dem Schreckmoment passiert? Noch immer wollte das ungute Gefühl nicht weichen und ihr war, als würde man sie beobachten.

Schließlich kam Luca mit einem schiefen Lächeln wieder auf sie zu, während Tomas davoneilte. „Er schaut nach, ob alles in Ordnung ist."

„Okay. Sag mal, Hast du eigentlich auch das Gefühl, dass uns plötzlich alle anstarren?" Die Worte kamen Sophie schon albern vor, kaum dass sie ihren Mund verlassen hatten.

Schmunzelnd zog Luca sie dicht an sich heran. „Wenn sie dich anstarren, dann nur, weil du so wunderschön bist." Sein Kuss auf ihren Lippen ließ sie ihre Bedenken fast vergessen.

Besonders falsch hörte sich die Musik auch gar nicht mehr an, als er sie wieder in den Tanz führte, aber so ganz war Sophie immer noch nicht bei der Sache. Zu oft begegneten ihre Blicke den anderen. Sie beobachteten sie tatsächlich.

„War das ein Horn?", fragte sie erschrocken, erkannte jedoch noch im selben Moment, dass es sich nur um einen hohen Zopf gehandelt hatte. Müde rieb Sophie sich über die Augen.

„Was meinst du?" Irrte sie sich oder klang Luca angespannt?

Mühevoll wandte sie den Blick von den anderen ab und sah wieder zu ihm. „Ich glaube, ich brauche eine Pause. Ich fang schon an Gespenster zu sehen. Wollen wir was trinken gehen?"

Etwas Unergründliches ging in Lucas Blick vor sich, aber dann schüttelte er den Kopf und sein gewohntes Lächeln war wieder da. „Natürlich, komm mit. Ich habe das Boot hinten reservieren lassen." Erstaunt folgte Sophie ihm. Ihr Herz machte einen aufgeregten Hüpfer bei der Aussicht, mit Luca etwas alleine zu sein. Sonst saßen sie immer bei den anderen.

Kaum hatten sie in dem Boot Platz genommen, trat Tomas wieder zu ihnen und servierte ihnen fast beiläufig seinen leuchtend blauen Spezialdrink, während er sich zu Luca vorbeugte. „Nichts. Keine Ahnung, was da vorgefallen ist. Bastien und ich haben alles überprüft, aber nichts gefunden."

Luca runzelte die Stirn, nickte aber. „Ich schau's mir später noch mal an. Danke!"

„Ist alles in Ordnung?" fragte Sophie, während sie Tomas nachsah. Als er in der Menge verschwunden war, wandte sie sich wieder Luca zu.

Dieser legte seinen Arm um sie und reichte ihr das Glas.

„Ja, ja, wird schon okay sein. Wahrscheinlich ist irgendjemand gegen die Anlage gestolpert oder so. Egal. Davon lass ich mir nicht den schönen Abend mit dir verderben." Mit einem Lächeln beugte er sich vor und stieß mit ihr an.

Seine strahlend blauen Augen funkelten dabei und Sophie konnte gar nicht anders, als ihn erneut zu küssen, bevor sie endlich einen Schluck nahm. „Oh, da fällt mir ein, ich habe dir noch gar nicht erzählt, dass ich fast meine Schuhe verloren hätte. Ich hatte sie vor dem Club ausgezogen und anscheinend aus Versehen liegen lassen." Luca runzelte besorgt die Stirn und Sophie beeilte sich zu sagen: „Keine Sorge. Sie sind auf wundersame Weise zu mir zurückgekehrt." Grinsend nahm sie einen zweiten Schluck. Wie üblich hatte Tomas genau ihren Geschmack getroffen.

Luca schmunzelte. „Ist das so?" Seine Hand strich ihr liebevoll über den Rücken und Sophie rutschte ein kleines Stück näher.

Lachend nickte sie. „Wenn ich es dir doch sage." Erneut küsste sie ihn und für eine Weile vergaß sie alles um sich herum.

Als sie die Augen wieder aufschlug, erschrak sie jedoch fürchterlich. Im Nachbarboot bedeckte dichtes Fell das Gesicht eines Mannes, der sich mit zwei Frauen amüsierte. Seine gelben Augen funkelten dabei Sophie an, deren Atmung sich augenblicklich beschleunigte. Hastig wich sie seinem unangenehmen Blick aus.

Lucas heißer Atem strich über ihren Nacken und Sekunden später spürte sie seine weichen Lippen auf ihrer Haut. Wochenlang hatte sie sich nichts sehnlicher gewünscht, aber der Gedanke an das soeben Gesehene ließ Sophie nicht los.

Vorsichtig blinzelte sie hinüber. Der Mann im Nachbarboot widmete sich bereits wieder seinen Begleiterinnen. Von Fell war keine Spur. Stattdessen zierten ein beeindruckender Bart und buschige Augenbrauen sein Gesicht. Wahrscheinlich trug er nur Kontaktlinsen, um sich irgendwie interessanter zu machen.

Sophie wollte sich gerade erleichtert zu Luca umdrehen, der noch immer ihren Hals liebkoste, als ihr Blick auf die Hände der beiden Frauen fiel, deren lange Krallen über die muskulösen Arme ihres Begleiters strichen. Keuchend hob Sophie die Hand zum Mund und stieß Luca dabei an.

„Hey, Sophie. Was ist los?“ Lucas Stimme klang gereizt und ihr wurde peinlich bewusst, dass sie seine Bemühungen vollkommen ignoriert hatte.

„Fingernägel“, hauchte Sophie und war sich sicher, dass die Frauen einfach sehr lange und spitz zugefeilte, künstliche Fingernägel besaßen. Ihr schauderte.

„Ist alles in Ordnung?“ Diesmal hörte sie die Sorge in seinen Worten.

Mühevoll drehte Sophie sich zu Luca und strich sich nervös eine Haarsträhne aus dem Gesicht. „Ich glaube, ich habe zu viel getrunken oder sowas. Ich bilde mir lauter Sachen ein, die es gar nicht geben kann. Klauen, Hörner, Zähne.“ Sie rieb sich die Stirn. „Verrückt oder?“

Statt wie erwartet zu schmunzeln, seufzte Luca und nahm seinen Arm weg.

Nervös klammerte Sophie sich an ihren Drink und schalt

sich stumm für ihre Dummheit. Endlich war Luca bereit gewesen, süße Zärtlichkeiten auszutauschen, und sie verprellte ihn mit ihren Schreckgespenstern.

Eine Weile betrachtete Luca sie stillschweigend, als suche er nach den richtigen Worten. Schließlich hob er eine Hand, um mit den Fingern sanft über ihre Wange zu streichen. Ein kleines Lächeln stahl sich auf seine Lippen, aber seine Augen sahen noch immer so ernst aus, vielleicht sogar traurig. Sophie schluckte.

„Ich wollte es dir ersparen, aber ich merke, dass das nicht fair wäre", flüsterte er schließlich angespannt.

„Was ist nicht fair?", fragte Sophie und machte sich auf das Schlimmste gefasst. Sie hatte gleich gewusst, dass es nicht ewig halten konnte. Luca war einfach zu perfekt: unheimlich gutaussehend, zuvorkommend, liebevoll, charmant und ein umwerfender Tänzer. Dass er drei Monate lang jede Nacht mit ihr getanzt hatte, war schon mehr, als Sophie sich je hätte erträumen dürfen. Wenn er heute mit ihr Schluss machte, war das ganz allein ihre Schuld.

Der Gedanke brannte wie ein heißer Kloß in ihrem Magen, während er fortfuhr: „Dass ich dich in diese Sache mit hineinziehe." War da ein Anflug von Schuld in seinem Blick? „Du solltest einfach nur tanzen können, wie es dir beliebt und dich nicht um mich sorgen oder dich mir irgendwie verpflichtet fühlen."

Offensichtlich war es etwas Ernsteres, das ihn bedrückte. Der Knoten in ihrem Inneren löste sich schlagartig auf, aber ihre Hände zitterten. „Jetzt sag schon, was es ist! Bist du krank? Musst du die Stadt verlassen oder wirst du aus dem Club geworfen?“ Warum konnte er nicht einfach mit der Sprache herausrücken?

In Lucas Augen trat für einen Moment ein unverhoffter Hoffnungsschimmer. „Ich wünschte es, Sophie. Es ist so, dass ich ... Selbst wenn ich wollte, könnte ich nicht hinausgehen. Ich bin hier gefangen.“

„Gefangen?“ Irritiert lehnte Sophie sich zurück. „Was soll das denn bitte schön heißen? Das hier ist doch kein Gefängnis.“

Luca sah sie plötzlich mit steinernem Gesicht an.

Nervös zuckte Sophie mit den Schultern und stellte ihr Glas ab. „Sag schon, wer hält dich denn gefangen? Bastien? Der will doch nur nicht alleine auflegen.“

Luca lachte nicht über ihren Scherz. Im Gegenteil, er senkte den Kopf wie ein getretener Hund und Sophie taten ihre unbedachten Worte sofort leid.

Schließlich antwortete er leise. „Die Musik.“

Überrascht hielt Sophie den Atem an.

„Das hier ist kein gewöhnlicher Club, Sophie. Genau genommen, ist er das nur für Leute wie dich. Für mich und Bastien, Tomas und die anderen ist es eher ... ein Zuhause. Wir können das DeModie nicht verlassen.“ In seinem Blick lag so viel Schmerz, dass es Sophie erschreckte. Bemüht um etwas Haltung fügte Luca schulterzuckend hinzu: „Wir werden wahrscheinlich nie wieder einen Strahl Sonnenlicht sehen.“

Der Satz war so absurd, dass Sophie nur verwirrt mit dem Kopf schütteln konnte. „Ich verstehe nicht, was du mir jetzt genau sagen willst. Ist das irgendeine Masche, um mich loszuwerden?"

„Nein!" Vor Entsetzen weiteten sich Lucas Augen und er griff schnell nach ihren Händen. „Sophie, ich würde dich nie loswerden wollen. Im Gegenteil, ich will für den Rest meines Lebens mit dir tanzen."

Ihr Herz machte vor Freude einen kleinen Sprung, doch Sophie konnte die merkwürdigen Worte nicht einfach so stehen lassen. „Aber dann beantworte mir doch die Frage, was an diesem Club so schrecklich ungewöhnlich ist, außer, dass er unverschämt groß und reich ist. Und wie zur Hölle wirst du von der Musik gefangen gehalten? Ich meine, ich verliere mich zwar auch oft mal in der Musik, aber sie hat mich noch nie daran gehindert, aus dem Raum zu gehen."

Luca seufzte. „Ich verstehe ja, dass du Fragen hast und ich will auch versuchen, sie dir zu beantworten. Aber es ist nicht so einfach." Ohne sie anzusehen, strich er für einen Moment in Gedanken versunken über ihre Hände. Als er wieder aufsah, lag etwas Bitteres in seiner Miene. „Das DeModie ist nichts anderes als die Unterwelt. Wunderbarer Ort der Träume und Wünsche und letzter Halt der verlorenen Seelen."

Sophie starrte Luca eine halbe Ewigkeit an und wusste nicht, was sie sagen oder glauben sollte. Aber, wenn sie sich umsah, dann lag auf all der Pracht ein Hauch Melancholie. Die Musik hatte sich gefangen und die Tanzfläche war wieder gut gefüllt. Ihre Freundinnen amüsierten sich prächtig und schmiegten sich lachend an die jungen Männer, die sie zum Tanz aufgefordert hatten. Aber mehr Leute als zuvor kauerten sich lieber in die Schatten des Schlosses und betrachteten die Herumwirbelnden sehnsüchtig. In ihren Blicken lag etwas, dass Sophie nur mit einem Wort beschreiben konnte.

Hunger.

Lucas Worte rissen sie aus ihrer Erstarrung. „Wir sind alle verflucht, Sophie, für immer an diesen Ort gebunden." Seine Stimme klang mit jedem Wort eindringlicher.

Wieder runzelte Sophie die Stirn. „Und wer hat euch verflucht?" Sie hatte immer mehr Mühe, Enthusiasmus für diese Unterhaltung aufzubringen. Irgendetwas stimmte nicht mit diesem Club, das war Sophie auch klar. Dennoch sträubten sich ihr die Haare bei Lucas hanebüchenen Erklärungsversuchen.

„Im Fall von mir und meinen Brüdern war es eine Zauberin", antwortete Luca und rieb dabei zärtlich mit dem Daumen über Sophies Hand.

Allein diese liebevolle Berührung hielt Sophie davon ab, aufzustehen und ihn einfach sitzen zu lassen. Stattdessen versuchte sie wenigstens sich darauf einzulassen. „Welche Brüder?"

„Na, Bastien, Tomas und die anderen. Ich weiß, ich habe gesagt, wir wären nur Freunde, aber wir sind Brüder. Genau genommen zwölf. Eine ganze Menge, was?"

Sophie konnte nur trocken erwidern: „Eure arme Mutter."

Ein vorsichtiges Schmunzeln huschte über Lucas Gesicht. „Sie hatte genügend Ammen. Außerdem war das damals so."

„Ammen? Damals?", wiederholte Sophie. Sie wollte ihm ja wirklich glauben, aber das alles klang viel zu absurd.

„Ich sagte doch, wir sind verflucht." Als hätte Luca bemerkt, dass sie an seinen Worten zweifelte, begann er auszuholen. „Da war diese Zauberin. Eifersüchtig, dass keiner von uns mit ihr auf dem Ball tanzen wollte und dass ..." Beschämt sah Luca weg. „Meine Brüder und ich waren hochmütig. Wir waren jung und von königlicher Abstammung."

Sophie hob ungläubig die Augenbrauen.

„Wir dachten, uns würde die Welt gehören und wenn wir heiraten wollten, bräuchten wir nur mit den Fingern zu schnippen. Die Mädchen würden schon Schlange stehen. Sie hatten es ja auch immer getan."

Bei seinem Aussehen verwunderte Sophie das nicht im Geringsten.

„Also tanzten wir jede Nacht mit einer Anderen und ließen viele gebrochene Herzen zurück." In seiner Stimme lag so viel Reue, dass Sophie sich ertappte, wie sie betroffen zu Boden sah.

Leise fuhr Luca fort: „Eines Tages war sie da. Ein altes verhutzeltes Weib, das keiner von uns in unserem Tanzsaal dulden wollte, geschweige denn mit ihr tanzen." Seine Stimme wurde bitter und es schien ihn große Mühe zu kosten, weiter zu sprechen. „Also verfluchte sie uns, entriss uns unserer Familie und brachte uns hierher ins DeModie. Erst, wenn es uns gelingt, dass ein Mädchen ein Jahr und einen Tag jede Nacht mit uns tanzt, soll der Fluch gelöst werden." Erneut senkte er den Blick.

„Bislang hat es nur Immanuel geschafft, dem DeModie zu entfliehen."

Erwartungsvoll sah er sie nun an und Sophie bekam bei dem Anblick schon fast ein schlechtes Gewissen. Dennoch - verarschen konnte sie sich auch selbst. „Ist das dein Ernst?"

Die Hoffnung in Lucas Blick schlug um in Verzweiflung. „Sophie, bitte. Ich weiß, dass es unglaubwürdig klingt, aber ich schwöre dir bei meiner Ehre, dass ich dich nie anlügen würde."

„Klar, du bist nur ein Prinz und eine Hexe hat dich verflucht. Und nun fesselt dich ein Turntable an einen Luxusschuppen." Sophie zog abrupt ihre Hände weg und erhob sich. „Ich habe wirklich keine Ahnung, warum du mir solche Märchen auftischst." Enttäuscht wandte sie sich ab.

Sie kam keine drei Schritte weit, als Luca sie auch schon von hinten umarmte und zum Stehenbleiben zwang. „Schau!" Sanft hob er ihr Kinn, so dass sie hinauf zu dem prächtig glitzernden Wald sah. „Und hör ganz genau hin!"

Obwohl sie so weit entfernt standen, konnte sie deutlich das zarte Klirren der Blätter hören, wenn sie aneinanderstießen. Ein Schwarm Schmetterlinge erhob sich und die Harmonie der zurückschwingenden Blätter trieb Sophie die Tränen in die Augen. Erst jetzt bemerkte sie, dass die glockenhellen Töne Teil der Musik war, die um sie herum spielte. Sie gaben den Takt vor und setzten die Akzente, die Sophies Herz höher schlagen ließen.

Ihre Füße riefen sie auf die Tanzfläche, auf dass sie die

Melodie mit ihrem Körper nachempfinden mochte. Es war diese Sehnsucht danach, sich völlig in der Musik zu verlieren, die Sophie immer wieder ins DeModie trug und natürlich Luca, der sie durch komplexe Figuren führte, ohne sie je geübt zu haben. So, als gäbe es gar keine andere Möglichkeit, als sich auf diese Art zu bewegen.

Ihr war, als würde der Rest des DeModie verschwinden. Nur sie, Luca und die zauberhafte Musik des Waldes existierten. Ausdrucksstark floss Sophie von einer Form in die andere. So zerbrechlich waren die Töne, dass ihre Augen sich vor Rührung mit Tränen füllten. Noch nie hatte sie so langsam mit Luca getanzt, sich ihm so vollkommen hingegeben. Seine Arme hielten Sophie, wenn sie seine Nähe suchte, oder ließen sie frei, wenn die Musik selbst sie zu sich rief.

Es lag eine Tiefe in der Musik, die Sophie mit jedem Schritt mehr spürte. Sie fühlte sich, als würde sie am Ufer eines unergründlichen Sees stehen und hätte gerade mal den Zeh ins Wasser getaucht. Sie könnte ein Leben hier verbringen und der Melodie nicht satt sein.

Aber da war auch etwas Unstimmiges. Ein Ton, der nicht mit den anderen harmonierte. Eine Unruhe in der perfekten Oberfläche. Es war diese winzige Dissonanz, die schließlich den Zauber der Musik brach und Sophies Füße zum Stillstand brachte.

Mit einem sehnsüchtigen Seufzen, drehte sie sich zu Luca um. „Das ... das war wundervoll."

Ihre Freude erstarb jedoch beim Anblick des Schmerzes in Lucas Augen. „Ein Ort der Wunder und der Sehnsucht", stimmte er zu. „So berauschend wie die Musik auch ist, so lästig wird sie einem, wenn sie jeden deiner Schritte bestimmt. Ich will endlich wieder hinaus in die Welt. Frische Luft auf meiner Haut spüren, vom hellen Licht der Sonne geblendet werden und frei sein. Frei zu tun oder zu lassen, was immer ich will.“

Wie zuvor in der Musik verlor Sophie sich in der Tragik seiner Worte.

„Ach Sophie.“ Luca beugte sich vor und strich ihr die Tränen von den Wangen, derer sie sich nicht einmal bewusst gewesen war. „Ich wollte dich wirklich nicht in diese Sache hineinziehen.“ Die Worte kosteten ihn deutliche Überwindung. „Noch bist du frei zu gehen. Ich werde dich nicht aufhalten. Ich weiß ja, dass es zu viel verlangt ist.“

„Alles, was ich tun muss“, begann Sophie vorsichtig, „ist, ein ganzes Jahr lang jede Nacht mit dir zu tanzen?“

Mit einem traurigen Lächeln nickte Luca. „Ein Jahr und einen Tag. „ Vorsichtig fügte er hinzu: „Das heißt, wenn du es versuchen willst. Drei Monate haben wir bereits hinter uns.“

Zaghaft nickte Sophie und lächelte dann. „Ich kann mir Schlimmeres vorstellen, als jede Nacht mit dir tanzen zu gehen.“

Als Antwort nahm Luca ihr Gesicht in beide Hände und küsste sie so leidenschaftlich, dass ihr war, als wären die Schmetterlinge aus dem Zauberwald direkt in ihrem Bauch gelandet.

Fröhlich vor sich hin summend erreichte Sophie im Morgengrauen ihr Haus. Noch immer schwelgte sie in Erinnerungen an den letzten Tanz und den bittersüßen Abschied von Luca. Es gefiel ihr ganz und gar nicht, ihn zurücklassen zu müssen. Jetzt, da sie wusste, dass er ihr nicht folgen konnte. Die Geschichte vom Fluch wollte ihr immer noch nicht so recht in den Kopf, aber an seiner Gefangenschaft hegte sie keinerlei Zweifel mehr. Der sehnsüchtige Blick, mit dem er sie an der Treppe verabschiedet hatte, ließ sich nicht so einfach vorspielen.

Verträumt lehnte sich Sophie mit dem Rücken an ihre Haustür und sah hinauf zu den Wolken. Vielleicht war es ja das Schicksal gewesen, das sie mit Luca zusammengeführt hatte.

Hinter ihr rumpelte es plötzlich und Sophie fuhr zusammen. Hastig drehte sie sich um und betrachtete die Tür mit klopfendem Herzen. Es war so still, dass sie sich nicht sicher war, ob sie sich das Poltern nicht nur eingebildet hatte. Sie hatte schon viel Merkwürdiges in dieser Nacht gesehen und ihre Sinne waren vom Rausch der Musik und des Alkohols benebelt. Kein Wunder, dass sie anfing, Gespenster zu sehen.

Dennoch zögerte sie mit dem Schlüssel. Was, wenn doch jemand in ihrem Haus war? Ihr Handy lag natürlich wie üblich vergessen auf der Kommode. Sophie seufzte entnervt. „Jetzt reiß dich zusammen, da ist niemand“, sprach sie sich Mut zu, doch das Herz schlug ihr bis zum Hals.

Ob sie nicht doch hinüber zur Villa gehen sollte?

Und ihrem Vater eingestehen, dass sie nicht alleine

zurechtkam? Niemals! Erst jetzt bemerkte Sophie, wie sehr ihre Füße schmerzten. Sie hatte die ganze Nacht hindurch getanzt und war völlig erschöpft. Entschlossen schüttelte sie den Kopf und steckte den Schlüssel ins Schloss. Sie würde sich doch jetzt nicht von einem Geräusch verrückt machen lassen.

„Na, komm schon." Trotz ihrer zittrigen Hände gelang es Sophie, die Tür aufzuschließen. Sie atmete tief ein und gab der Tür dann einen leichten Stoß.

Die Tür schwang nach innen und gab im Dämmerlicht den Blick auf ein Chaos ohnegleichen frei. Sophie hatte nie viel dafür getan, Ordnung zu halten, aber nun stand die Hälfte ihrer Möbel auf dem Kopf. Ihre Sachen waren überall im Raum verteilt und sie entdeckte mindestens eine zerbrochene Vase. Mit einem Mal fühlte sich ihr Magen schrecklich flau an und sie wünschte, sie wäre doch zu ihrem Vater gerannt. Zaghaft rief sie stattdessen in den Raum: „Hallo?"

Keine Antwort. Vielleicht war, wer auch immer das getan hatte, schon längst wieder weg.

Unweit von sich, sah Sophie ihr Handy. So leise wie möglich schlich sie hinüber zur Kommode. Ihr Puls hämmerte in der Schläfe und ihre Hände fühlten sich feucht und klamm an. Sophie fuhr sich einmal mit der Zunge über ihre trockenen Lippen und sah hinunter auf das Display.

„Es tut mir leid", klang es plötzlich von der Mitte des Raumes herüber.

Sophie schrak so heftig zusammen, dass ihr das Handy aus der Hand fiel und sie drei Schritte zurückstolperte. Mit weit aufgerissenen Augen sah sie den halb bekleideten Mann an, der sich jetzt hinter dem umgefallenen Sessel erhob.

Erst, als er ins Licht trat, erkannte Sophie ihn plötzlich. „Ach, du bist es.“ Richtig. Sie hatte ja seit Neustem einen Mitbewohner. Ein Teil der Anspannung fiel von ihr ab, aber der Schreck saß noch zu tief. Als er näher kam, hob Sophie schnell ihr Handy auf und streckte ihm abwehrend eine Hand entgegen. „Bleib weg von mir!“

Angst war nun deutlich in Jonas’ Gesicht zu sehen. Er stammelte etwas Unverständliches, blieb stehen und hielt sich am Esstisch fest, als würde sein Leben davon abhängen. Seine Stimme klang kläglich. „Sophie, ich kann das erklären.“

Ihr Puls beruhigte sich langsam wieder und machte Platz für feindseligere Gefühle. „Nenn mir einen guten Grund, warum ich nicht die Polizei rufen sollte.“

Statt ihr zu antworten, ließ Jonas die Schultern hängen. Er verzog das Gesicht zu einer Leidensmiene und Sophie glaubte in seinen Augen abwechselnd Scham, Furcht und Schmerz zu erkennen. Sein Blick hielt ihrem nicht länger stand und huschte stattdessen rastlos durch den Raum, das Ausmaß der Verwüstung erfassend.

„Hast du getrunken?“, fragte Sophie fordernd, machte ihre Drohung aber doch nicht wahr.

„Nein“, antwortete er knapp und Sophie musterte ihn genauer. Sein braunes Haar stand wirr ab und unter seinen Augen lagen tiefe dunkle Schatten, aber die Art, wie er sich hielt, wirkte nicht so als hätte er einen über den Durst getrunken.

Sophie strich sich unsicher einige Strähnen aus dem Gesicht. „Schlafwandelst du?"

Jonas sah sie an und schluckte. „Nein ... Nicht wirklich jedenfalls." Beschämt sah er wieder zu Boden. „Es war nur ein ... Albtraum." Das letzte Wort war kaum hörbar, so leise flüsterte er.

Nahezu erleichtert atmete Sophie aus und sah sich in der Wohnung um. Das mulmige Gefühl in ihrem Magen wollte einfach nicht weichen. Also begann sie, sich die Nervosität vom Leib zu reden. „Und ich dachte schon sonst etwas. Dass du ein Einbrecher wärst oder ..." Es funktionierte nicht wie sonst, denn dafür flatterte ihr Herz zu sehr. Bang sah Sophie ihn an. „Ganz schön heftig deine Albträume. Passiert das öfter?" Sie wollte sich nicht vorstellen, was er noch im Schlaf anstellen könnte. „Ich ... also ..." Bei seinem stummen Anblick gingen ihr die Worte aus.

Jonas war schrecklich blass geworden. Seine Finger krampften sich um den Esstisch, während er immer wieder versuchte, seine Lippen mit der Zunge zu befeuchten. Sophie befürchtete schon, er würde sich im nächsten Moment übergeben müssen. „Soll ich vielleicht einen Arzt rufen?" Erneut hob sie das Handy.

„Bitte nicht", bat Jonas krächzend. „Es tut mir leid. Ich dachte nicht ... Ich hatte schon lange keinen so heftigen Anfall mehr. Hätte ich das gewusst, wäre ich doch niemals hier eingezogen." Den letzten Satz hatte er mit geschlossenen Augen gewispert. Ein schwerer Seufzer folgte. Als er die Augen wieder öffnete, brachte er lediglich ein verzweifeltes „Scheiße" hervor.

Panik erfasste Sophie, dass er wieder wütend würde und hastig versuchte sie ihn abzulenken. „Es war ja nur ein Albtraum. Wir haben alle Albträume von Zeit zu Zeit.“ Das hieß allerdings nicht, dass sie alle im Schlaf die Wohnung auseinandernahmen, dachte sie im Stillen bei sich. Ihre eigenen Worte kamen ihr bedeutungslos und platt vor.

„Nur?“, fragte Jonas und bei der Verzweiflung in seiner Stimme zog sich ihre Brust zusammen. „Ich habe jede Nacht Albträume.“

Die Worte standen zwischen ihnen wie eine Wand. Keiner von ihnen wusste, was er sagen sollte. Stattdessen sahen sie sich an, bis Sophie seinem Blick auswich und er den Kopf senkte. Während sie die Verwüstung ein weiteres Mal in Augenschein nahm, fragte sie: „Das passiert jede Nacht?“ Er konnte auf keinen Fall bleiben, ob ihr Vater das einsehen wollte oder nicht.

„Nein, normalerweise wache ich direkt auf und kann mich zusammenreißen.“ Er klang zerknirscht. „Ich weiß auch nicht, was heute so anders war. Ich ... es war plötzlich alles so real. Als wäre ich wieder da.“

Jonas hatte die Worte nur so dahin gesagt, aber Sophie entging nicht, wie er seine Schultern dabei hängen ließ. Da sie mit seinen Worten nichts anzufangen wusste, fragte sie schließlich leise: „Wo ist da?“

„Afghanistan.“ Er sah auf und zuckte mit den Schultern, als wäre es keine große Sache, die er ihr gerade offenbarte. Sophie kannte diese Art von sich selbst. Sie half ein wenig, um die Dinge nicht so sehr an sich herankommen zu lassen.

„Du warst im Krieg?“ Es erklärte, wo ihr Vater Jonas aufgegabelt hatte.

Jonas nickte mechanisch und seine Stimme war weitaus gefestigter, als er antwortete: „Ich habe fünf Jahre bei der Bundeswehr gedient. Auch wenn das schon wieder länger her ist, als es sich anfühlt.“

Wieder breitete sich Stille aus, während Sophie versuchte, Sinn aus dem Gesagten zu machen. Soweit sie wusste, war ihr Vater während seiner Dienstzeit nie in Kampfhandlungen verwickelt gewesen. Und wenn, dann hatte er ihr nie davon erzählt. Ihre Einrichtung hatte er jedoch ganz sicher nie zerlegt. Jonas musste demnach weitaus Schlimmeres erlebt haben. Ungewollt kamen ihr die Bilder aus den Nachrichten in den Sinn. Damals war alles so weit weg gewesen, aber irgendwie hatte der Krieg es geschafft, sie hier in ihrem Wohnzimmer aufzusuchen.

Mehrmals öffnete Sophie den Mund, aber es wollten keine Worte über ihre Lippen kommen. Jonas hielt sich noch immer krampfhaft am Tisch fest, wie ein Ertrinkender, der sich an einen Holzbalken klammert. Sie war nicht oft um Worte verlegen, aber mit diesem Thema wusste sie nicht umzugehen. Schließlich beschloss sie, stattdessen das Chaos zu beseitigen und hob den nächstbesten Krempel auf.

„Warte!“ Erschrocken sah sie zu Jonas auf, der in wenigen Schritten bei ihr war. Sophie konnte nicht verhindern, dass sie zurückschreckte, aber Jonas tat so, als wäre ihm das nicht aufgefallen. Stattdessen legte er Hand an einen Sessel und richtete ihn wieder gerade hin. „Ich kann wenigstens noch aufräumen, bevor ich gehe. Und ich werde natürlich den Schaden ersetzen. Das ist das Mindeste."

„Du bist doch noch nicht mal bezahlt worden", erwiderte Sophie und Jonas zuckte mit den Schultern. „Wirklich kaputt ist doch nichts und die Vase war sowieso hässlich. Du weißt gar nicht, wie oft ich sie schon wegschmeißen wollte." Sie wollte sich nicht dazu äußern, dass er vorhatte, wieder auszuziehen. Eigentlich wäre ihr das ganz recht, so unberechenbar wie er war.

Während er die Zeitschriften aufsammelte, die er vom Tisch gefegt hatte, fragte er vorsichtig: „Wegschmeißen scheint nicht so dein Ding zu sein, oder?"

Sophie, die gerade dabei war, ihre Sachen vom Boden auf den wieder aufgerichteten Sessel zu schmeißen, schaute entrüstet auf. „Was meinst du denn damit?"

„Na ja, die Schuhe zum Beispiel." Verlegen zuckte Jonas mit den Schultern und rang sich ein armseliges Schmunzeln ab. „Du warst ziemlich erleichtert, als ich sie dir zurückgegeben habe."

Sophie sah auf ihre Schuhe hinab. Tatsächlich waren sie so durchgelaufen, dass man mit genügend Anstrengung schon ihre Zehen durchschimmern sehen konnte. Die rosa Farbe war ausgeblichen und durch den Schmutz der Straßen ersetzt worden. Zu allem Überfluss hatte sich auch eines der Bänder gelöst und hing unansehnlich zu Boden. „Die gehörten meiner Mutter", hörte sie sich selbst sagen.

„Oh." Jonas war gerade dabei, sich einem umgeworfenen Beistelltisch zu widmen. „Verstehe."

Als er ihr den Rücken zuwandte, um den Tisch gerade

zu rücken, riss Sophie erschrocken die Augen auf. Eine hässliche Narbe befand sich an seinem rechten Schulterblatt und wölbte sich leicht, als er die Muskeln anspannte. Der Anblick grauste ihr und sie konnte sich nur schwer die Verletzung vorstellen, die diese Narbe verursacht hatte.

„Sophie?“ Verwirrt sah Sophie auf und bemerkte, dass Jonas ihr einen Blick über die Schulter zugeworfen hatte. „Ist alles in Ordnung?“

„J... Ja“, stammelte sie und das Blut schoss ihr in die Wangen. „Ich hatte nur ... du wurdest verletzt?“

Jonas versuchte selbst, einen Blick auf die Narbe zu erhaschen. „Ach das. Ja, einmal hat's mich auch erwischt. Aber ...“ Er seufzte abermals. „Aber ich habe noch Glück gehabt und bin mit dem Leben davongekommen.“

„Wow!“ Im selben Moment ärgerte Sophie sich über sich selbst. Auch wenn ihr Jonas gerade nicht geheuer war, hatte er doch etwas Sensibilität verdient. „Ich meine, das tut mir leid.“

Daraufhin zuckte Jonas nur mit den Schultern, seine Antwort auf alles. „Ja, ist manchmal schwer, das Gute darin zu sehen.“

Die Ungeheuerlichkeit seiner Worte nahm Sophie fast den Atem und mit einem Mal war ihre Leidenschaft wieder entfacht. „Hey, so darfst du nicht denken!“ Sie stemmte die Hände in die Hüften und sah ihn herausfordernd an. „Du warst im Krieg und du hast überlebt. Du hast Leuten geholfen und ...“ Kurz unterbrach sie sich, als er sie wieder schmerzerfüllt ansah. „Du lebst. Das ist gut. Das ist toll!“, fügte sie vehement hinzu.

Schluckend rang Jonas um die nächsten Worte. „Du verstehst das nicht. Ich ... Sophie, ich war kein Held."

„Na und?", fragte sie Schultern zuckend. „Kann ja auch nicht jeder einer sein." Sie schnaubte. „Ehrlich gesagt, finde ich, dass jemand, der sein Leben für andere riskiert, durchaus ein Held ist."

Jonas schüttelte den Kopf. „Alles, was ich getan habe, war, meine Befehle zu befolgen und zu hoffen, dass es mich das nächste Mal nicht erwischt. Das ist kein Heldentum."

„Aber du lebst", wiederholte Sophie zaghaft.

Schnappend holte Jonas Luft. „Dieses Leben?" Hoffnungslos fragend sah er sie an und zuckte mit den Schultern. „Was mache ich denn? Ich irre von Ort zu Ort, von Job zu Job. Ich habe ein Studium angefangen und wieder aufgegeben. Ich musste bisher vier Wohnungen verlassen, weil meine Albträume zu heftig waren und jetzt werde ich dafür bezahlt, dass ich deinem Vater sagen kann, dass du einen Freund hast."

Geschockt sah Sophie ihn an. Schließlich fiel ihr nur eine plumpe Antwort ein. „Kannst du ihm das bitte nicht sagen?" Als Jonas sie verblüfft ansah, fügte sie hinzu: „Er muss nicht alles wissen, oder? Außerdem würde ich ihm das wenn dann gerne selbst sagen." Sie biss sich auf die Lippen, nicht gerade glücklich, dass er von Luca wusste. Oder hatte er nur geraten, wieso es sie jede Nacht ins DeModie trieb?

„Ja, natürlich." Ungelenk rieb Jonas sich den Nacken. „Ich werde sowieso kündigen müssen." Als Sophie verwirrt aufsah, deutete er kurz auf die Sachen, die sie gerade aufsammelte. „Ich kann ja wohl kaum hierbleiben."

Zögernd richtete Sophie sich wieder auf. Noch vor wenigen Minuten hatte sie sich nichts sehnlicher gewünscht. Jetzt kam es ihr falsch vor. Jonas brauchte den Job und eine Wohnung, in der er bleiben konnte. In der er sich vielleicht sogar eines Tages sicher fühlen konnte. Sie war doch nachts ohnehin nicht da.

„Du musst nicht gehen, weißt du?" Sophie versuchte betont lässig zu wirken. „Du hast doch selbst gesagt, dass du normalerweise nicht solche Anfälle hast. Das war nur eine Ausnahme, oder?"

Jonas nickte. „Ja, auf jeden Fall." Dann verzog er das Gesicht und erwiderte schonungslos ehrlich: „Ich will nicht lügen. Anscheinend schreie ich manchmal im Schlaf und schlage im Bett um mich, aber normalerweise verwüste ich keine Zimmer." Er wandte sich beschämt ab, bevor er leise zugab: „Du wirst mich eher in einer Ecke kauernd finden, weil ich Angst habe, dass mir die Decke auf den Kopf fällt."

Mitleidig lächelte Sophie. Sein Zugeständnis nahm ihr etwas von dem Schrecken. „Du bist hier sicher, Jonas. Von mir aus, kannst du solange bleiben, wie du willst. Bis es dir wieder besser geht und unabhängig davon, ob mein Vater dich eingestellt hat." Sie rollte die Augen. „Ich meine, ich werde natürlich mit ihm reden und ihm klarmachen, dass er bitte mein Privatleben aus seinen Jobbeschreibungen rauslassen soll."

Plötzlich kam ihr ein verrückter Gedanke. Stirnrunzelnd

sah Sophie Jonas an. „Das ist doch nicht der ganze Job, oder?"

Zu ihrer Erleichterung beeilte er sich zu sagen: „Nein, im Vertrag steht, ich soll mich um Warenlieferungen kümmern und all den Kleinkram, der im Büro so anfällt. Das hier sollte nur so eine Art Einstiegsprüfung sein. Ich glaube, er ist ziemlich verzweifelt."

„Er ist ein verdammter Helikoptervater, der es nicht erträgt, nicht über jeden meiner Schritte Bescheid zu wissen", gab Sophie beißend zurück. Tief einatmend, bemühte sie sich um eine etwas ruhigere Erklärung. „Tut mir leid. Er übertreibt einfach so dermaßen. Deshalb bin ich auch ausgezogen."

Sie seufzte. „Erzähl ihm von mir aus vom DeModie, damit er seine Ruhe hat. Aber lass die Sache mit Luca aus! Bitte!", fügte sie etwas verspätet hinzu." Sie wollte sich nicht ausmalen, was aus dem Fluch würde, sollte ihr Vater beschließen, ihr das Tanzen mit ihm zu verbieten.

„Bist du dir sicher, dass du mich hier haben willst?", fragte Jonas.

„Sonst würde ich es nicht sagen, oder?"

Für einen Moment fürchtete Sophie, er würde ihr vor lauter Dankbarkeit um den Hals fallen. Doch Jonas riss sich zusammen und nickte nur. „Danke. Das ist wirklich großzügig. Ich brauche auch nur ein paar Wochen oder vielleicht ein, zwei Monate. Damit er mir die Empfehlung gibt." Jonas seufzte schwer. „Ich bin erbärmlich oder?"

„Nein", antwortete Sophie mit einem Lächeln. „Du versuchst doch nur, auf eigenen Beinen zu stehen." Ein

Gähnen überkam sie mit einem Mal, als auch der letzte Rest Anspannung von ihr abfiel. „Ich muss jetzt aber mal langsam ins Bett, sonst schlafe ich den ganzen Tag. Außerdem muss ich fit sein für heute Nacht."

„Du willst schon wieder tanzen gehen?", fragte Jonas überrascht.

Sophie hob kurz die Schultern. „Warum nicht? Wie du bereits sagtest, habe ich einen Freund und wir ... gehen eben am liebsten tanzen. Ich tanze gerne." Sie hatte nicht vor, ihm von Lucas Fluch zu erzählen. Wahrscheinlich würde er sie nur für leichtgläubig oder bescheuert halten.

„Du tanzt wunderschön", meinte Jonas stattdessen und ein versonnener Ausdruck trat in seine Augen.

Das unerwartete Kompliment trieb ihr die Schamesröte ins Gesicht. „Ach Quatsch. Ich bin total aus der Übung."

Jonas schmunzelte leicht. „Echt? Für mich sah es aus, als würdest du das professionell machen."

Die Beobachtung traf sie genauso überraschend wie sein Kompliment. Es war Jahre her, dass sie diesen Traum gehabt hatte. „Mach ich nicht." Der Traum war mit ihrer Mutter gestorben. „Ich tanze nur für mich und Luca." Bei dem Gedanken an ihren Prinzen kehrte das Lächeln auf ihre Lippen zurück. „Hauptsächlich für Luca."

Jonas widmete sich wieder der restlichen Unordnung. „Verstehe. Scheint ja die große Liebe zu sein."

Sophie schnaubte. „Nein, er ist einfach ein wahrer ... ich meine, er behandelt mich wie eine Prinzessin." Jonas' skeptischer Blick sagte alles und erneut schoss Sophie das Blut in die Wangen. „Ja, ich weiß: Rosa Tutu, Ballett,

Papas kleine Prinzessin, jetzt ein Prinz. Ich bin das totale Klischee."

Er versuchte, es zu verbergen, aber Sophie konnte die Belustigung in seinen Augen sehen und je länger sie sich ansahen, desto mehr verzog sich sein Mund zu einem Grinsen. „Mach dich ruhig lustig", beschwerte Sophie sich, aber wirklich böse konnte sie ihm nicht sein. So erleichtert war sie, ihn nach alldem vorher lächeln zu sehen.

Das Leuchten in seinen Augen blieb und Sophie schnalzte mit der Zunge. „Ich meinte doch nur, dass Luca wirklich nett und zuvorkommend ist. Er ist ein echter Gentleman, zahlt sogar die Rechnung für mich und er kann tanzen." Das Lächeln in seinen Augen war verschwunden. Verwirrt bemerkte sie, dass die Stimmung wieder zu kippen drohte. „Jedenfalls fühle ich mich sehr wohl bei ihm."

„Das freut mich für dich", meinte Jonas mit einem Ernst, der sie eher an eine Trauerfeier erinnerte als einen Glückwunsch. „Du kannst ihn übrigens ruhig auch mitbringen. Ich meine, es ist deine Wohnung, aber es würde mich auch nicht stören. Wegen mir müsst ihr euch nicht verstecken."

„Wir tanzen gerne", schob Sophie hastig als Ausrede vor. „Wirklich. Auf der Tanzfläche sind wir am glücklichsten."

Seinem Ausdruck nach zu urteilen, glaubte Jonas ihr kein Wort. Skeptisch legte er den Kopf schief. „Hast du Angst, dass ich es deinem Vater erzähle? Ich habe doch versprochen, dass ich ihm nichts von Luca sage. Und wenn du einen Mann nach Hause bringen willst, ist das doch deine Sache."

Sophie zögerte. Niemand konnte Luca kennenlernen.

Zumindest nicht für die nächsten neun Monate. „So weit sind wir noch nicht." In Gedanken schalt sie sich für die Ausrede. Als ob ihre Beziehung diesen Fremden überhaupt etwas anging.

Jonas' Augenbrauen zogen sich zusammen und er nickte leicht. „Na dann. Du wolltest ins Bett, oder? Ich räume den Rest auf."

Seine plötzliche Abschottung verwirrte Sophie, aber sie war zu müde, um sich damit zu befassen. „Okay. Bis nachher dann."

„Bis nachher, Sophie", antwortete Jonas mit einem schmalen Lächeln, das seine Augen nicht ganz erreichte.

Während sie in ihr Zimmer ging und die Tür hinter sich schloss, dachte sie über das Erlebte nach. Die vergangenen Stunden waren überwältigend gewesen. Erst Lucas Geständnis und dann die Konfrontation mit Jonas' Kriegstrauma. Sie war sich nicht sicher, wen von beiden sie mehr bedauerte, aber wenigstens stellte Luca nicht so viele unangenehme Fragen.

Sophie ließ sich aufs Bett fallen und zog ihre kaputten Schuhe aus. Schon lange hatte sie nicht mehr an den Tag gedacht, an dem sie das letzte Mal auf einer Bühne gestanden hatte. Damals, als sie noch ihre eigenen Schuhe getragen hatte und nicht die kaputten ihrer Mutter. Mit einem Seufzen hängte sie die Schuhe an den Nagel in der Wand und begann sich bettfertig zu machen.

Mit seinem Kompliment hatte Jonas an einer Wunde gerührt, die sie schon längst verheilt geglaubt hatte. Mit Luca zu tanzen war immer so ein traumgleiches

Erlebnis gewesen, dass ihr nie aufgefallen war, wie sehr sie die eleganten Formen des Balletts, die Disziplin beim stundenlangen Training oder die Aufregung vor der Vorstellung vermisste.

In ihr Bett schlüpfend nahm Sophie das Bild ihrer Mutter vom Nachttisch. Es war bei einer Aufführung aufgenommen worden. Versunken in der Musik, war das Gesicht ihrer Mutter hoch konzentriert, ihr Körper ein Kunstwerk geschwungener Linien. Sanft klimperten die Töne der ungehörten Musik in Sophies Gedanken und in ihrer Vorstellung flog sie selbst zurück auf die Bühne. Dort unter dem Licht der Scheinwerfer, umgeben vom Publikum, hatte sie jeden Schritt und jede Drehung gekannt.

„Gute Nacht, Mama", wisperte Sophie leise. Noch bevor sie eingeschlafen war, hatte die Melodie des DeModie die vorherige ersetzt.

KAPITEL 3

Chassé

«Jede Nacht, Sir.“ Kerzengerade stand Jonas zwei Wochen später vor Sophies Vater und erstattete ihm Bericht. Es hätte nur unangenehme Fragen gegeben, wenn er nicht einmal zwölf Stunden später mit der Antwort vor ihm gestanden hätte. Wie Jonas Sophie versprochen hatte, hatte er ihm von Luca jedoch nichts erzählt. Es ging schließlich weder ihn noch ihren Vater etwas an.

Herr Kallenbach saß hinter seinem Schreibtisch, die Augen auf den Computer gerichtet, welchen Jonas nicht einsehen konnte. „Wie, sagtest du, heißt dieser Club?“

„DeModie. Er liegt in der Niemeyer Straße“, antwortete Jonas prompt und musste sich einen Moment gedulden, während Herr Kallenbach seinen Computer studierte.

Es überraschte Jonas nicht, dass er schließlich nahezu

anschuldigend meinte: „Es gibt keinen Club DeModie in der Niemeyer Straße oder sonst irgendwo."

„Das wundert mich nicht. Der Club ist äußerst extravagant und sehr wählerisch, was seine Besucher angeht", erklärte Jonas und verschwieg, dass es ihm gelungen war hineinzukommen. „Vermutlich unterdrücken sie absichtlich ihre Adresse."

„Hmm, vielleicht sind sie unter einem anderen Namen gelistet." Sophies Vater lehnte sich zurück und betrachtete Jonas, die Hände unter dem Kinn gefaltet. „Was hältst du von meiner Tochter?"

Die Frage kam so unerwartet, dass Jonas für einen Moment der Mund offenstand, während er mühselig nach den Worten rang. „Ich ... Also", stammelte er. Unwillkürlich kamen ihm die Erinnerungen, wie Sophie sich im Tanze drehte. Ihr fröhliches Lachen. „Nun ..."

Herr Kallenbach rollte die Augen, offensichtlich verstimmt. „Ich will deine Meinung. Sei ehrlich, aber stammle nicht herum wie ein kleiner Schuljunge!"

Jonas' Ohren brannten vor Scham. „I-ich ..." Mühevoll riss er sich zusammen. „Sie scheint mir ein sehr fröhlicher Mensch zu sein. Recht unbeschwert."

„Vor zwei Jahren ist ihre Mutter gestorben", entgegnete ihr Vater trocken.

Sprachlos sah Jonas ihn an. Er hatte gewusst, dass die Schuhe, die Sophie täglich trug, von ihrer Mutter waren, aber nicht, dass diese verstorben war. Dennoch hielt er an seiner Einschätzung fest. Im Gegensatz zu ihm selbst war Sophie ein Quell des Lebens. Immer glücklich, immer aufgekratzt. „Davon merkt man wenig."

Als Antwort gab es ein Schnauben. „Ja, deshalb hat sie auch die Ballettschule geschmissen." Also hatte sie doch professionell getanzt. „Nicht, dass mich das im Prinzip stören würde. Ich wäre froh, wenn sie stattdessen etwas Vernünftiges machen würde. Aber du siehst ja, was sie macht. Absolut gar nichts, außer mein Geld Nacht für Nacht in Tanzclubs auszugeben."

Jonas wollte ihm nicht reinreden, aber die Art wie er über Sophies Entscheidungen sprach, drängte ihn dazu, sie in Schutz zu nehmen. „Sie muss sich vielleicht erst noch ausprobieren."

„Auf meine Kosten?", fragte Herr Kallenbach.

Es lag Jonas auf der Zunge, ihn zu fragen, warum er ihr dann nicht einfach den Geldhahn abdrehte, aber er wusste, dass es ihn nichts anging. Er war hier, um zu arbeiten, nicht um sich in Familienangelegenheiten einzumischen.

Ihr Vater betrachtete Jonas nachdenklich. „Wie sagtest du? Unbeschwert, richtig?"

Jonas nickte.

„Ich wünschte, sie wäre ein bisschen beschwert. Ihre Ziellosigkeit gefällt mir nicht und dann dieses suchtartige Tanzen." Ihr Vater schüttelte den Kopf. „Es macht die Leute nur kaputt."

„Entschuldigung?", wagte Jonas nachzufragen, doch Herr Kallenbach winkte ab.

Stattdessen lehnte er sich nach vorne. „Du leistest gute Arbeit, Jonas. Zumindest hast du herausgefunden, wohin meine Tochter immer verschwindet. Hör zu! Ich möchte, dass du mich von nun an über jeden ihrer Schritte informierst."

Entsetzt schüttelte Jonas den Kopf. Er brauchte den Job und mehr noch die Empfehlung, aber das ging zu weit. Am liebsten wäre er auf der Stelle umgekehrt. Stattdessen biss er die Zähne zusammen, bis er sich sicher war, dass er seine Gefühle unter Kontrolle hatte und er ruhig antworten konnte: „Ich werde Ihre Tochter nicht ausspionieren. Nicht für alles Geld der Welt. Wenn ich einen Vorschlag machen dürfte. Reden Sie mit ihr!"

Herr Kallenbach rollte wieder mit den Augen und ließ sich mit einem Knarzen zurück in die Bürostuhllehne sinken. „Du scheinst dir deiner Sache ja sehr sicher zu sein."

Nein, das war er nicht. Tatsächlich wurde Jonas schlecht bei der Aussicht, was nun passieren würde. Er würde sich wieder auf die Suche begeben müssen. Gerade jetzt, wo er das erste Mal das Gefühl hatte, angekommen zu sein. Der Gedanke, nie wieder Sophies Lachen zu hören, wälzte sich wie ein Stein in seinem Magen.

Mit einem lautstarken Schnauben gab Herr Kallenbach überraschend nach. „Von mir aus. Dann sehe ich dich Montagmorgen pünktlich um acht hier."

Erstaunt sah Jonas auf und konnte sein Glück nicht fassen. Zögerlich trat er einen Schritt zurück. „Dann bis Montag."

Herr Kallenbach nickte lediglich und hatte den Blick bereits abgewandt. Jonas sah, dass er auf einem Bilderrahmen auf dem Schreibtisch ruhte. Mit einem Mal kam ihm das Büro beengend vor. Er war gerade dabei, die Tür zu öffnen, als Herr Kallenbach noch einmal aufschaute. „Jonas."

„Ja?" Erneut schlug ihm das Herz bis zum Hals.

„Pass auf sie auf, ja? Dich scheint sie immerhin nicht von sich zu stoßen."

Jonas zögerte, aber dann riss er sich zusammen und nahm Haltung an. „Natürlich. Sie können sich auf mich verlassen."

Das Gespräch mit Sophies Vater ging ihm immer noch durch den Kopf, als Jonas beobachtete, wie Sophie nach dem Mittag in dem kleinen Ballettstudio umhersprang. Nach Jahren, die der Zeichenblock vergessen auf dem Boden seiner Reisetasche gelegen hatte, saß er wieder mit dem Papier auf den Knien und dem Bleistift in der Hand da. Auf dem weißen Block tummelten sich grobe Skizzen von Sprüngen und Pirouetten, die Sophie vollführt hatte. Es war der Versuch, den zauberhaften Moment einzufangen, wenn die Bewegung sich passgenau an der Musik orientierte. Jede für sich genommen war beeindruckend, aber in der Kombination jagten sie Jonas einen angenehmen Schauer über den Rücken.

Es war Sophies Freude beim Tanzen und die Art und Weise, wie sie völlig in der Musik aufzugehen schien, die ihn so inspirierte. Die Leidenschaft, mit der sie das Tanzen betrieb, faszinierte ihn genauso sehr wie ihre vehemente Behauptung, dass ihr das Ballett nicht mehr bedeutete als jede andere Tanzform. Mit Luca hatte er sie schließlich auch anders tanzen sehen. Dennoch gefiel Jonas das Ballett am meisten. Dann gab es nur Sophie und die Musik.

Inzwischen hatten sie sich aneinander gewöhnt und Jonas' Albträume hatten sich auf ein normales Maß reduziert. Sophie war zunehmend offener geworden, auch wenn er der Meinung war, dass sie ihm nicht immer die Wahrheit über ihren Wunsch zu tanzen sagte. Stattdessen schwärmte sie in einem fort von Luca. Jonas war sich mittlerweile sicher, dass Luca nur einer dieser reichen Schnösel war, die Mädchen in dunklen Clubs auflauerten, ihre Drinks bezahlten und dann doch nur das eine wollten. Für Sophie war es natürlich die große Liebe.

Jonas hätte viel gegeben, selbst noch einmal so naiv zu sein und vollkommen in einer Sache aufgehen zu können. Im Gegensatz zu Sophie fühlte er sich schrecklich leer und wenn er zu tief in sich ging, fand er nur noch Dunkelheit. Er wusste nicht, was ihn erwarten würde, wenn Herr Kallenbach die Geduld mit ihm verlor. Aber bis es soweit war, war hatte er Sophie als Lichtblick in seinem Leben.

„Was zeichnest du da eigentlich?" Ihre Stimme riss Jonas aus seiner Träumerei. Hastig schlug er den Block um, als sie auf ihn zukam, so dass lediglich seine früheren Skizzen zu sehen waren. In Sophies Augen lag der Schalk und neugierig versuchte sie einen Blick auf die Zeichnungen zu erhaschen, nur um dann verdutzt zu fragen: „Häuser?"

Das oberste Blatt zeigte tatsächlich eine uralte Skizze eines Gebäudes. Das zentrale Stück war ein runder Turm, der ein wenig altertümlich wirkte, jedoch mit anderen Gebäudeteilen verbunden war, so dass das Gebäude zugleich klassisch als auch modern wirkte. Wie der kleinen Jahreszahl zu entnehmen war, stammte das Bild noch aus seinem letzten Schuljahr.

Bevor Jonas es verhindern konnte, hatte Sophie sich den Block geschnappt und sich gegen die Wand neben ihn gelehnt, um durch die Skizzen zu blättern; glücklicherweise in die falsche Richtung. Er wollte sich nicht ausmalen, was sie sagen würde, wenn sie die Bilder von sich entdecken würde. Stattdessen folgten mehr Gebäudeskizzen, manche technisch, manche fast artistisch. Je nachdem, was sein Kopf gerade ausgespuckt hatte. „Wo steht denn das?"

Ihm blieb nichts anderes übrig, als aufzustehen und mit auf den Block zu schauen. „Das?" Jonas hatte Mühe sich auf die Skizze einer von Säulen gestützten Galerie zu konzentrieren, als ihm Sophies fruchtig-stechender Geruch in die Nase stieg. „Nirgendwo."

„Nirgendwo?", fragte Sophie belustigt nach.

„Na ja, es hat bisher noch niemand gebaut", antwortete er bescheiden und fügte sogleich an: „Und es wird auch sicher nie irgendwer tun. Das sind nur meine Entwürfe."

Sie dreht sich zu ihm und reichte ihm den Block, bevor sie zu den letzten Bildern gekommen war. „Echt jetzt? Wolltest du etwa Architekt werden?"

Jonas nahm die Zeichnungen entgegen, bemüht, dabei nicht auf Sophies Rundungen zu schauen. „Eigentlich nie so wirklich. Wobei", fiel ihm ein, „als ich zehn war oder so, wollte ich mal eine Weile lang tatsächlich Architekt werden. Irgendwie klang das cool."

„Warum bist du es dann nicht geworden?“ fragte Sophie interessiert.

Mit einem leichten Schulterzucken meinte Jonas: „Na ja, Architektur war eben nur so ein Kindheitstraum, eine Fantasterei. Fast meine ganze Familie war beim Bund. Mein Vater und mein großer Bruder sind es immer noch. Solange ich mich erinnern kann, haben sie mir erzählt, wie wichtig der Vaterlandsdienst ist und wie wenige Leute ihn noch machen wollen. Für mich stand nie zur Debatte, irgendetwas anderes zu tun.“ Und nun wünschte er sich, er hätte alles, nur nicht das getan.

Den mitleidsvollen Blick von Sophie, der folgte, wollte Jonas nicht sehen. Mitleid war für die Opfer, die der Krieg gefordert hatte, oder die Waisenkinder in Afghanistan. Nicht für Feiglinge wie ihn.

„Verstehe“, murmelte Sophie zögerlich. „Was sagen sie denn dazu, dass du jetzt hier bist?“

Zielsicher traf sie damit seinen wunden Punkt. „Du stellst Fragen.“ Er rieb sich mit der Hand über das Kinn. „Sie haben keine Ahnung. Sie glauben immer noch, dass ich mein Ingenieurstudium mache.“

Seine Antwort genügte Sophie nicht. „Muss ich das jetzt verstehen?“

„Ja, nein, vielleicht?“ Jonas grübelte. „Weißt du, es ist kompliziert. Ich habe das Gefühl, als wäre ich aus dem Krieg als jemand anderes heimgekommen. Als wäre ich nicht mehr der Jonas, den sie kennen.“

„Wegen der Albträume?“

Jonas schluckte heftig. „Auch.“ Die Erinnerung an die

wenigen Treffen mit seiner Familie seit seiner Rückkehr aus Afghanistan hinterließ einen merkwürdig bitteren Geschmack auf der Zunge. „Mein Vater ist enttäuscht, dass ich ausgetreten bin, auch wenn er es nicht gesagt hat. Es ist schwierig. Irgendwie haben wir auf einmal nichts mehr, worüber wir reden können." Tatsächlich hatte er sich in seinem eigenen Zimmer fremd gefühlt.

„Eltern sind generell schwierig", stimmte Sophie ihm zu und brachte Jonas damit zum Lachen. „Hey, ich habe eine Idee. Lass uns doch noch das schöne Wetter genießen und rausgehen."

„Rausgehen?", fragte er verdutzt und sah fast automatisch zum Fenster hinaus, vor dem sich die Bäume in farbenfroher Pracht kleideten.

Sophie nickte enthusiastisch. „Ja, Spazierengehen. Du und ich, ein bisschen quatschen und frische Luft. Hast du Lust?"

„Das fragst du noch?"

Obwohl die Blätter schon herbstlich verfärbt waren, schien die Sonne angenehm warm, so dass Jacken fast überflüssig waren. Sophie lief neben ihm, die Hände in ihren Taschen. Mit den Füßen trat sie einen Tannenzapfen vor sich her. Hin und wieder stahl Jonas einen Blick auf ihr Gesicht und fand sie selig lächelnd die Sonnenstrahlen genießen. Bei dem Anblick zog sich seine Kehle in einer Art zu, die er lange nicht mehr gespürt hatte und hastig wandte er seine Aufmerksamkeit wieder dem Waldweg vor ihnen zu.

„Wurdest du eigentlich angeschossen?“, fragte Sophie mit einem Mal und studierte seine Reaktion mit Interesse.

Jonas brauchte eine Weile, um seine Gedanken soweit zu sortieren, dass er wusste, wovon sie sprach. „Nicht direkt. Es war eine Explosion in einem Haus. Ich war draußen auf der Straße und wurde von Glassplittern getroffen. War ziemlich übel das Ganze.“ Die Worte waren ihm überraschend einfach von der Zunge gerollt. Schwieriger war es die Bilder danach zurückzuhalten. Das betroffene Gebäude war eine notdürftige Klinik gewesen und die entsetzlichen Schreie hallten noch immer in seinem Kopf.

Sophie betrachtete ihn nachdenklich, bevor sie den Kopf schüttelte. „Es ist so unvorstellbar, was du erlebt hast. Fast wie eine andere Welt. Verrückt.“ Fasziniert schüttelte sie den Kopf.

„Leider ist es unsere.“ Der Zynismus schmeckte bitter auf der Zunge. Jonas erkannte sich selbst kaum wieder.

„Ich sag ja, unvorstellbar.“ Im Gegensatz zu ihm klang Sophie unbeschwert. Über sie hatten die Erinnerungen keine Macht und seine Erzählungen waren nicht mehr als Gruselgeschichten.

Plötzlich lächelte Sophie ihn an. „Ich bin trotzdem froh, dass du zurückgekommen bist.“

Ihre ehrliche Aussage wärmte Jonas’ Herz und er konnte nicht anders, als ebenfalls zu lächeln. Er selbst war sich allzu oft nicht darüber sicher gewesen. Dass Sophie an ihn glaubte, machte alles besser. „Danke.“

Aus ihm unerfindlichen Gründen musste Sophie schmunzelnd den Kopf schütteln, bevor sie sich kurzerhand bei ihm einhakte. „Du solltest dir das immer wieder ins Gedächtnis rufen. Du bist am Leben. Der Krieg liegt hinter dir."

Die Antwort blieb ihm in der Kehle stecken, so trocken war diese mit einem Mal geworden. Das Blut rauschte Jonas in den Ohren, während er nach den flüchtigen Worten suchte. Zu deutlich war er sich des Arms an seiner Seite bewusst. „Wenn du das sagst, klingt es so einfach", brachte er schließlich hervor.

„Der Schlüssel ist, nach vorne zu schauen und nicht mehr zurück", war Sophies prompte Antwort. Bereits jetzt schien sie sie keinen Gedanken mehr an seine grausigen Erinnerungen zu verlieren.

Schmunzelnd rieb Jonas sich mit der freien Hand den Nacken. „Wie machst du das nur?"

„Was genau?"

„So wenig nachzudenken. Einfach alles von dir werfen und nie zurückschauen", erklärte Jonas, noch immer ein Lächeln auf den Lippen.

Sophie zog die Stirn kraus. „Ich tue jetzt mal so, als wäre das ein Kompliment." Bevor Jonas sich erschrocken rechtfertigen konnte, lachte sie jedoch und piekte ihm einmal frech in die Seite. „Würde dir mal ganz gut tun, wenn du mich fragst." Dann zuckte sie mit den Schultern. „Ich denke nach. Nur nicht ständig und über alles. Ich bin gerne spontan und genieße das Leben." Mit einem kecken Augenaufschlag fügte sie hinzu: „Trinken hilft auch."

Entrüstet schnaubte Jonas, unfähig sie weiter ernst zu nehmen. „Nein, wirklich", beteuerte Sophie gleich darauf.

„Du musst mal etwas lockerer werden. Oder tanzen. Mir hilft es immer, alles auszustanzen."

„Ich tanze nicht", antwortete Jonas entschieden.

Sophie seufzte schwer und rollte die Augen. „Es tut keinem weh zu tanzen."

Ihre übertriebene Mimik brachte ihn wieder zum Lachen. „Ich kann es wirklich nicht. Und wenn ich mir anschaue, wie verdammt gut du tanzt, möchte ich mich noch weniger zum Affen machen." Erneut schüttelte Sophie schmunzelnd den Kopf.

„Sag mal", fiel ihm daraufhin ein. „Dein Vater hat gesagt, du warst auf einer Ballettschule. Ich meine, war klar, dass man so was nicht nur so nebenbei lernt."

Keuchend riss Sophie die Augen auf. „Ganz sicher nicht! Da stecken viele, viele Jahre diszipliniertes Training dahinter. Fünf-, ach was, siebenmal die Woche immer die gleichen Schritte." Sie schüttelte sich, als wäre ihr allein der Gedanke daran unangenehm. „Es hängt dir irgendwann so zum Halse raus."

Es hörte sich in der Tat ziemlich anstrengend an und doch mochte Jonas ihr nicht glauben, dass sie es gehasst hatte. Warum sollte sie sonst immer noch nahezu täglich in ihrem kleinen Studio trainieren? „Also bist du froh, dass das hinter dir liegt?"

„Auf jeden Fall! Die Schule war schrecklich. Nie durfte man Spaß haben oder mal jung sein. Ich meine, wir durften nicht mal am Wochenende ausgehen, weil man das angeblich am Montag gesehen hat." Anschaulich verzog sie dazu das Gesicht.

Jonas lachte. „Hört sich wirklich grauenhaft an. Gut, dass du da weg bist."

Sophie schlug spielerisch nach ihm und glucksend wich er ihrer Hand aus und löste sich von ihr. Die Hände in die Hüfte stemmend sah sie Jonas entrüstet an, während er rückwärts vor ihr herlief, gerade so außer Reichweite. „Findest du das lustig? Mich zu ärgern?", rief sie.

Er konnte nicht anders als zu prusten. „Ärgern? Weil ich dir nicht glaube, dass es so schrecklich für dich war?"

„Es war schlimm!", beteuerte Sophie energisch, bevor sie schließlich nachgab. „Fein, es war nicht alles grauenhaft. Auftreten hat schon Spaß gemacht, aber das ganze Training davor. Nein, danke!"

„Mhm", machte Jonas nur, während seine Mundwinkel sich unweigerlich nach oben zogen.

„Jonas!" Schon im nächsten Moment hatte sie sich gebückt und mit einem Kiefernzapfen nach ihm geworfen.

Überrascht duckte sich Jonas im letzten Moment.

Sophie hatte bereits die nächste Ladung in der Hand, über das ganze Gesicht grinsend. „Ich krieg dich schon noch."

Amüsiert schüttelte Jonas den Kopf. „Tust du nicht." Lachend ging er in Deckung, als ihre Erwiderung in Form von Kiefernzapfen kam, und sammelte dann selbst Munition, um die Salve zu erwidern.

„Wir könnten noch einen Film gucken. Ich muss erst in drei Stunden los", meinte Sophie, als sie nach Hause zurückgekehrt waren. In ihren Haaren befanden sich noch einige Nadeln und Blätter und ihre Wangen waren gerötet. In Jonas' Augen gab es kein schöneres Bild und seine Finger brannten darauf, es auf Papier zu bannen.

Er zog seine Jacke aus und schob die Schuhe neben die Tür. „Klingt gut. Ich koche uns was und du suchst einen aus."

„Ui, ich werde bekocht", meinte Sophie und ließ ihre Augenbrauen wippen.

„Ja ja, gewöhn dich nur nicht dran", murrte Jonas gespielt und machte sich auf den Weg in die Küche, während Sophie sich durch die Haare fuhr und dann ihre Filmsammlung durchschaute.

Wenig später, als er gerade Wasser aufgesetzt hatte, hielt sie ihm einen Film vor die Nase. Eher skeptisch meinte Jonas daraufhin: „Ein Tanzfilm? Muss das sein?"

„Ja. Außerdem musst du das doch mögen. Du schaust mir ja auch fast jeden Tag beim Üben zu", antwortete Sophie frech und ging bereits zum Fernseher hinüber.

Derweil lief Jonas rot vor Verlegenheit an und bückte sich schnell, um nach den Konserven zu schauen. Seine anwachsenden Gefühle für Sophie würden ihn noch in Teufelsküche bringen. Tatsächlich zog ihn der kleine Ballsaal magisch an, wenn darin die Musik ertönte und er konnte sich nichts Schöneres vorstellen, als Sophie beim Tanzen zuzusehen. Das hieß aber noch lange nicht, dass er sich gerne Tanzfilme anschaute.

Der Film war nicht ganz so schlecht, wie er erwartet hatte, auch wenn er trotzdem lieber etwas anderes geschaut hätte. Sophie dagegen verfolgte jeden Tanz auf dem Bildschirm mit leuchtenden Augen. Es war dieser Blick, der Jonas viel mehr in seinen Bann zog als das halbgare Drama um die Tänzer. Nur zu gerne hätte er seinen Arm um sie gelegt und sie an sich gezogen. Aber da fiel ihm Luca wieder ein, und wie sehr Sophie ihn vergötterte.

„Hast du sowas auch gemacht?", fragte er nach einem kurzen Blick auf den Fernseher, wo die zwei Hauptfiguren gemeinsam in der Straße tanzten und sich gegenseitig in die Lüfte hoben.

„Ssh." Gebannt starrte Sophie auf den Bildschirm. In ihren Augen spiegelte sich die Bewegung der Tänzer und Jonas hielt den Atem an.

Plötzlich knallten Schüsse durch die Luft und die Welt verschwand. Heißer Staub brannte in seiner Lunge, während er sich auf der Stelle zu Boden warf und hinter einem Mauerrest Schutz suchte. Granaten flogen über ihre Köpfe und verzweifelt schlug Jonas die Arme über seinem Kopf zusammen. Sein Atem ging stoßweise. Sein Blick flog gehetzt hin und her.

Eine Bombe traf das Gebäude hinter ihm und Splitter regneten auf ihn nieder. Da waren Schreie, merkwürdig verzerrt in dem dichten Staub um ihn herum. Leute rannten umher, warfen sich auf den Boden und standen nie wieder auf. Ein Befehl verhallte ungehört, bevor die nächste Explosion ganz in seiner Nähe einschlug. Die Hitze schlug Jonas ins Gesicht und blendete seine Augen.

Da packte ihn jemand und rüttelte an ihm. „Jonas!"

Jonas sah auf und erblickte seinen Kameraden. Blut lief

dem Freund unter dem Helm hervor und in seinen Augen sah er dasselbe Entsetzen, das sich heiß durch seinen Magen wälzte. „Jonas!“, wurde er von der Gestalt gerufen, die schon so lange tot war.

Schmerz durchzuckte seine Wange bei der folgenden Ohrfeige. Jonas drehte den Kopf zurück und sah nun, wie die Züge der Gestalt langsam verschwammen, weicher und weiblicher wurden. Sophie.

Mit einem Ruck zog er sie an sich ran und hielt sie so fest, bis ihr Herzschlag alles war, was er hören konnte. Das Leben in ihr vertrieb die Bilder von Tod und Zerstörung wie die Hand einer Mutter die Gespenster der Nacht. Der fruchtige Duft ihres Haars ersetzte den metallischen Geruch des Blutes in seiner Nase und langsam verzog sich der Staub.

Jonas fand sich auf dem Boden zwischen Couch und Kaffeetisch liegend in Sophies Wohnzimmer wieder. Im Fernsehen lief immer noch der alberne Film, wo sich das Paar gerade im Krankenhaus stritt. Nur langsam realisierte Jonas, dass die Schüsse Teil des Films gewesen waren.

„Geht es wieder?“, fragte Sophie leise, ihr Atem heiß und lebendig an seinem Hals.

Noch immer hielt er sie eng an sich gedrückt in dem verzweifelten Versuch, die Leere, die der Tod so vieler Menschen in ihm gelassen hatte, zu füllen. So sehr er es auch probierte, es gelang ihm nicht, Sophie loszulassen. Er brauchte sie, brauchte sie so sehr, wie er noch nie jemanden gebraucht hatte. Nur um zu wissen, dass er noch am Leben war.

„Jonas?“, erklang ganz zaghaft ihre besorgte Stimme.

Es kostete ihn Anstrengung, die verkrampften Kiefermuskeln zu lösen und sich daran zu erinnern, dass seine Zähne keinen Grund hatten zu klappern. „Ja?“

Erleichtert seufzte Sophie und drehte ihren Kopf so, dass ihre Stirn auf seiner Schulter zu liegen kam. Viel mehr Bewegungsfreiheit gab er ihr nicht. „Du hast mich erschreckt.“

Jonas wusste nicht, was er ihr antworten sollte, konnte es kaum.

Wieder schwiegen sie, während der Film vergessen vor sich hin spielte. Langsam löste sich die Anspannung und seine Gedanken kamen wieder in der Realität an. Das Gewicht auf seiner Brust war allein Sophie und kein Trümmerstück. Zögerlich begann er, seinen Griff zu lösen.

„Jonas?“, fragte sie erneut und es gelang ihm, seinen Kopf so zu drehen, dass er sie anschauen konnte. In ihren Augen lag auf einmal tiefe Traurigkeit. „Du hattest Recht. Ich vermisse es.“

Etwas irritiert zog er die Brauen zusammen. „Was meinst du?“

„Die Bühne“, hauchte sie. „Die Musik, das ganze Training. Ich vermisse es. Aber nur ein bisschen. Ganz wenig.“

KAPITEL 4

Pas de trois

Ihre Füße schmerzten und dennoch hätte Sophie um nichts in der Welt die Arme ihres Prinzen verlassen wollen. Gemeinsam drehten und wiegten sie sich durch die Melodie, ihre Blicke fest ineinander verwoben. Wie ein Marionettenspieler an seinen Fäden führte sie die Musik des DeModie durch den Tanz. Nie verfehlte Sophie einen Schritt, nie ließ ihre Haltung nach und nie wollte das glückselige Lächeln auf ihrem Gesicht weichen.

Das DeModie hatte sich hingegen verändert. Der märchenhafte Gold- und Silberwald wachte immer noch über den Eingang und die Tänzer schwebten wie zuvor über den verzauberten Spiegelsee vor dem romantischen Schloss. Doch es waren nun weniger Tänzer als vorher und das Licht war gedämmt. Dafür drängten sich andere

Gestalten an das Seeufer und verfolgten sie mit leeren Blicken. Sophie erschauerte angesichts ihrer Sehnsucht.

„Winter“, sprach Luca mit seiner samtig tiefen Stimme und sofort galt ihre Aufmerksamkeit wieder ihm. „Da kommen weniger Leute ins DeModie. Ihr Licht fehlt in dieser Dunkelheit.“

„Das klingt weniger schön“, kommentierte Sophie, wobei sie sich zu ihm heranziehen ließ und ihre Hände auf seine Brust legte.

Luca lächelte und die Zweifel, die sie eben noch verspürt hatte, waren wie weggeblasen. „Es ist, was es ist. Die dunkle Jahreszeit. Normalerweise mag ich sie nicht besonders, aber diesmal habe ich dich. Und du bist alles Licht, das ich brauche.“

Schmunzelnd verdrehte Sophie die Augen. „Alter Charmeur“, schalt sie ihn und Luca grinste. Dann jedoch beugte er sich hinab und mit einem Mal schlug Sophies Herz schneller. Sie verlor sich im verträumten Blau seiner Augen und schon spürte sie seine Lippen auf ihren.

Jäh wurde Sophie aus ihrem Traum gerissen, als sie jemand am Arm packte. „Wo ist sie?“, wurde sie barsch gefragt, während sich die Finger schmerzhaft in ihren Arm bohrten. Erschrocken erkannte sie Frederick, einen der anderen Prinzen, die hier im DeModie gefangen waren. Bisher hatten sie nur wenig miteinander zu tun gehabt, aber Sophie wusste, dass er ein klein wenig älter als Luca war.

„Au, du tust mir weh!“ Fredericks eindringlicher Blick ließ sie jedoch schlucken. Mit stoischer Ruhe trat Luca zwischen sie und löste Fredericks Griff.

Dieser wiederholte verdrossen seine Frage: „Wo ist sie?“ Die Dringlichkeit in seiner Stimme erschreckte Sophie. „Deine Freundin. Paula ... Pia.“ Dass er ihren Namen nicht auf Anhieb wusste, bereitete Sophie Unbehagen, denn sie hatten viele Monate über jede Nacht miteinander getanzt.

Sophie schüttelte leicht den Kopf und sah Panik in seinen Augen aufblitzen. „Sie mag nicht mehr. Ihre Füße tun weh und sie hat bald Prüfungen. Sie braucht all ihre Energie für den Unterricht.“

Es war nicht fair von Pia, ihn einfach so hängen zu lassen, aber sie wusste ja nichts von dem Fluch. Frederick war ihr letztlich überdrüssig geworden mit seinem Verlangen, sie jede Nacht zu sehen, und der Zauber des DeModie war verflogen. Angeblich hatte sie erst versucht, ihm beizubringen, dass sie etwas Abwechslung brauchte. Natürlich war sie damit auf taube Ohren gestoßen und heute hatten Sophies Freundinnen beschlossen, woanders hinzugehen. Sophie war ebenso wenig davon begeistert wie Frederick, fühlte sie sich doch ähnlich verlassen. Dabei war es nur eine Frage der Zeit gewesen, bevor sie sie fallen lassen würden. Zu vieles trennte sie inzwischen, seit sie nicht mehr zur Ballettschule ging.

„Sie kommt nicht mehr?“ Für einen Moment war Frederick zu geschockt, um mehr darauf zu erwidern.

Luca warf ihm einen düsteren Blick zu und zog Sophie wieder auf die Tanzfläche. Die Musik drang Sophie in Mark und Bein und obwohl ihre Gedanken noch bei Frederick waren, sehnte sich ihr Körper bereits nach der Bewegung.

„Nie mehr?“ Bei der Verzweiflung in Fredericks Stimme drehte sich Sophie der Magen um.

„Es tut mir leid“, wisperte sie und legte eine Hand in Lucas Nacken. Fredericks Reaktion bestärkte Sophie nur noch mehr darin, Luca niemals das Gleiche anzutun. Für ihn würde sie auch mit schmerzenden Füßen weitertanzen.

Doch erneut riss Frederick sie aus ihrer warmen Umarmung und diesmal verlor Luca seinen Griff um ihre Hand. Der Rhythmus hämmerte in ihrem Bauch, als Frederick die Führung übernahm, sie um sich schwang und hoch in die Luft warf. Mehrfach versuchte sie auszubrechen, aber er zog sie immer mit eisernem Griff zu sich zurück.

„Was glaubst du, was du da tust, Frederick?“, rief Luca erbost und der Zorn in seiner Stimme ließ Sophie erzittern. Sophie bemerkte nicht wie ihr geschah, doch im nächsten Moment war es Luca, der sie fing und erneut zu Rhythmen herumwirbelte, die ihren Puls schneller schlagen ließen.

Wieder ein Wechsel, der sie in Fredericks Arme zurückbrachte. „Sie tanzt jetzt mit mir, Luca. Du kannst noch warten, aber ich ertrage es nicht mehr.“

Das Blut in Sophies Adern pochte im Takt der Streicher und Bläser eines klassischen Balletts, die sie immer schneller und wilder zu höheren Hebefiguren und weiteren Sprüngen in Fredericks Armen antrieben.

Dann umschlossen Lucas Arme sie wieder und Ruhe kehrte ein. „Sophie ist meine Partnerin.“

Keuchend drückte Sophie sich an Lucas Brust. Der Schweiß rann ihr den Rücken hinunter und in ihrem Kopf dröhnten die gegenläufigen Melodien.

„Bitte. Es ist meine einzige Chance, nicht von vorne anfangen zu müssen.“ Fredericks Hand schloss sich um Sophies Handgelenk und mit einem Ruck bog sich ihr Körper entgegen ihres Willens in seine Richtung.

Luca zog sie jedoch sogleich zurück, seine Augen noch immer zornig funkelnd. Für einen wahnwitzigen Moment wünschte Sophie, sie könnte sich unter der Spannung zweiteilen und beide Prinzen glücklich machen. Nicht einmal die Musik konnte sich entscheiden, welchem der beiden sie ihren Vorzug gab.

„Nein!“ Beide Brüder hielten erstaunt inne, als ihr das Wort wie ein Paukenschlag über die Lippen kam. Keuchend stützte Sophie sich auf ihre Knie. Schließlich atmete sie tief ein und sah zu Frederick auf. „Ich tanze das Jahr mit Luca und keinem anderen.“

Als hätte sie ihn tödlich getroffen, sank Frederick zu Boden.

Plötzlich waren Tomas und einer der anderen Brüder herangetreten und griffen nach Fredericks Schultern. Verzweifelt sah er zu ihr auf, aber Sophie tat nichts, als die Brüder ihn von der Tanzfläche zerrten. Ausdrucksstark warf er sich gegen ihren Griff, mit jeder Bewegung noch der talentierte Tänzer, der er war und doch konnte er nichts dagegen tun, dass sie ihn hinüber zum Schloss schleppten, das nun ganz und gar nicht mehr wie eine Kulisse wirkte. Die dunklen Zinnen ragten bedrohlich in die Höhe und ihr Anblick ließ Sophie das Blut in den Adern gefrieren.

Zitternd sah sie Frederick nach, der schreiend und um sich schlagend im Schloss verschwand. Dann trat Luca vor sie und versperrte ihr den Blick. Ihre Beine gaben nach und im nächsten Moment klammerte sie sich an ihn. Mit einem Mal hatte sie schreckliche Angst, ihn auch an das Schloss zu verlieren.

Luca verstand es, ihren Puls zu beruhigen, der von dem Tanz noch immer heftig pochte. Er strich mit sanfter Hand über ihr Haar und wiegte sie in geschmeidigen Bewegungen über die Tanzfläche. Immer weiter von dem dunklen Schloss weg, hin zu den zauberhaften Gold- und Silberbäumen, deren Blätter im Klang der Musik klimperten.

Langsam beruhigte sich ihr Herz und ihre Atmung ging nicht länger stoßweise. Luca hatte sie wieder und die Musik floss nun ruhig und verträumt dahin, ideal für den romantischen Tanz zweier Liebender.

„Es tut mir leid, dass du das mit ansehen musstest“, flüsterte Luca schließlich in ihr Ohr.

Sophie hatte die Arme um ihn geschlungen, um ihm ganz nah zu sein. „Was geschieht jetzt mit ihm?“ Sie bedauerte Frederick, auch wenn er grob zu ihr gewesen war.

„Sie werden ihn erst einmal beruhigen. Trösten. Dann wird er hoffen, dass sich erneut ein Mädchen hierher verirrt und dass sie endlich die Richtige ist, um ihn zu befreien.“ Auch Lucas Stimme war voller Mitleid und sogleich entdeckte Sophie ein paar traurige Noten in der Melodie.

Wie von selbst glitten ihre Füße in die Drehungen, die Luca ihr sanft vorgab. „Ich hoffe, er findet irgendwann die Richtige.“

„Das wäre wünschenswert, aber er hat nicht mehr viele Gelegenheiten.“ Als Sophie ihn verdutzt betrachtete, redete er voller Sorge weiter. „Er wurde zu oft versetzt. Viermal schon wurden seine Hoffnungen enttäuscht. Ich weiß nicht, ob er noch die Kraft hat, ein ganzes Jahr zu tanzen.“ Erneut drehte Sophie sich durch Lucas erhobenen Arm hindurch „Du hast ja am eigenen Leib erfahren, wie sehr er sich nach dem Tageslicht sehnt.“

Lucas Hände lagen in ihrem Kreuz und hielten sie mühelos, während sie ihren Rücken nach hinten bog. „Und du? Wurdest du auch schon enttäuscht?“ fragte Sophie neugierig.

Für einen Moment flog ein Schatten über sein Gesicht, bevor er sie wieder eng an sich zog und an seine Brust drückte. Ganz leise antwortete er: „Nur ein einziges Mal. Nach zwei Monaten ist ihr die Lust vergangen. Ich habe sie nie wieder gesehen.“

„Einfach so?“ fragte Sophie und legte die Arme um ihn.

„Das ist immer so. Sie kommen für ein paar Wochen, dann ziehen sie weiter. Kaum eine hat den Willen, ein Jahr lang zu tanzen“, erklärte Luca mit einem Anflug von Bitterkeit.

Es war mehr, als Sophie ertragen konnte und hastig versprach sie: „Ich tue es. Ich werde dich nicht im Stich lassen, Luca. Niemals.“ Sie sah ihm tief in die Augen, in der Hoffnung, dass er dort die Wahrheit in ihren Worten sehen konnte. „Ob Sommer oder Winter, ich tanze mit dir bis der Fluch gebrochen ist und ich dich mit nach draußen nehmen kann. Und dann tanzen wir weiter, bis ans Ende unserer Tage.“

Das Lächeln, das auf seinem Gesicht erblühte, war wie Balsam für ihre Seele. „Erzählst du mir, wie es draußen ist? Ich sehne mich so nach dem Sonnenlicht, das die Welt in Farbe taucht."

„Nun, wenn das so ist, muss ich dich leider enttäuschen", begann sie zu berichten. „Momentan ist die Welt ein einziges Grau. Es regnet fast den ganzen Tag und die Sonne versteckt sich bestimmt bis zum Frühling hinter den Wolken."

„Regen?" fragte Luca und ein Leuchten trat in seine Augen.

Sophie kicherte, wieder ganz sie selbst. „Du weißt schon, Wasser, das vom Himmel fällt."

Geradezu drollig schüttelte Luca den Kopf. „Ich hatte ihn schon längst vergessen. Es klingt wundervoll. Zauberhaft."

„Uuh nein. Es ist kalt und nass und unangenehm. Ich bin viel lieber in deinen Armen als da draußen im Regen." Um ihre Worte zu unterstützen, schmiegte sie sich enger an ihn. „Aber bald kommt der Schnee und der taucht die Welt in ein weißes Kleid, das fast an die Schönheit hier drinnen herankommt. Zumindest, wenn er frisch gefallen ist." Es hatte geschneit, als sie ihre Mutter zu Grabe getragen hatten.

„Das würde ich wirklich gerne sehen", wisperte Luca mit unerträglicher Sehnsucht und Sophie wusste, dass sie ihn nicht enttäuschen würde. Niemals.

Als sie am nächsten Morgen das DeModie verließ, schwamm ihr Kopf von den Ereignissen der Nacht.

Die Musik klang noch immer in ihren Ohren nach, eigenartig verzerrt durch den Einfluss des Alkohols. Es war, als wollte das DeModie sie nicht loslassen und als sie hinter sich blickte, überkam sie ein beklemmendes Gefühl, als würde ihr etwas folgen.

Immer wieder sah Sophie sich um und meinte, in den Schatten Wesen zu sehen. Kleine hungrige Wesen, die die Hände nach ihr ausstreckten. Dabei hatte Luca doch gesagt, dass nichts das DeModie verlassen konnte.

Nichtsdestotrotz lief Sophie schneller, den Blick häufiger nach hinten gerichtet als nach vorn, als sie plötzlich gegen ein unerwartetes Hindernis prallte und laut aufschrie. Hände packten sie und hielten sie davon ab zurückzustolpern. In wilder Panik begann Sophie, auszutreten und mit ihrer Handtasche auf ihren Angreifer einzuschlagen.

„Was zur ... Sophie?", entwischte es ihm zischend und erstaunt hielt Sophie inne. Es war kein Schatten, der ihr aus dem DeModie gefolgt war. Stattdessen war Jonas hier.

Verwirrt sah sie ihn an. „Was tust du denn hier?"

Jonas ließ sie los, nun da sie sich beruhigt hatte und rieb sich stöhnend das Jochbein. „Was hast du da drin? Steine?" Als Sophie nicht antwortete, sondern stattdessen die Arme vor der Brust verschränkte, antwortete er schließlich. „Die Sonne ist schon längst aufgegangen und da habe ich mir Sorgen gemacht. Ist alles in Ordnung?"

Sophie musste an die vermeintlichen Schatten denken und schluckte. Derweil drang die Kälte aus dem nassen Boden durch die dünnen Sohlen in ihre Füße und stach wie tausend Nadeln. „Ja, sicher. Ich dachte nur, ich hätte etwas gesehen.“

Besorgt spähte Jonas in die Richtung, aus der sie gekommen war, konnte aber offensichtlich nichts entdecken, denn sofort kam sein Blick wieder auf ihr zu ruhen. „Meine Güte, frierst du nicht?“

„Doch, sehr“, gab Sophie kläglich von sich und konnte ihre Zähne nicht vom Klappern abhalten. Davon abgesehen, dass ihre Spitzenschuhe mit jeder Minute mehr aufweichten, trug sie keine Strumpfhosen unter dem kurzen Rock und ihre dünne Jacke war für das kalte Novemberwetter kaum ausreichend. Gestern Abend war es noch nicht so kalt gewesen.

Plötzlich machte Jonas Anstalten, sie hochzuheben. „So kommst du doch nie nach Hause.“

„Hey! Was glaubst du, was du da tust?“ Entsetzt schlug sie seine Arme fort.

Betroffen sah Jonas sie an. „Es regnet und dir ist kalt. Du holst dir noch eine Erkältung.“

Ihre Füße waren inzwischen eisig. „Na gut. Aber, wenn ich dir zu schwer bin, lässt du es.“

Jonas lächelte nur und hob sie auf seine Arme.

Tatsächlich fand Sophie es sogar ganz angenehm, sich von ihm tragen zu lassen. Langsam ging seine Wärme auf sie über. Nur ihre Füße blieben kalt.

Während es Schritt für Schritt nach Hause ging, sah Sophie zurück zum DeModie. Der verborgene Eingang kam ihr mit einem Mal schrecklich bedrohlich vor. „Die Unterwelt.“

„Hmm?“, fragte Jonas und Sophie wurde schlagartig bewusst, dass sie ihre Gedanken laut ausgesprochen hatte.

Einen Moment lang zögerte sie, aber dann wollten die Worte aus ihr heraus. Sie hatte schon ihren Freundinnen nicht die Wahrheit sagen können. „Das DeModie, es ist kein normaler Club.“ Stück für Stück begann Sophie, ihm von dem Fluch zu erzählen, der auf seinen Bewohnern lastete und was zwischen Frederick und Luca vorgefallen war.

Stoisch hörte Jonas ihr zu, fragte mit keinem Wort nach und erduldete ihre fantastische Erzählung, ohne mit der Wimper zu zucken. Erst, als sie schon fast zu Hause waren, gab er schließlich seine Meinung Preis: „Klingt für mich danach, als würde dir Luca einen Bären aufbinden. Ich meine, du musst doch zugeben, dass dieser Fluch wirklich praktisch ist.“ Als Sophie ihn verwirrt ansah, fügte er hinzu: „So hast du immer einen Grund, zu ihm zurückzukehren.“

Vergeblich suchte Sophie in seiner Stimme die Eifersucht, die sie hinter solchen Worten erwartete. Doch alles, was sie hörte, waren Sorgen. Unerträgliche Sorgen, die sie fast erdrückten. Jonas’ Blick machte den Eindruck nur noch schlimmer und seine Arme kamen ihr mit einem Mal furchtbar beengend vor. Durch ihre zunehmende Unruhe bemerkte er schließlich ihr Unbehagen und setzte sie fast augenblicklich auf dem Boden ab. „Entschuldige“, murmelte er.

Zischend atmete Sophie aus, als die Kälte mit einem Mal wieder durch ihre Füße nach oben drang. „Scheiße, ist das kalt!“

Noch immer stand da diese bedrückende Sorge in Jonas' Augen und hastig wandte Sophie sich ab und beeilte sich, nach Hause zu kommen. Jonas folgte ihr etwas langsamer, als traute er sich nun nicht mehr, ihr zu nahe zu kommen. Schon bald begann sich Sophies schlechtes Gewissen zu regen.

Etwas fahrig griff sie das Gespräch wieder auf: „Luca würde mich nicht anlügen und hättest du Frederick gesehen, bestünde auch für dich kein Zweifel."

„Wenn du das sagst", meinte Jonas nur, ohne ihr den Gefallen zu tun zuzustimmen.

Sie waren zu Hause angekommen und er schloss die Tür auf. Luca hätte sie ihr aufgehalten, doch Jonas betrat stattdessen die Wohnung, schaltete das Licht an und begab sich gleich auf die Suche nach einem Handtuch. Sophie folgte ihm und gab einen erleichterten Seufzer von sich, als ihre Zehen im warmen Läufer versanken.

„Also wirst du noch acht Monate tanzen gehen?", fragte Jonas, als er wieder zurückkam, sich vor sie hinkniete und überraschend begann, ihr die Füße trocken zu reiben.

Sophie stockte fast der Atem. „Ja, bis Ende Mai. Da habe ich ihn dieses Jahr kennen gelernt."

„Mhm." Wieder schwang wenig Begeisterung in der Äußerung mit. „Und dafür begibst du dich dann weiterhin in Gefahr?"

„Gefahr?" Bis auf die wenigen Ausnahmen hatte sie das DeModie nicht als besonders bedrohlich empfunden.

Jonas sah zu ihr auf, in seinem Blick wieder die beklemmende Sorge. „Na ja, du hast doch gesagt, das wäre die Unterwelt mit Dämonen und Geistern und so. Ich denke, du fühlst dich beobachtet, vielleicht sogar verfolgt."

Mit einem Schaudern erinnerte sich Sophie an die hungrigen Blicke, welche ihr die anderen Bewohner viel zu oft zuwarfen und die sie verdrängte, indem sie sich eng an ihren Prinzen schmiegte.

„Ich könnte dich bringen und abholen, wenn du magst."

„Was?" Hastig trat sie einen Schritt zurück.

Jonas richtete sich seufzend auf. „Nur für den Fall, dass dir wirklich so ein Dämon mal draußen auflauert. Drinnen passt Luca auf dich auf. Das habe ich schon verstanden, aber er kann ja nicht raus und jetzt im Winter ist es kalt und dunkel." Die folgenden Worte verstand sie nicht recht, so leise waren sie gemurmelt.

Genau genommen, hoffte Sophie sich verhört zu haben. „Wie bitte?"

Jonas sah sie mit seiner typischen Leidensmiene an. „Ich sagte, dass du öfter betrunken bist."

Ihre Nasenflügel bebten vor Zorn. Das war es, was sie an Sorgen so hasste. Die Vorwürfe. „Ob ich betrunken bin oder nicht, geht dich einen feuchten Dreck an", blaffte sie ihn deutlich verstimmt an.

„Aber ich habe doch deinem Vater versprochen, ein wenig auf dich Acht zu geben", erklärte er.

Sophie blieb vor Entsetzen die Spucke weg. Gefährlich leise wiederholte sie: „Du hast was?"

„Ich habe ..." Verlegen rieb Jonas sich über den Nacken. „Es ist nicht so, wie du denkst. Dein Vater hat mich lediglich gefragt, ob ich auf dich aufpassen kann und ich ..."

Er wusste, dass er auf verlorenem Posten stand.

Allein seine ruhige Stimme trieb Sophie schon zur Weißglut. Sie wollte nicht bemuttert werden und schon gar nicht von ihm. „Ich gehe jetzt duschen", verkündete sie und fügte bissig hinzu: „Ohne Geleitschutz!"

Das heiße Wasser hatte geholfen, ihr Gemüt zu beruhigen und sich die Gedanken zu machen, denen sie zu lange ausgewichen war. Am Anfang war Jonas nur der Typ gewesen, den ihr Vater ihr überflüssigerweise aufgedrängt hatte. Sie mochte ihn, mochte es sogar, mit ihm zusammen zu leben. Nur die Art, wie er versuchte sie zu bevormunden, gefiel ihr ganz und gar nicht.

Und sie hatte ihre Entscheidung getroffen. Luca war ihre Zukunft. Mit ihm wollte sie jede Nacht tanzen. Bis der Fluch vorbei war und noch viel länger. Auch wenn ihre schmerzenden Füße gerade anderer Meinung waren.

Jonas war ein unverhoffter Freund geworden und insgeheim gefiel ihr seine stille, nachdenkliche Art und die Tatsache, dass ihm ihr Wohlbefinden wichtig war, ob er nun auf sie Acht geben sollte oder nicht. Schon lange hatte Sophie nicht mehr mit jemandem so ehrlich über ihre Ambitionen und alten Träume gesprochen. Nicht mit ihren Freundinnen und auch nicht mit Luca.

Was bedeuteten sie Luca schon angesichts des schrecklichen Fluchs, den er ausstehen musste? Jonas schienen sie alles zu bedeuten. Er hörte nicht auf, nach dem Tanzen zu fragen, wollte alles wissen und sog ihre Antworten in sich auf wie ein Schwamm. Im gleichen Maße, wie sie sein offenkundiges Interesse an ihr bedrängte, genoss sie die Nähe, die dadurch zwischen ihnen entstand.

Etwas versöhnlicher setzte sie sich daher an den Frühstückstisch, den Jonas ihr wie selbstverständlich gedeckt hatte. „Du weißt, dass du das nicht machen musst, oder?"

Jonas war gerade dabei, die frische Wäsche zu sortieren und fein säuberlich zusammenzufalten. So ordentlich wie seit seinem Einzug hatte ihre Wohnung noch nie ausgesehen. Von dem Chaos abgesehen, das er am ersten Tag angerichtet hatte.

„Doch, sonst müsste ich neue Sachen kaufen und die alten wegschmeißen und so viel Geld habe ich nicht." Ganz zaghaft konnte sie den Anflug eines Grinsens in seinem Gesicht sehen.

„Manchmal bist du richtig doof", rutschte es Sophie heraus. Amüsiert die Augen rollend berichtigte sie sich. „Ich meine, dich so um mich zu sorgen. Mich nach Hause zu tragen, auf mich aufzupassen."

Einen Moment hielt Jonas inne und betrachtete sie. „Ich halte eben meine Versprechen."

„Ein Versprechen." Damit könnte sie leben. Vielleicht. „Aber du hast jetzt keinen Vertrag unterschrieben, in dem stand, dass du mich rund um die Uhr beschützen musst oder so ein Käse?" Wer wusste schon, was sich ihr Vater ausgedacht haben mochte?

Wieder war es Jonas' trockener Sinn für Humor, der ihr antwortete: „Doch natürlich. Punkt 3.4: Sollte Sophie einmal im Regen stehen, stell dich nicht so an und trag sie nach Hause." Er legte die Wäsche ab und stützte sich lächelnd auf die Stuhllehne. „Und jede Erkältung wird mir direkt vom Gehalt abgezogen."

Kichernd verschluckte Sophie sich fast an ihrem Brötchen. „O je, das kann ich auf keinen Fall verantworten." Sie hob zur Bekräftigung beide Hände in die Höhe. „Ich verspreche, dass ich von nun an darauf achte, eine wärmere Jacke anzuziehen.." Jonas hob die Augenbrauen. „Und Leggings zu tragen."

„Klingt gut." Er lächelte sanft und wandte sich wieder der Wäsche zu. „Ich würde noch ein Paar festere Schuhe vorschlagen, sonst muss ich dich wieder tragen."

Sophie überging die Kritik an ihren Schuhen geflissentlich und scherzte stattdessen. „So wie meine Füße wehtun, könnte ich mir das sogar fast gefallen lassen."

Statt zu lachen runzelte Jonas jedoch besorgt die Stirn. „Tun sie sehr weh?"

„Ein bisschen. Na ja, ist ja auch irgendwie zu erwarten, wenn man jede Nacht durchtanzt, oder?" Sophie zuckte mit den Schultern und trank ihren Tee aus, bevor sie gähnend die Arme streckte. „Ich gehe dann besser schlafen. Du musst ja sicher auch gleich los."

„Ja, bald." Er zögerte einen Moment, doch dann gab er sich einen Ruck. „Ich kann sie dir massieren, wenn du möchtest."

Lange schaute Sophie ihn an, während sie versuchte zu ergründen, welche Absicht dahintersteckte. Aber Jonas war immerzu schmerzhaft ehrlich gewesen, dass sie auch jetzt keinen falschen Vorwand entdecken konnte. Er wollte ihr tatsächlich nur helfen. Ein ungewohnter Gedanke.

„Okay“, sagte sie und ließ es darauf ankommen. Da das Sofa von kleinen Wäschehaufen belegt war, ging Sophie zu ihrem Zimmer. „Kommst du?“

Verwundert sah Jonas ihr nach und legte das T-Shirt, das er gerade glattstrich, beiseite. „Ich kann doch nicht in dein Zimmer gehen.“

Grinsend meinte Sophie: „Zum Füße massieren schon.“

Während sie darauf wartete, dass er ihr folgte, kroch Sophie bereits unter die Bettdecke. Am liebsten hätte sie gleich die Augen geschlossen, denn die immer kürzer werdenden Tage ließen ihr kaum noch Zeit zum Schlafen. Sie hatte schon das Training im Studio aufgeben müssen, damit sie für die Nacht ausgeruht war. Luca wäre bestimmt nicht davon begeistert, wenn sie in seinen Armen einschlafen würde. Kaum auszumalen, was das für den Fluch bedeuten mochte.

Als sich Jonas' Gewicht auf die Matratze senkte und er ihren rechten Fuß in die Hände nahm, schlug Sophie erschrocken die Augen auf, die ihr schließlich doch zugefallen waren. Mit sanften, aber kräftigen Bewegungen ließ er den Daumen über die Sohle kreisen. Erleichtert seufzte Sophie. Es tat so gut.

Während Jonas schweigend ihre Füße massierte, glitt sein Blick durch das Zimmer und blieb schließlich am Bild ihrer Mutter hängen.

„Das war vor fünfzehn Jahren. Sie hatte die Hauptrolle in Dornröschen“, erklärte Sophie träge.

Überrascht sah Jonas zu ihr. „Dann ist das deine Mutter? Ich hätte gedacht, das wärst du.“

„Ich?", fragte sie belustigt und war mit einem Mal wieder deutlich wacher. „Wie kommst du denn darauf? Als ob ich jemals Fokus der Fotografen gewesen wäre. Ich war doch noch in der Ausbildung."

„Na ja, ich dachte, Balletttänzerinnen wären gerne mal jünger", gab er unumwunden zu und wechselte den Fuß. „Sie erinnert mich an dich. Die Art, wie sie die Hände hebt, das Bein."

„Das ist doch normal. Jeder professionelle Tänzer sollte in dieser Position so aussehen", rügte Sophie ihn sanft.

Jonas schüttelte leicht den Kopf. „Entschuldige, das wusste ich nicht. Sie sieht eben dabei so aus wie du. Mutter hin oder her."

Nachdenklich betrachtete sie Jonas. Nie zuvor war ihr jemand begegnet, der so ehrlich war und gleichzeitig so hart mit sich selbst ins Gericht ging. Seine Worte hatten etwas in ihr berührt und die wohlige Wärme des Bettes tat ihr übriges, um sich ihm ein kleines bisschen zu öffnen. „Ich wäre gerne einmal wie sie gewesen. Wir haben uns zwar viel gestritten, aber standen uns doch sehr nahe."

„Wäre ich nie draufgekommen, so sehr wie du ihre Schuhe liebst", kam die ironische Antwort prompt. Etwas sanfter fragte Jonas dann jedoch: „Woran ist sie gestorben?"

„MS", antwortete sie seufzend. Seine leichte Verwirrung deutend, führte sie aus: „Multiple Sklerose. Erst hat es ihr das Tanzen weggenommen und dann ..." Sie versuchte sich zu erinnern, aber allein der Gedanke daran tat weh. „Normalerweise ist es nicht tödlich, nicht gleich. Aber in seltenen Fällen eben schon und meine Mutter war so ein

Fall. Alles in allem ging es recht schnell."

„Schnell ist gut", murmelte Jonas leise und sie wusste, dass er nicht ihre Mutter meinte.

„Es war schon nicht schön, aber so ist das eben." Die Worte kamen Sophie leicht über die Lippen, hundertmal geübt und ausgesprochen.

Wie üblich schien Jonas, sie jedoch zu durchschauen. „Es tut mir leid, dass du sie so früh verloren hast."

Sophie winkte ab. „Es ist zwei Jahre her. Eine halbe Ewigkeit."

„Aber dein Vater macht sich immer noch Sorgen deswegen." Sachte deckte er ihre Füße zu.

„Mein Vater macht sich immer Sorgen", gab Sophie zu. „Vor allem, wenn es ums Tanzen geht. Er hat Angst, dass ich auch MS bekomme und dass das Tanzen mich kaputt macht, so wie es sie kaputt gemacht hat. Aber das ist Blödsinn. Das eine hat mit dem anderen nichts zu tun und MS ist nicht vererbbar." Es waren Fakten, die sie gut kannte und dennoch konnte sie die irrationale Angst nicht gänzlich weg reden. Dafür hatten sich die Schmerzen ihrer Mutter zu tief in ihre Erinnerung eingebrannt.

Mühevoll riss sich Sophie von den unangenehmen Erinnerungen los und vergrub sie wieder tief. „Du kannst mir ruhig öfter die Füße massieren. Das war wundervoll."

Jonas lachte. „Ich werde es mir merken." Er stand auf und sah lächelnd auf sie hinunter. „Gute Nacht, Sophie."

„Guten Tag, Jonas", antwortete sie und konnte sich später nicht mal mehr daran erinnern, dass er das Zimmer verlassen hatte.

KAPITEL 5

Sur les pointes

Der Morgen war noch sehr frisch, als Jonas sich vor dem DeModie die Beine vertrat. Die Hände in den Taschen wartete er ungeduldig auf den Sonnenaufgang und musste dabei gähnen. Wie Sophie es schaffte, die immer längeren Nächte durchzutanzen, war ihm ein Rätsel. Immerhin hatte sie ihn schließlich doch noch darum gebeten, sie abzuholen, nachdem sie sich von Mal zu Mal unwohler beim Verlassen des Clubs gefühlt hatte. Obwohl er nun jeden Morgen kurz vor Tagesanbruch vor dem Club wartete, hatte Jonas noch nie den Schatten gesehen, von dem Sophie immer sprach.

Mit dem herannahenden Winter hatte die Feierlaune in der Stadt ein wenig abgenommen und zu dieser Uhrzeit waren die meisten Menschen eher auf dem Weg zur Arbeit, wenn sie überhaupt durch diese Straße liefen. Die großen Nachtclubs hatten bereits vor Stunden geschlossen, aber der unscheinbare Eingang zwischen ihnen war noch immer gut besucht. Jonas stand auf der gegenüberliegenden Seite und betrachte die merkwürdigen Gestalten, die sich in der dunklen Jahreszeit vermehrt um das DeModie scharten. Im Gegensatz zu den anderen Gästen kehrten sie am Ende der Nacht in den Club ein statt ihn zu verlassen.

Es waren nicht viele, die dem kalten Wetter trotzten, aber ihnen allen haftete etwas Heruntergekommenes an. Haare und Bärte waren verfilzt, ihre Sachen ein grau-brauner Potpourri an Flicken, und in der Hand hielten sie nicht selten eine Flasche Bier oder eine Zigarette. Bei den Schuhen an ihren Füßen hatte Jonas schon die Befürchtung, dass sie beim bloßen Hinsehen auseinanderfallen würden. Am schlimmsten waren jedoch ihre blauen Augen, die fiebrig glänzten.

Als der Himmel sich allmählich aufhellte, machte Jonas sich langsam auf den Weg hinüber. Eine nach dem anderen verschwanden die Gestalten im Dunkel des DeModie. Lediglich die letzte von ihnen, ihre Augen dunkel statt blau, sah geradezu sehnsüchtig zum grauen Himmel, bis sich die Tür noch einmal von innen öffnete und ihr der Türsteher tröstend aber bestimmt die Hand auf die Schulter legte.

Seine und Jonas' Blicke kreuzten sich. Es war der gleiche Typ wie bei seinem ersten Besuch. Nachdem die Frau eingetreten war, stellte sich der Türsteher breitbeinig hin und verschränkte die Arme. „Du schon wieder."

„Ich will nicht rein“, beschwörte Jonas ihn. Die Feindseligkeit, mit der der Türsteher ihn betrachtete, war ihm noch immer unverständlich, aber er hatte kein Interesse daran, sich mit ihm anzulegen.

Sein Gegenüber war anderer Meinung. „Meinst du, ich seh’ nicht, wie du hier ständig rumlungerst?“ Entrüstet schnaubte Jonas. „Lass unsere Sophie in Ruhe!“

„Eure Sophie?“, fragte Jonas nicht gerade begeistert nach. „Gehört sie jetzt gleich dem ganzen Club? Ich glaube ja nicht, dass sie mit jedem von euch ein Jahr lang tanzen geht.“

Die Augen des Türstehers verengten sich, doch bevor er ihm etwas entgegnen konnte, öffnete sich die Tür wieder und Sophie kam lachend und torkelnd hinaus. Mit einem strahlenden Lächeln wandte sie sich dem Türsteher zu. „Bis heute Abend, Tomas!“

Das Gesicht wurde geradezu weich, als Besagter Sophie anlächelte. „Bis heute Abend, Prinzessin Sophie.“ Sophie lachte und Jonas dachte sich, wie wunderschön ihr Lachen doch war, dass sie damit nicht nur ihn, sondern auch diesen Griesgram aufmuntern konnte.

„Jonas“, rief sie mit leuchtenden Augen, als sie ihn entdeckte. Wenig später stürzte Sophie betrunken in seine Arme.

Ihr heißer Atem schlug ihm ins Gesicht und der Geruch von Alkohol stieg ihm in die Nase, als sie die Arme um seinen Hals schlang. Mehr zufällig als vorsätzlich, streiften ihre Lippen seine und setzten für einen Moment Jonas’ Verstand aus. Der süße Geschmack von Cocktails klebte noch auf ihrem Mund. Dann vergrub Sophie auch schon wieder ihr Gesicht an seiner Schulter.

„Sophie."

Sie grinste ihn an und wankte dann unstet etwas nach hinten.

„Du bist ja vollkommen dicht." Wie ein Leuchtfeuer breitete sich die Realität in Jonas aus und verbrannte die aufkommenden Gedanken.

Lachend stolperte Sophie zurück in seine Arme und Jonas gelang es gerade noch, sie aufzufangen. Ein flüchtiger Blick über Sophies Schulter ließ ihm dabei fast das Blut in den Adern gefrieren, so kalt sahen ihn Tomas' blaue Augen an. Er hatte diesen Blick schon einmal gesehen; in den Augen derjenigen, die alles im Krieg verloren hatten, einschließlich ihrer Menschlichkeit.

Sich nicht länger um Sophies betrunkenen Possen scherend, hob Jonas sie auf seine Arme und ging energischen Schrittes die Straße hinunter. Seine Nerven waren zum Zerreißen gespannt, wie sie es immer gewesen waren, wenn sie feindliches Gebiet betreten hatten. Zu deutlich war die Mordlust in Tomas' Augen gewesen.

Die Art, wie Sophie ihre Arme um seinen Hals geschlungen hatte und ihr Atem über seinen Hals wanderte, lenkte Jonas schneller von seinem Unbehagen ab, als ihm lieb war. „Hey, Sophie, heb dir das für Luca auf!", brachte er heiser vor und hätte sich am liebsten dafür geohrfeigt.

Erstaunlicherweise verstand sie, was er meinte und drehte den Kopf in die andere Richtung. „War keine Absicht."

Die Worte fühlten sich an, als hätte man ihm in die Magengrube getreten.

Während sich Sophie schweigend an ihm festhielt, wanderten Jonas' Gedanken zurück zu dem Moment, an dem sich ihre Lippen berührt hatten. Noch immer lag der süße Geschmack auf seiner Zunge und erinnerte ihn daran, was nie sein würde. Er hätte alles dafür gegeben, dass sie ihn wirklich geküsst hätte und nicht nur betrunken mit ihm zusammengestoßen wäre.

„Musst du dich eigentlich immer so betrinken?", machte er seiner Frustration flüsternd Luft.

Glockenhell ertönte ihr Lachen durch den frühen Morgen. „Ach, jetzt komm, als hättest du noch nie etwas getrunken. Das gehört doch dazu."

„So viel?" fragte Jonas zweifelnd.

„Irgendwie muss ich ja durch die Nacht kommen", antwortete Sophie wie selbstverständlich.

Stutzend wandte er das Gesicht wieder zu ihr und sah auf ihr seliges Lächeln, mit dem sie den abnehmenden Mond betrachtete. „Klingt mehr nach Arbeit als nach Vergnügen", meinte er trocken.

„Es ist anstrengend, das stimmt", gab Sophie unumwunden zu. „Aber es ist ja nicht so, als ob ich eine Wahl hätte. Luca braucht mich."

Jonas zog verstimmt die Augenbrauen zusammen und erwiderte nachdrücklich: „Sophie, du hast immer eine Wahl."

„Luca dem Fluch zu überlassen?" Sie schüttelte den Kopf. „Nein, Jonas, das kann ich ihm nicht antun. Niemals.

Außerdem macht es ja auch Spaß. Eine Menge sogar. Das ist mir jeden Schmerz wert."

Jedes einzelne Wort bohrte sich wie ein Dolchstich in seine Eingeweide. Gleichzeitig gefiel Jonas nicht, wie sehr Luca sie mit dieser Fluchgeschichte um den Finger gewickelt hatte. Für ihn war der Tänzer immer noch einer dieser reichen Typen, die sich auf Kosten junger Mädchen amüsierten. „Warum dann der viele Alkohol?", fragte er deshalb forsch.

„Das gehört doch dazu", warf Sophie ihm lachend entgegen. „Außerdem mixt Tomas mir immer einen Spezialdrink. Der schmeckt so lecker, das glaubst du nicht."

Jonas hätte etwas, das Tomas gemixt hatte, nicht einmal mit der Kneifzange angerührt. Bevor er etwas erwidern konnte, war Sophie jedoch zu einer Erkenntnis gekommen. „Weißt du, Jonas? Du bist immer so furchtbar ernst. Alles muss nach Plan laufen und einen Sinn ergeben. Ständig suchst du nach einem Ziel für dein Leben, als ob das wichtig wäre. Leb doch erst mal!"

Jonas' Schritte stockten und verdutzt starrte er Sophie an. Die aber lächelte ihn nur weinselig an, nicht den Hauch eines Vorwurfs in ihren Augen. Lediglich ein gutgemeinter Ratschlag für einen Freund. Wie sollte sie auch wissen, dass er die Hoffnung auf ein normales Leben schon lange aufgegeben hatte.

Seufzend legte Jonas seine Stirn auf ihre und kam ihren Lippen viel näher, als er ertragen konnte. „Ach Sophie, du bist alles Leben, das ich brauche."

Sophie hatte nicht einmal Frühstück gegessen, so müde war sie mit einem Mal geworden. Jonas hatte sie ins Bett gebracht und war nun dabei, die Wohnung aufzuräumen, bevor er sich um den Wocheneinkauf kümmern wollte. Ihre Worte drängten sich noch immer in seinen Kopf, während er sich den Kopf darüber zerbrach, ob er Sophies Vater von dem übermäßigen Alkoholkonsum seiner Tochter erzählen sollte.

Als ob dich das etwas angeht. Seufzend lehnte sich Jonas gegen die Kommode. Sophie war erwachsen. Wenn sie sich jede Nacht betrinken wollte, war das ihre Sache. Ob er daran glaubte oder nicht, für sie war der Fluch real und solange sie ihn ernst nahm, würde sie jede Nacht ins DeModie gehen und es gab nichts, was Jonas daran ändern konnte. So sehr er es sich auch wünschte.

Frustriert bückte er sich, um die Schuhe aufzuheben und strich gedankenverloren über den kaputten Satinstoff. Wie sie in den Schuhen tanzen konnte, war ihm ein einziges Rätsel. Kein Wunder, dass ihr die Füße ständig wehtaten.

Vorsichtig stellte Jonas das Schuhpaar auf der Kommode ab und griff nach seiner Jacke. Der Gedanke an Sophie und ihre zertanzten Schuhe begleitete ihn nach draußen. Er konnte nicht aufhören, ihre Worte in seinem Kopf zu wiederholen und zu zerlegen. Sie hatte Spaß mit Luca, aber die Dauerbelastung begann auch Folgen zu zeigen. Jeden Tag wurde die Nacht und somit die Zeit, die sie mit Luca tanzen musste, länger. Es war die Tatsache, dass sie für ihren angeblichen Prinzen ihr eigenes Leben zurückstellte, die Jonas am meisten missfiel.

Zu ihm hatte sie gesagt, dass er leben sollte, aber mit dem Leben wusste Jonas schon lange nichts mehr anzufangen. Er hatte keine Bedürfnisse, keine Wünsche und erst recht keine Träume mehr. Das Beste, auf das er hoffen konnte, war, dass ihn irgendwann die Albträume in Ruhe ließen. Im Vergleich dazu waren ihm Sophies Lebensfreude und der Traum, den sie nicht länger zu träumen wagte, nahezu heilig.

Womöglich war das der Grund, warum er vor dem kleinen Ballettladen in der Innenstadt anhielt. Die Musik, die im Inneren erklang, weckte in Jonas Erinnerungen. Es war eine der Melodien, die er damals im Spätsommer öfter in Sophies Studio gehört hatte. Wenn er die Augen schloss, konnte er sehen, wie sie sich im Kreise drehte, das Spielbein und die Arme hoch in die Höhe gestreckt.

Während er seinen Blick über die Auslagen schweifen ließ, entdeckte er eine Mutter mit ihren zwei Töchtern, die sich gerade die Tutus ansahen. Ein Lächeln zog über seine Lippen, als Jonas ihre Begeisterung sah. Nur zu leicht konnte er sich vorstellen, wie Sophie früher mit ihrer Mutter diesen Laden besucht hatte und sich ein neues Tüllröckchen ausgesucht hatte.

Vor wenigen Tagen hatte er erst wieder Gehalt erhalten und nicht gewusst, was er sich davon kaufen sollte, nachdem die Fixkosten bezahlt waren. Kein Film, Buch oder Spiel reizte ihn und auch wenn er keinen so ausschweifenden Kleiderschrank wie Sophie besaß, reichten ihm die

Sachen, die er besaß. Aber wenn er sich schon nicht selbst etwas Gutes tun konnte, so konnte er vielleicht wenigstens Sophie eine Freude machen.

„Du bist doch echt bescheuert", murmelte Sophie zum wiederholten Male, als sie umgeben von Kindern und ihren Eltern eine Woche später am frühen Nachmittag vor dem großen Theater standen und darauf warteten, eingelassen zu werden. „Karten fürs Winterballett. Mein Vater zahlt dir eindeutig zu viel."

Schmunzelnd erwiderte Jonas: „Darf ich mich nicht mal dafür erkenntlich zeigen, dass du mich bei dir wohnen lässt?" Das Wetter ließ zu wünschen übrig, aber Jonas hätte nicht glücklicher sein können. Sophie hatte sich für ihren gemeinsamen Nachmittag hübsch zurechtgemacht. Die Haare waren elegant hochgesteckt und das Gesicht dezent geschminkt. Außerdem hatte sie sich nach Wärme suchend bei ihm eingehakt.

„Na, theoretisch war es mein Vater, der dir die Schlüssel gegeben hat", meinte Sophie ausweichend. „Ich wüsste gar nicht, wie ich dir das je zurückzahlen soll." Trotz ihrer Worte konnte er ihre Nervosität spüren, als sich die Türen endlich öffneten.

Langsam kam Bewegung in die Leute und sie trieben dem Eingang zu. „Gar nicht. Wir sind Freunde. Ich wollte dir eine Freude machen, mehr nicht", schlug Jonas vor und zückte die Karten.

Ihr Lächeln war ihm Antwort genug. „Danke", wisperte sie und die Aufregung vertrieb jegliche Einwände, als sie das Foyer mit seiner hohen Decke betraten. Sophie starrte völlig verzaubert hinauf.

Neugierig folgte Jonas ihrem Blick und bewunderte die detailreichen Fresken, die Szenen aus der griechischen Mythologie darstellten. Mehrere Säulen, antiken Tempeln nachempfunden, trugen die oberen Ränge mit ihren kunstvollen Balustraden und von der Decke hing ein Kronleuchter, dessen Kristalle tausende Lichtflecken über den Boden tanzen ließen.

„Soll ich deinen Mantel nehmen?“, fragte Jonas leise, um Sophie nicht aus ihrem Traum zu wecken. In Gedanken versunken zog sie langsam den Mantel aus und ließ ihn in seine Arme fallen. Zufrieden lächelnd trug Jonas die Sachen zur Garderobe. Es war ihm gelungen, sie wirklich zu überraschen.

Als er wieder zurückkehrte, wandte Sophie sich ihm mit leuchtenden Augen zu. „Ich habe ganz vergessen, wie schön es ist.“ Ein Glockenton drang durch die Luft und Jonas spürte seine eigene Aufregung steigen. „Komm, ich will sehen, ob unsere Plätze etwas taugen!“ Schon hatte sie seine Hand gepackt und zog ihn zu den großen Flügeltüren.

Das Parkett war schon ausverkauft gewesen, aber Jonas hatte noch Karten im ersten Rang bekommen. Es waren nicht die besten Plätze, doch Sophie schien das nichts auszumachen. Sie nahm neben ihm Platz und stützte sogleich die Arme auf das Geländer, als könnte sie so noch mehr von der leeren Bühne sehen. Während die anderen Gäste zu ihren Plätzen fanden, erzählte sie ihm aufgeregt, wo sich die Eingänge hinter der Bühne befanden, welche Stücke wahrscheinlich für das diesjährige Winterballet ausgesucht worden waren und auf welche Details er alles achten sollte, bis ihm die Ohren rauschten.

Schließlich klingelte es dreimal und die Lichter erloschen eines nach dem anderen. Sophie schien den Atem anzuhalten, während der Rest des Saals ebenfalls verstummte. Dann ertönten leise die ersten Klänge und trugen Jonas mit sich fort. Obwohl er das erste Stück aus Sophies Trainings stunden sofort erkannte, verlieh ihm das Orchester einen ganz eigenen Klang, der ihn von der ersten Sekunde an mitriss. Dann betraten die Tänzer die Bühne und begannen ihre Geschichte zu erzählen.

Völlig gebannt saß Jonas da und betrachtete die eleganten Bewegungen, die ganz ohne Worte große Gefühle und spannende Entwicklungen darstellten. Es gelang ihm mühelos, den einzelnen Geschichten zu folgen, und er war jedes Mal aufs Neue davon fasziniert, wie wandelbar und vielfältig die Figuren der Tänzer waren.

Obwohl immer wieder einige Kinder quengelten, konnte Jonas den Blick kaum abwenden, bis er ein ersticktes Schlucken neben sich hörte. Irritiert wandte Jonas das Gesicht von der Bühne ab. Sophie hatte die Hand vor den Mund geschlagen und Tränen liefen ihre Wangen hinab, während sie immer wieder schniefend die Nase hochzog.

Erschrocken bemerkte sie seinen Blick und sprang auf der Stelle auf. „Soph...“, rief er halblaut und hastete ihr ungeachtet der Beschwerden hinterher.

Als er auf den Balkon trat, sah er gerade noch, wie Sophie die Treppen hinunterrannte und zur Tür hinausstürzte. „Verflucht!" Jonas hatte nicht mal Zeit, ihre Mäntel zu holen, als er ihr nacheilte.

Zu seinem Glück war Sophie draußen stehen geblieben. Zitternd hatte sie sich halb vornübergebeugt und ihre Körpermitte umschlungen. Besorgt trat Jonas näher und streckte die Hand nach ihr aus. „Stimmt was nicht?"

„Ob etwas nicht stimmt?" Schrill tönte ihre Stimme über den leeren Hof, als sie den Kopf hochriss und ihn aus verheulten Augen ansah. „Du schleppst mich ausgerechnet in ein Ballett und willst wissen, ob was nicht stimmt?"

Verwirrt versuchte sich Jonas, einen Reim auf ihre Worte zu machen. „Aber bis eben hat es dir doch gefallen. Ich habe das Leuchten in deinen Augen gesehen."

„Ich hasse Ballett! Ich hasse es!", schrie sie und schlug mit ihren Fäusten auf seinen Brustkorb ein.

Jonas stolperte von ihrer plötzlichen Attacke überrascht zurück.

„Aber du musstest ja unbedingt hierher", zeterte sie weiter und wandte sich dann mit einem frustrierten Aufschrei wieder ab. Neue Schluchzer bahnten sich ihren Weg und Jonas konnte sehen, wie sie sich immer wieder über die nassen Wangen wischte.

„Sophie", begann er zaghaft.

„Sie ist dabei gestorben", rang Sophie sich auf einmal ab und drehte sich wieder zu ihm, ihre Augen voller Hilflosigkeit. „Meine Mutter. Sie ist bei meiner Aufführung als Zuckerfee gestorben. Darüber hast du nicht nachgedacht oder?“ Es war der Tanz der Zuckerfee gewesen, bei dem sie den Tanzsaal verlassen hatten.

Vollkommen überfordert, fand Jonas keine Antwort. Sophie wischte sich erneut Tränen aus den Augenwinkeln, bevor sie auf ihre Uhr sah. „Ich muss los. Luca wartet.“

Die Worte bohrten sich wie ein Dolch in sein Herz. „Ja, gut“, erwiderte er tonlos und senkte den Blick. „Ich hole unsere Sachen.“

Sophie hatte das Haus schon lange verlassen, während Jonas sich noch immer mit den Ereignissen des Nachmittags herumschlug. Er hatte ihr eine Freude machen wollen und alles hatte so gut begonnen. Ihre Aufregung hatte ihn angesteckt und das Leuchten in ihren Augen hatte ihm alles verraten, was er über ihre Liebe zum Ballett wissen musste. Woher hätte er wissen sollen, dass ihre Mutter ausgerechnet in einem Theater gestorben war? Während Sophie auf der Bühne stand?

Jonas wälzte den Gedanken hin und her, aber er fand keinen Weg, wie er das Desaster hätte vermeiden können. Genauso wenig wusste er, wie er das wiedergutmachen sollte. Dass sie die Sache aufgewühlt hatte, war nicht zu verkennen gewesen. Schließlich war sie sogar schon vor Sonnenuntergang ins DeModie geeilt und hatte ihn alleingelassen.

Es nutzte nichts. Er konnte die ganze Nacht wach herumliegen und sich fragen, was genau er falsch gemacht hatte. Oder er konnte Sophie nachgehen und sich bei ihr entschuldigen. Kurzerhand nahm Jonas den alten Mantel, den er von dem Bettler erhalten hatte und machte sich auf den Weg.

Die Dämmerung hatte bereits eingesetzt, doch die Niemeyer Straße lag noch verlassen da. Es war zu früh am Abend für die meisten Partygänger, aber nicht für Sophie. Zwanzig Minuten lang stand Jonas wartend mit seinem Mantel vor dem DeModie, ohne dass jemand erschien, dem er hinein folgen konnte, bevor er die Geduld verlor.

Er überquerte die Straße und probierte die Türklinke. Entweder der Mantel hatte noch andere ungeahnte Kräfte oder er hatte am heutigen Tag doch noch so etwas Ähnliches wie Glück, denn die Tür ließ sich problemlos öffnen. Auch fehlte vom Türsteher jede Spur, obwohl von unten bereits Musik hinaufdrang. Schulterzuckend betrat Jonas den Club.

Während er noch darüber rätselte, wieso das DeModie heute ohne Türsteher auskam, begann er den Abstieg durch den Gold- und Silberwald. Das Klirren der Blätter war so zauberhaft wie zuvor, doch hin und wieder schlichen sich disharmonische Töne ein, als wäre das Glockenspiel beschädigt worden.

Auf halber Höhe blieb Jonas stehen und sah hinunter auf den See. Anders als beim letzten Mal waren Sophie und Luca fast die einzigen, die dort tanzten. Am Ufer jedoch drängten sich die Leute, ihre Aufmerksamkeit gänzlich auf das Paar gerichtet. Jonas konnte ihre Faszination viel zu gut nachvollziehen. In Lucas Armen schwebte Sophie über die Tanzfläche. Statt der heißen Rhythmen vom letzten Mal, hatte der DJ heute ruhigere Musik aufgelegt und Sophies Blick wich nie von Lucas Gesicht.

Ihr Anblick versetzte Jonas einen Stich ins Herz. Er sollte es besser wissen, aber er hatte sich Hals über Kopf in die lebenslustige Tänzerin verliebt. Das Strahlen in ihrem Gesicht, das den gesamten Raum zu erhellen erschien, gehörte jedoch ganz allein ihrem Prinzen.

Wie zuvor war Luca ein unerschöpflicher Quell der Höflichkeit und Eleganz. Es genügte ihm, Sophie glänzen zu lassen, während er sie mit starker Hand durch den Tanz führte. Jeder Schritt saß und mit Leichtigkeit wirbelte er Sophie herum und hob sie in die Luft. Es war ein Anblick, der den Zauber des Tanzsaals am Nachmittag im Nu verblassen ließ.

Jonas wusste nicht, wie lange er ihnen zugesehen hatte, als Luca sich mit einem Mal verbeugte und Sophie einen Kuss auf die Finger hauchte. „Dein Anblick verzaubert mich jede Nacht aufs Neue", raunte er Sophie zu und dennoch hallten seine Worte in jeder Ecke des Raumes wider. Als er das Glück sah, welches sich in Sophies Gesicht spiegelte, drehte sich Jonas der Magen um.

Luca war perfekt. Er sah gut aus, konnte hervorragend tanzen und umschwärmte Sophie wie ein farbenfroher Schmetterling. Immer hilfsbereit, immer zuvorkommend. In Aufmerksamkeit gebadet, war es deutlich, warum Sophie nichts anderes als ihn wahrnehmen konnte und ihm selbst den eigenartigen Wunsch erfüllen würde, ein Jahr lang mit ihm zu tanzen.

Erneut glitt das Paar über die spiegelnde Tanzfläche und versetzte dabei seine Bewunderer in Staunen. Jonas wollte

Luca für seine Eleganz und Unfehlbarkeit hassen, verzehrte sich geradezu danach, jede Einzelheit zu finden, die an ihm nicht stimmte und um welche er sich den Rest zusammen spinnen konnte. Die Eifersucht drängte ihn dazu, Sophies Vater zu berichten, dass seine Tochter an einen Betrüger geraten war, nur damit er ihr verbot, den Club je wieder zu betreten, aber Luca behandelte Sophie tadellos. Nicht einen Fehler erlaubte sich der junge Mann und seinem Gebaren nach zu urteilen, hätte er gut und gerne einem alten Königshaus angehören können. Kein Wunder, dass Sophie ihm mit Haut und Haaren verfallen war und kaum die Augen von ihm lassen konnte, während sie Jonas nicht einmal richtig wahrnahm.

Er hätte sich freuen sollen, dass sie jemanden hatte, der sie so glücklich machte. Jemanden, der aus vollen Zügen lebte und nicht Stunde für Stunde in einem längst vergangenen Kriegsschauplatz festhing. Aber wie er es auch drehte und wendete, der Neid ließ es nicht zu. Wie die Motten das Licht zog Sophie ihn an und obwohl es dort nichts für ihn gab, konnte er sich ihr nicht entziehen. Innerhalb kürzester Zeit war Sophie der Mittelpunkt seines kläglichen Lebens geworden.

Als er sich umsah, stellte Jonas erschrocken fest, dass er nicht der einzige war, der sich so sehr nach Sophie verzehrte. Die Leute am Ufer hatten die Blicke starr auf die hübsche Tänzerin gerichtet und in ihren Augen sah er einen Hunger, der ihn stark an seinen eigenen erinnerte. Als würden auch sie nach Sophies stark flimmerndem Licht gieren.

Irritiert von dieser Beobachtung machte Jonas sich auf den Weg durch den Raum. Die meisten Anwesenden waren von dem Geschehen auf der Tanzfläche gebannt, aber langsam kamen andere Gäste die Treppe hinunter und der Zauber, der das ganze DeModie in seinen Bann gezogen hatte, verflog Stück für Stück.

Erstaunt erkannte er den Türsteher, der heute seinen Dienst an der Bar versah und einer Frau einen widerlich blauen Drink servierte. „Ach Sina, du müsstest dich doch langsam daran gewöhnt haben“, hörte Jonas ihn in einem mitleidigen Ton sagen, der gar nicht zu seinen bisherigen Erfahrungen mit diesem Kerl passen wollte.

Die Frau schluchzte laut auf. „Du verstehst das nicht, Tomas! Ich kann doch nicht einfach nur zusehen und nichts tun.“

Tomas zuckte mit den Schultern und für einen Moment glitt sein Blick sehnsüchtig zur Tanzfläche. „Was anderes ist nicht möglich. So war das schon immer und so wird es immer bleiben. Uns bleibt einzig die Hoffnung, dass wir eines Tages selbst an der Reihe sind. Vielleicht gibt es ja sogar für dich noch eine zweite Chance.“

Sina brach angesichts der Worte in Tränen aus und in einer mitfühlenden Art, die so gar nicht zu den mörderischen Blicken passte, die Jonas von ihm kannte, strich Tomas der Frau über die Hand.

Jonas beschloss, die beiden nicht länger zu belauschen und schlich wie ein Schatten durch den Raum, um die anderen Gäste zu beobachten. Er war sich mittlerweile sicher, dass der Mantel ihn vollkommen unsichtbar machte, wie auch immer das möglich war. Immerhin musste er sich so keine Sorgen darüber machen, irgendwie aufzufallen.

„Draußen ist es genauso dunkel wie hier. Das lohnt sich doch nicht", bemerkte ein pferdegesichtiger Mann in der Nähe.

Als sein Gegenüber den Mund öffnete, erschrak Jonas, so gelb und krumm waren seine Zähne, fast wie Hauer. „Schlimm genug, dass wir den Prinzen zusehen müssen, wie sie ihr Ticket an die Oberfläche lösen. Jetzt willst du nicht mal nachts etwas frische Luft schnappen?" Mit einem flauen Gefühl erinnerte sich Jonas an die Gestalten, welche in letzter Zeit immer öfter draußen herumgelungert hatten und die Schatten, die Sophie aufgelauert hatten.

Dass auch die anderen Besucher des Clubs - oder waren es eher Bewohner? - von Prinzen sprachen, irritierte Jonas und er sah zurück auf die Tanzfläche. Neben Sophie tanzten noch drei andere junge Frauen, deren Tanzpartner unverschämt gut aussahen. Wie die Märchenprinzen, von denen kleine Mädchen und manche Frauen träumten.

Jetzt, wo er danach Ausschau hielt, fiel Jonas auf, wie grauenhaft die Leute am Ufer im Vergleich aussahen. Den meisten von ihnen wollte er ungerne alleine in einer dunklen Gasse begegnen. Da gab es unansehnliche Buckel, hässliche Narben, krumme Zähne und Nasen, unpassende Augenpaare und hässliche Warzen. Vereinzelt sah er Menschen, deren einziger Makel fehlende Schuhe waren. Mehr als alle anderen schwankten sie zwischen einer unbändigen Sehnsucht und tiefer Traurigkeit.

Wenn Jonas sich die Anwesenden so ansah, kam ihm Luca tatsächlich wie ein verwunschener Prinz vor, den man hier gegen seinen Willen festhielt. Aber wieso und warum, dafür hatte er keine Erklärungen. Möglicherweise entstammten seine Beteuerungen über einen Fluch tatsächlich noch der Wahrheit. Wenn das wirklich so war, gefiel es Jonas noch weniger, dass Sophie sich deshalb jeden Abend diesen hungrigen Blicken aussetzen musste.

Nach einer Weile fiel Jonas ein Mann ins Auge. Allein in einem Boot sitzend, war er der einzige, dessen Züge nicht von unerfüllter Sehnsucht erfüllt waren. Mit blutunterlaufenen Augen folgte er Sophies und Lucas Bewegungen, sein Gesicht eine verzerrte Maske der Wut. Vorsichtig schlich Jonas näher, mit der Befürchtung, dass der Mantel ihn nicht vor diesem Mann schützen würde, doch dieser ließ den Blick nie auch nur einen Moment von Sophie schweifen.

Jonas fand, er hätte gut und gerne Lucas älterer Bruder sein können mit seinen blauen Augen, dem blonden Haar und dem sehnigen Körper. Doch im Gegensatz zu den anderen jungen Männern tanzte er nicht, sondern kümmerte sich nur um seinen Drink. Es war das gleiche blaue Getränk, das Tomas der Frau angeboten hatte und wie es aussah, war es trotz der frühen Stunde nicht sein erster Drink.

Aus dem Augenwinkel sah Jonas, dass Luca Sophie zu einem anderen Boot führte. Er wollte sich gerade von dem Mann abwenden, als er plötzlich dessen Hände bemerkte. In seinem Zorn hatte er die Finger in das Holz des

Tisches gekrallt und tiefe Furchen hinterlassen. Zu gerne wollte Jonas glauben, dass es sich dabei um andere Spuren handelte, vielleicht einen Verarbeitungsfehler oder eine natürliche Garbe im Brett, aber noch während er die Furchen betrachtete, gruben sich die Fingernägel tiefer in das Holz.

Nur mit Mühe konnte Jonas seine Panik niederkämpfen und seinen Atem flach halten, um sich nicht zu verraten. Während Sophie und Luca nicht weit von ihnen Platz nahmen, trank der Fremde seinen Cocktail aus, die Finger der anderen Hand krampfhaft um das Glas geschlossen. Im nächsten Moment zerbrach das Gefäß krachend und Sophie sah erschrocken hinüber, während Jonas zischend die Luft einzog.

Wie aus dem Nichts erschien Tomas, glitt an ihm vorbei und stellte dem Mann einen neuen Drink hin. „Reiß dich zusammen, Frederick! Du kriegst sonst wieder Ärger", mahnte er ihn fast fürsorglich.

Als Antwort bekam der Barkeeper das zerbrochene Glas ins Gesicht geschleudert. Scharfe Kanten zerschnitten die ebenmäßige Haut und Tomas kniff reflexartig die Augen zu. „Geh zurück auf deinen Platz, Tommy, und lass die Großen in Ruhe!"

Da war er wieder. Der Blick, der Jonas bereits einmal in Angst und Schrecken versetzt hatte. Hastig senkte Tomas den Kopf, eine ergebene Entschuldigung vortäuschend und wandte sich dann schnellen Schrittes ab, bevor Frederick ihm noch etwas nachrufen konnte. Als er an Jonas vorbei rauschte, schlossen sich die Schnittwunden bereits von alleine, als würden sie von unsichtbarer Hand zusammengenäht.

Jonas schluckte und taumelte zurück. Er hatte das Blut gesehen. Noch immer sah er die Spuren davon auf dem Hemd, aber als Tomas wieder an seiner Bar ankam, waren die Wunden verschwunden, als wären sie nie dagewesen. Missmutig fuhr der junge Mann fort, neue Gläser zu befüllen, während Jonas sich hektisch umsah. Irgendetwas stimmte ganz und gar nicht mit dem DeModie und er war sich nun sicherer denn je, dass er Sophie hier herausholen musste. Notfalls zusammen mit Luca.

Aber erstmal musste er sie davon überzeugen. Ohne sich um seine Unsichtbarkeit zu kümmern, drängte Jonas sich durch die Leute hin zur Treppe. Falls sie ihn bemerkten, so war ihre unheimliche Gier nach Sophie und den anderen Mädchen stärker. Ein paar Stufen höher hielt er inne und sah zurück. Sophie schien die vielen Blicke, die sie selbst fernab von der Tanzfläche verfolgten, gar nicht wahrzunehmen. Stattdessen lachte sie Luca an und ließ sich von ihm mit Küssen bedecken. Zitternd wandte Jonas sich ab. Sie würde ihm nicht glauben. Nicht ohne Beweise.

Nachdem es das letzte Mal einen solchen Krach gegeben hatte, trat er zögerlich zwischen die Gold- und Silberbäume. Unter ihm zerbrach mit leisem Knirschen das filigrane Moos und ließ seine Spur trotz des Mantels überdeutlich erscheinen. Mit einem letzten Blick zurück wappnete er sich und brach einen der goldenen Zweige als Beweis ab.

Das Donnern war dieses Mal noch schrecklicher. Jonas zuckte heftig zusammen und befürchtete, dass die Decke gleich über ihm zusammenbrechen würde. Doch am künstlichen Himmel zuckten nur Blitze, während es in der Ferne grollte. Staub, so dicht wie Nebelwolken, stieg empor und begann Jonas einzuhüllen. Die Musik klang jetzt schrill und verzerrt in seinen Ohren und plötzlich sah er Gestalten auf sich zukommen.

Er wusste genau, wer diese Leute waren: Taliban, die sie überfallen hatten.

Sie würden ihn erschießen oder schlimmer noch gefangen nehmen. Der Mantel würde Jonas nicht schützen. Nicht in Afghanistan. Hektisch atmend hechtete er zwischen zwei Schatten hindurch und rannte blind durch die Staubwolken, die sich von den zerbombten Gebäuden erhoben.

Unzusammenhängende Wortfetzen erreichten ihn. Befehle, die keinen Sinn ergaben, letzte Worte von Kameraden, nie vergessen, und fremde Worte, von denen er nur hin und wieder eines verstand, weil er es zu oft gehört hatte. Hilf mir! Hilf mir!

Endlich fand Jonas den Weg auf den Berg hinauf. Er keuchte schwer und hielt sich die Seite mit der Hand, in der er noch immer den goldenen Zweig fest umklammert hielt. Hinter ihm ertönten grässliche Schüsse und Jonas warf sich in seiner Verzweiflung auf den Boden. Das Moos barst unter ihm, und tausende winzige Splitter bohrten sich in seine Haut, so dass der Schmerz ihn wieder in die Höhe trieb. Ziellos floh Jonas vor den Schatten in den Nebeln, hechtete nach links und rechts, bis er völlig die

Orientierung verloren hatte. Die Narbe an seiner Schulter brannte vor Schmerz und sein Puls pochte ihm in den Ohren, doch noch immer rannte er, bis er mit einem Mal erstarrt stehenblieb.

Vor seinen Augen erstreckte sich eine lange Leiste an der Wand, in die man unzählige Nägel eingeschlagen hatte. An jedem einzelnen von ihnen hing ein Paar kaputter Schuhe. Bei manchen von ihnen löste sich die Sohle ab, während andere völlig durchlöchert waren. Ausgefranste Schnürsenkel hingen von einigen herunter und konnten die Schuhe kaum noch zusammenhalten. Bei vielen war die Farbe vollkommen ausgeblichen oder abgeblättert. Wieder andere waren bis auf den letzten Zentimeter dreckverkrustet.

In grausiger Trance ging Jonas an den Schuhen vorbei und betrachtete jeden einzelnen von ihnen. Oft waren es Tanzschuhe, aber hin und wieder sah er Stiefel, die mehr Wanderschuhen ähnelten. Es gab Damen- und Herrenschuhe und zu seinem Entsetzen sogar kleinere, die bei bestem Willen nicht an Sophies schmale Füße gepasst hätten. Allein bei dem Gedanken, was das bedeuten mochte, wurde Jonas übel.

Es schien ihm, als würde für jeden Bewohner des DeModie ein Haken mit zertanzten Schuhen existieren. Doch der schrecklichste Anblick war der des leeren Nagels am Ende der Leiste.

Der Platz für Sophies Schuhe.

KAPITEL 6

Sauté

Der Bass vibrierte in Sophies Adern, während der Takt ihre Füße dirigierte. Lucas starke Arme gaben ihr Halt, als sie sich überschwänglich nach hinten bog. Vertrauensvoll schloss Sophie die Augen und genoss die Musik.

Gänzlich unverhofft musste sie plötzlich gähnen und vernahm gleich darauf ein verhaltenes Lachen. „Bin ich so langweilig?"

Erschrocken schlug Sophie die Augen auf und kam wieder mit dem Oberkörper hoch. „Du wärst der Letzte, mit dem mir langweilig wäre", versicherte Sophie und drehte sich unter seinem Arm weg.

Luca hatte andere Pläne und zog sie wieder zu sich heran. Seine Arme schlossen sich um ihre Hüfte und sein Kinn kam auf ihrer Schulter zu liegen. „Gut."

Lachend hob Sophie ihren rechten Arm und strich über die weichen Haare in Lucas Nacken, während sie sich an ihn schmiegte. Ein kurzes Stöhnen entwich seinen Lippen und wenig später spürte sie seinen heißen Atem an ihrem Hals.

Sophie wollte sich gerade umdrehen und seinen nächsten Kuss abfangen, als ein lautes Krachen sie aus dem Takt warf. Luca schrie laut auf und sie stolperten übereinander. „Verdammt!", fluchte er und zog scharf die Luft an.

Besorgt sah Sophie, wie er sich vornüberbeugte. „Ist alles okay?"

Ein-, zweimal atmete Luca tief ein, dann hob er den Kopf und lächelte sie an. „Es geht schon wieder. Ich bin nur umgeknickt." Der Schmerz wischte das Lächeln wieder von seinem Gesicht und schnell griff Sophie ihm unter die Arme, um ihn zu stützen.

„Danke." Statt sie anzusehen, schaute Luca jedoch suchend im Club umher.

Als Sophie beunruhigt das Gleiche tat, schrak sie heftig zusammen. Sie wurde kreidebleich und hätte Luca sie nicht festgehalten, wäre sie wohl zu Boden gefallen. Ihr Atem ging stoßweise und um sie herum drehte sich alles.

„Sophie! Was ist denn?" Nur undeutlich konnte sie seine panischen Worte verstehen.

„Die Leute", antwortete sie zitternd und klammerte sich regelrecht an seinen Arm. „Schau doch nur die Leute an!"

Ihre schlimmsten Albträume hatten sich mit einem Mal bestätigt und diesmal half kein Umdrehen oder Wegschauen. Nur die wenigsten Gäste ähnelten noch

Menschen. Stattdessen sah sie gewaltige Hörner und scharfe Klauen, dichtes Fell und mächtige Hauer. Gebleckte Zähne knirschten bedrohlich und die gierigen Blicke aus ihren Augen ließen bei ihr den Angstschweiß ausbrechen. Das Schnaufen und Grunzen der vielen Kehlen überdeckte fast vollständig die Musik.

Ängstlich drückte Sophie sich näher an Luca und verbarg das Gesicht an seiner Brust. „Ich habe Angst", gab sie flüsternd zu.

Plötzlich schoben sich Lucas Finger unter ihr Kinn und hoben ihren Blick an. Er allein war unverändert, die blauen Augen voller Liebe. Sie gaben Sophie Halt. Ihr Atem beruhigte sich langsam und das Zittern ließ nach.

Schließlich nickte Luca und antwortete in vollkommener Ruhe: „Du siehst ihre wahre Gestalt." Als sie erschrocken aufkeuchte, fügte er hinzu. „Du brauchst keine Angst zu haben, Sophie. Sie sind immer noch dieselben wie zuvor."

„Als sie noch Menschen waren, waren sie aber nicht so gruselig." Sophie wusste, dass sie jämmerlich klang, aber sie war müde und der Schrecken saß ihr tief in den Knochen. Dazu noch das Drama am Nachmittag, das die schmerzhaften Erinnerungen an ihre Mutter hervorgeholt hatte.

Als ihr Tränen der Erschöpfung kamen, strich Luca ihr beruhigend über die Haare. „Bei mir kann dir nichts geschehen. Niemand wird dich anrühren." Säuselnd drangen seine Worte an ihre Ohren und begannen, sie in Sicherheit zu wiegen. Langsam lullte seine Wärme Sophie ein und die Augen fielen ihr zu.

„Hey." Sanft weckte Luca sie aus dem Dämmerschlaf,

in den sie gesunken war, obwohl ihre Füße sich weiter im Takt der Musik bewegt hatten. Müde sah Sophie in Lucas belustigte Augen. „Sag doch einfach, dass du eine Pause brauchst."

Er löste sich von ihr und nahm ihre Hand. Die plötzliche Kälte, als er sich von ihr trennte, ließ Sophie wieder etwas wacher werden und erleichtert folgte sie ihm zu ihrem Boot. Wie üblich war es bereits für sie reserviert und Sophie ließ sich mit einem Seufzen auf die weichen, samtenen Kissen sinken. Die Anspannung verließ ihren Körper und langsam wurden ihr die Augenlider wieder schwer. Während Luca die Hand hob, um Tomas auf sie aufmerksam zu machen, kuschelte sie sich in seinen Arm und dämmerte bereits wieder in einen leichten Schlaf.

„Gleich, Sophie, gleich", murmelte Luca etwas ungeduldig. Ob er wohl verärgert war, dass sie nicht länger mit ihm tanzte? Dabei tat es so gut, die schmerzenden Füße für einen Moment ausruhen zu können.

Als sie das nächste Mal die Augen aufschlug, beugte sich Tomas bereits an ihr vorbei und stellte ihr das tiefblaue Getränk hin. „Einen Doppelten für unsere hübsche Prinzessin. Lass es dir schmecken!"

Verdutzt betrachtete Sophie das Glas und auch Tomas' abwartende Miene. Irgendetwas war anders als sonst. Beide Brüder wirkten angespannt und Sophie musste an den Krach von zuvor zurückdenken. Ob es ein Problem mit der Musikanlage oder Bastien gab?

Luca nahm das Glas für sie auf und reichte es ihr. „Wäre doch gelacht, wenn wir dich nicht wieder aufgepäppelt bekommen“, meinte er gut gelaunt, doch sein Gesicht zeigte einen Hauch von Sorge.

„Aufgepäppelt?“ Sophie wollte einfach nur ein wenig in seinen Armen schlafen, so wie sie es oft in Jonas’ Armen tat, wenn er sie heimtrug.

Tomas nickte und ließ seinen spitzbübischen Charme spielen. „Ist mein bester Cocktail. Nichts ist erfrischender. Versprochen.“

Zweifelnd sah Sophie zu Luca. Ihr gefiel nicht, dass das Lächeln sich nicht in seinen Augen widerspiegelte und die Finger seiner anderen Hand nervös auf seinem Knie trommelten. „Trink ruhig! Das wird dir gut tun. Oder willst du lieber nach Hause gehen?“

Das war es. Er hatte Angst.

Schlafen war keine Option. Nicht, bevor das Jahr um war und sie ihren letzten Tanz im Morgengrauen vollendet hatten.

Seufzend richtete Sophie sich wieder auf. Sie vermutete, dass in dem Cocktail mehr steckte, als die beiden Brüder ihr verrieten. Genauso sicher war sie sich jedoch auch, dass Luca ihr nichts Gefährliches unterjubeln würde und hob das Glas zum Mund.

Tomas hatte die Wahrheit gesagt. Schon, als der erste Tropfen ihre Kehle benetzte, breitete sich eine herrliche, fruchtige Süße mit Honignote in ihrem Mund aus. Kaum hatte sie den ersten Schluck getan, nahm sie jeden einzelnen Ton der berauschenden Melodie des DeModie wahr. Eine wohlige Wärme durchdrang jede Faser ihres Körpers und ließ ihre Nerven kribbeln.

„Was ist das nur?“ fragte Sophie verwundert Tomas und bewahrte nur mit Mühe so viel Anstand, das wundersame Getränk nicht in einem Zug auszutrinken.

Grinsend antworte Tomas: „Die Tränen meiner harten Arbeit.“

Kichernd setzte Sophie das Glas wieder an die Lippen und ergötzte sich an dem Geschmack und dem Gefühl, das sich in ihr entfaltete. Selbst der Schmerz in ihren Füßen wich der lieblichen Süße. Belustigt stellte Sophie fest, dass ihr Herz nun im Rhythmus der Musik schlug.

Als Luca sie erwartungsvoll ansah, nahm Sophie lachend seine Hände, bereit sich den überirdisch schönen Klängen wieder hinzugeben. Auch er strahlte nun übers ganze Gesicht. Verflogen waren die Sorge und Anspannung, die sie sich in ihrer Müdigkeit eingebildet hatte.

Die Gestalten auf der Tanzfläche erschienen Sophie nicht länger gruselig. Sie mochten mit ihren Klauen und Hauern bedrohlich aussehen, aber sie wussten noch genauso gut wie vorher, wie man die Nacht zum Tag machte. Passend zu ihrer Gemütslage legte Bastien etwas Schnelles, Lebhaftes auf und jauchzend ließ Sophie sich von Luca endlos im Kreis drehen, bis ihr schwindlig wurde.

Enger als je zuvor drängten ihre Bewunderer und mehrmals musste Luca darum bitten, ihnen Abstand zu gewähren.

Sophie war es egal. Das DeModie war schließlich zum Tanzen da und wenn sie nur mit ihrem Partner auf der Bühne hätte stehen wollen, wäre sie beim Ballett geblieben. Aufgedreht schnalzte sie mit der Zunge. „Lass sie doch!

Je mehr desto lustiger.“

Besorgt sah ihr wundervoller Prinz sie an. „Bist du dir sicher, Sophie?“ Als sie grinsend nickte, wurden seine Züge unendlich weich und in seine Augen trat ein verträumtes Glitzern. „Du weißt gar nicht, wie glücklich du mich machst.“ Er hob ihre Hände und küsste ihre Finger. „Und sie erst.“

Erneut musste Sophie kichern. Ihre Müdigkeit war wie weggeblasen. „Na, wird es nicht von einer Prinzessin erwartet, dass sie sich um das Volk bemüht?“

Bevor sie es sich versah, spürte sie Lucas Lippen auf ihren. Sein Kuss schmeckte genauso lieblich wie der süße Cocktail. Glücklich legte Sophie ihre Arme um seinen Nacken und zog ihn dichter an sich heran.

Erst als sie ein leichtes Ziepen verspürte, löste sich Sophie überrascht von ihm. Behutsam nahm Luca seine Hand von ihrem Nacken und führte die Hand nach vorne. Ein rötlicher Dunstschleier folgte seinen Bewegungen. Mit einem Lächeln, das nur ihr alleine galt, warf er den Schleier in die Menge und verwundert sah Sophie zu, wie sich die anderen darüber hermachten, als hätte er gerade das Büfett eröffnet. Es war ihre Lebensfreude, die sie so glücklich machte, stellte Sophie stolz fest.

Tatsächlich wirkten die Leute wenig später ausgeglichener als zuvor. Ihre Augen strahlten vor Zufriedenheit und alles nur wegen ihr. So fühlte es sich also an, eine Prinzessin zu sein, dachte Sophie, während ihr der Kopf schwamm. Jemand, der vorbehaltlos seinem Volk gab und es glücklich machte.

Lachend drehte sie sich im Kreis, während Lucas Berührungen ihre Haut angenehm kribbeln ließen, als er mehr und mehr von ihrer Lebensfreude in der Menge verteilte. Und warum sollte sie auch nicht genug davon haben? Sie hatte das beste Leben, das sie sich wünschen konnte. Jede Nacht ein Ball, Freunde, die sie verstanden und ihren eigenen Prinzen, der ihr jeden Wunsch von den Lippen ablas.

Sie konnte sich gar nicht genug an Luca sattsehen. Sein blondes Haar, die liebevollen, blauen Augen. Er hätte einem Märchenbuch entstiegen sein können. Seine starke Hand führte sie durch jedes Lied und Sophie war sich sicher, dass er genauso gut ein Schwert in die Schlacht führen könnte, wenn das jemals nötig gewesen wäre.

Von allen Prinzen im Raum hatte Sophie den Schönsten und Wundervollsten abbekommen. Tomas mit seinem bubenhaften Charme war viel zu jung, auch wenn sie ihn inzwischen mochte wie einen eigenen kleinen Bruder. Er würde erst Anspruch auf eine Prinzessin haben, wenn die Älteren ihre gefunden hatten. So lange würde er seinen Brüdern pflichterfüllt dienen.

Bastien, der wunderbare Meister der Musik, war für ihren Geschmack noch immer zu kindisch. Viel zu oft machte er sich über sie und Luca lustig oder neckte Tomas. Aber der Zauber, den er jeden Abend am Mischpult vollbrachte, hatte auch ihm einen Platz in Sophies Herzen gesichert. Niemand konnte sie so schön tanzen lassen wie er.

Sie mochte jeden einzelnen von ihnen, die Älteren wie

die Jüngeren und am liebsten hätte sie alle befreit. Alle bis auf einen.

Fredericks düsterer Blick, wenn er alleine in seinem Boot saß, war ihr trotz der wundervollen Leichtigkeit der Musik und Süße des Drinks unheimlich. Vor ein paar Wochen noch hatte er Sophie leidgetan, weil Pia ihn so sitzen gelassen hatte, aber seit Luca den Tanz für sich entschieden hatte, war er von Neid zerfressen. Er war schließlich älter und davon überzeugt, Sophie müsste von Rechtes her ihm gehören. Als wäre sie nicht mehr als ein Besitztum und könnte vom einen zum anderen wandern.

Jonas hatte einmal laut sinniert, dass sie auch für Luca austauschbar sei, wenn der Fluch wirklich wahr wäre; dass sie nicht mehr für ihn war, als ein Ticket an die Oberfläche. Wenn sie jedoch in Lucas Augen sah, dann wusste sie, dass das unmöglich stimmen konnte. Ihre Liebe war das, wovon sie schon immer geträumt hatte: Die einzig Wahre, für die es sich lohnte, alle Strapazen auf sich zu nehmen.

Die berauschende Wirkung hielt für die restliche Nacht an und Sophie tanzte im Einklang mit der Musik bis zum Morgengrauen. Ein Gefühl von wohliger Trägheit überkam sie, als sie schließlich den Club verließ. Sie bekam kaum mit, wie Jonas ihr erschrocken seinen Mantel umhängte oder dass der Regen zuvor auf ihre nackte Haut geprasselt war. Sie spürte nicht einmal die Kälte des späten Novembertags, obwohl der Raureif die Welt fest im Griff hatte.

Keiner von Jonas' entsetzen Kommentaren drang zu ihr durch. Sie bedeuteten nichts gegenüber dem Rausch ihrer

Zauberwelt. Selbst der feste Griff, mit dem er Sophie davon abhielt, auf dem nassen Boden auszurutschen, war viel erträglicher als sonst. Er machte sich ja nur wie immer unnötige Sorgen.

„Komm, reiß dich wenigstens ein bisschen zusammen", flehte Jonas sie regelrecht an.

Sophie konnte nicht anders als zu lachen und wollte sich mit ihm im Kreise drehen. „Tanz, Jonas! Tanz! Du bist immer so schrecklich steif und grüblerisch. Ein wenig Bewegung würde dir bestimmt gut tun."

Grob hielt Jonas sie fest, seine Brauen tief gefurcht. „Mann, Sophie, dein Vater ist da!"

Glucksend drehte sie sich um und wäre dabei beinahe zur Seite gekippt, wenn Jonas sie nicht stöhnend festgehalten hätte. Ihren Vater konnte sie auf der leeren, nassen Straße jedenfalls nicht entdecken. „Stimmt doch gar nicht."

„Nicht hier, zu Hause. Er wartet dort auf uns.", widersprach Jonas, als wäre es das erste Anzeichen des Weltuntergangs.

Wieder musste Sophie lachen. Es sah einfach zu drollig aus, wie er fast an ihr verzweifelte. „Was soll er denn da? Er muss doch arbeiten."

„Es ist Sonntag!" warf ihr Jonas wütend entgegen. „Der erste Advent." Sie hatte keine Wochen- und Feiertage mehr beachtet, seit sie begonnen hatte, mit Luca zu tanzen. Was spielten sie auch noch für eine Rolle?

Frustriert gab Jonas auf, mit ihr zu reden. Mit verkniffenen Zügen stapfte er unerbittlich nach Hause. Seine ewig mürrische Laune perlte jedoch heute an ihr ab.

„Warum gehen wir nicht einfach mal in den Park?“ Sie würde ihm so gerne einmal all die Orte zeigen, an denen sie groß geworden war.

Unweigerlich stöhnte er. „Sophie, es regnet. Außerdem musst du nach Hause.“ Murmelnd fügte er hinzu. „Und ins Bett.“

Sophie rollte die Augen. Immer taten sie das Gleiche. Er holte sie ab, brachte sie geradewegs nach Hause und steckte sie ins Bett. Wenn sie aufwachte, versorgte er sie mit einem reichhaltigen Frühstück und brachte sie zurück zum DeModie. Jonas brauchte diese Strukturen und konnte nicht von den Regeln ablassen. Und weil Sophie ihn mochte, erlaubte sie es ihm. Dabei langweilte sie es zu Tode.

Immerhin hatte sie nie wieder Probleme mit schattigen Verfolgern gehabt.

Schmunzelnd ertrug Sophie sein Schweigen, bis sie vor ihrer Tür standen. Mit zittriger Hand schloss Jonas auf, als würde hinter der Tür etwas Grauenhaftes lauern. Wahrscheinlich sah er wieder irgendwelche Sachen, die sie nicht wahrnehmen konnte. Irgendetwas aus dem Krieg.

Doch als die Tür sich öffnete, saß da nur ihr Vater im Wohnzimmer und sah sie vorwurfsvoll an. Mit einem Mal verklang die Musik in ihrem Kopf und sie spürte die kalte Nässe in ihrem Haar. Jonas fror schlimmer, denn er trug nicht einmal einen Mantel. Sein blauer Wollpullover war völlig durchnässt und seine Lippen bebten vor Kälte. Stoisch bewahrte er Haltung. Er sah aus, als würde er gleich vor ihrem Vater salutieren.

Es war geradezu lächerlich.

Erst jetzt wurde Sophie wirklich bewusst, dass sie seinen Mantel trug. Auf der Stelle zog sie ihn aus und reichte ihn Jonas zurück. „Und wo ist deine Jacke, Sophie?" Der herrische Ton ihres Vaters ließ Sophie zusammenzucken. Gleichzeitig verspürte sie, wie sich der Trotz in ihr regte. Sie musste sich so etwas wohl kaum gefallen lassen.

Schulterzuckend meinte Sophie daher: „Die habe ich vergessen."

Seine Stirn legte sich tief in Falten. Dann fiel sein Blick auf Jonas. „Wegtreten." Wie der gute Soldat, der er war, gehorchte Jonas auf der Stelle.

Ihr Vater kam indes auf sie zu und betrachtete sie so genau, dass ihr unangenehm bewusst wurde, dass sie nicht mehr als ein halb durchnässtes Tanzkleid trug. „Hast du irgendwas genommen?"

„Papa!", stieß Sophie entsetzt vor. Natürlich musste er gleich so etwas denken.

„Schau mich nicht so an! Deine Pupillen sind geweitet, die Wangen rot. Dünn siehst du aus." Als sie begann die Augen zu rollen, lenkte er ein wenig ein. „Mensch, Kind, ich mach mir doch nur Sorgen um dich. Ich bekomme dich kaum zu sehen und dann kommst du hier in diesem Aufzug an."

Beleidigt verschränkte Sophie die Arme vor der Brust. „Ich war tanzen, Papa. Du weißt schon. Das, was Leute tun, wenn sie Spaß haben wollen."

„Mit deinem Freund?", fragte ihr Vater, als hätte er ihren Einwand nicht gehört. Also hatte Jonas doch geredet.

Was hätte sie auch anderes von dem gehorsamen Soldaten erwarten sollen?

Frustriert warf Sophie die Hände in die Höhe und stemmte sie dann in ihre Hüfte. „Wird das jetzt eine Befragung?“ Sie fühlte sich verraten und nicht länger in der Stimmung, gnädig zu sein.

„Erfährt man denn sonst mal etwas von dir?“, folgte die Anschuldigung gleich auf dem Fuße.

Für einen Moment sahen sie einander schweigend an. Mit der Zeit wurden die Gesichtszüge ihres Vaters etwas weicher. „Du bist doch mein Ein und Alles.“

Sophie konnte es nicht mehr hören. „Wirklich? Du bist doch genau wie Jonas! Ihr glaubt, nur, weil ich euch am Herzen liege und ihr euch Sorgen macht, dürft ihr mir vorschreiben, wie ich mein Leben zu leben habe.“

Es war ihr egal, dass ihr Vater einen Schritt zurück trat und seine Gefühle wieder hinter der starren Offiziersmaske verbarg. „Ich schreibe dir nichts vor. Ich wünschte mir nur, du würdest endlich etwas Sinnvolles aus deinem Leben machen.“

„Aber ich liebe es zu tanzen“, rief Sophie aus, während ihr die Tränen in die Augen schossen. „Es macht mich glücklich und ich will nichts anderes machen. Nur tanzen! Jeden Tag und jede Nacht. Mit Luca kann ich das. Er ist der einzige, der keine unerfüllbaren Ansprüche an mich stellt.“

„So unerfüllbar, wie dein eigenes Geld zu verdienen?“ fragte ihr Vater und nahm ihr damit fast die Luft zum Atmen.

Sie war zu erschöpft, um mit ihm zu streiten, zu müde, um sich nun seine Vorwürfe anzuhören. „Man kann auch mit Tanzen Geld verdienen, aber du hasst tanzen. Du bist nie zufrieden mit mir", warf Sophie ihm vor und wischte sich trotzig die Tränen von den Wangen.

Ihr Vater seufzte schwer. Das tat er immer, wenn sie sich seiner Meinung nach kindisch verhielt. „Sophie, ich weiß, dass du das Tanzen liebst und von mir aus, geh tanzen! Aber doch nicht in einem Nachtclub. Da geht es doch nur ums Abfeiern und Trinken. Oder gibt es da eine Poledancekarriere, von der ich nicht weiß?"

Erschrocken, dass er das wagte, riss Sophie den Mund auf.

Ihr Vater rieb sich die Nasenwurzel, während er etwas versöhnlicher fortfuhr: „Außerdem sagt Jonas, dass du da in eine Art Sekte geraten bist."

Außerdem sagt Jonas. Die Worte brannten sich tief in ihre Seele ein. Deshalb war er hier. Nur weil sie gestern aus dem Theater abgehauen war, hatte Jonas sie verraten. Offensichtlich konnte er wohl nicht anders, als seinem Befehlshaber Bericht zu erstatten. Und sie hatte ihm vertraut. Hatte ihm sogar ihren alten Traum anvertraut.

„Stimmt das, Sophie?" Die Stimme ihres Vaters riss sie wieder aus ihren Gedanken. „Oder redest du jetzt gar nicht mehr mit mir?" Der Gesichtsausdruck ihres Vaters bereitete ihr Unbehagen. So verletzlich kannte sie ihn nicht.

Mit einem Mal sehnte sie sich nach ihrem Bett. Ihr Vater würde nie verstehen, warum sie Luca helfen wollte. „Es ist keine Sekte."

„Sondern?" Die Art wie er die Augenbrauen hochzog, machte Sophie schon wieder wütend.

„Ein ganz normales Tanzlokal. Die Leute haben dort Spaß. Aber wahrscheinlich ist das für dich und Jonas gänzlich unverständlich." Ihr Vater setzte erneut zu einem tiefen Seufzer an. Sie musste schnell sein, wenn sie die Oberhand gewinnen wollten. „Ist es wahr, dass du Jonas angestellt hast, um mir nachzuspionieren?"

Nun runzelte er die Stirn. „Wie kommst du denn darauf? Jonas arbeitet in der Firma."

Sophie strich sich nervös eine Strähne aus dem Gesicht, bevor sie die Arme verschränkte. „Dann hat er dir nicht erzählt, wo ich jede Nacht hingehe?"

Ihr Vater konnte genauso wenig lügen wie Jonas. „Das war einmal."

„Zweimal", korrigierte sie ihn barsch. „Ich weiß, dass du mich finanziell unterstützt und ich hier unter deinem Dach lebe, aber das gibt dir nicht das Recht, mich rund um die Uhr beschatten zu lassen." Sie zögerte nur einen kurzen Moment, bevor sie ihren letzten Joker ausspielte. „Wenn ich dir sowieso nur auf der Tasche liege, könnte ich auch zu Luca ziehen. Er würde mich mit Sicherheit aufnehmen und nicht in meinen Angelegenheiten rumschnüffeln."

Der Trumpf zeigte Wirkung. Ihr Vater zog scharf die Luft ein. Eine Weile lang sagte er nichts, dann sah er prüfend zu ihr. „Soll ich Jonas entlassen?" Sophie wusste, dass er es ernst meinte. Vier Wochen vor Weihnachten würde er Jonas auf die Straße setzen; nur ihr zuliebe.

Sophie war wegen des Verrats noch immer so verletzt, dass sie es einen Moment lang in Erwägung zog. Nie wieder müsste sie sich dann von Jonas bemuttern lassen oder seine sehnsüchtigen Blicke ertragen. Aber dann würde sie ihm alles nehmen, was er hatte. Er hatte doch oft genug erwähnt, dass sie das einzig Gute in seinem Leben war. Wie konnte sie jemals ernsthaft erwägen, ihn fortzustoßen? Und eigentlich schmeichelten ihr die Blicke sogar. Wenn sie nur nicht so hungrig wären wie die der Kreaturen im DeModie. Hungrig nach ihrer Lebenskraft.

Sophie schüttelte den Kopf. „Nein, das will ich nicht", gab sie leise zu. Sie könnte es sich niemals verzeihen. „Er hat doch gar nichts mit der Sache zu tun. Ich will nur nicht, dass er dir jede Kleinigkeit berichtet, die ich tue."

Ihr Vater schnaubte nun. „Jede Kleinigkeit? Das war das erste Mal, dass er überhaupt von sich aus zu mir kam. Sonst muss ich ihm sogar aus der Nase ziehen, ob du überhaupt noch hier wohnst."

Aber Jonas war zu ihm gegangen, von sich aus. Nur, weil Sophie vor dem Theater einen Zusammenbruch gehabt hatte. Mühsam schluckte sie ihren Zorn hinunter und antwortete bissig: „Ich lebe noch. Danke der Nachfrage."

„Aber mir gefällt nicht, was du da tust. Mit diesem Jungen tanzen." Eindringlich trat ihr Vater wieder einen Schritt vor und versuchte ihre Hände in seine zu nehmen, aber Sophie zog sie entschieden weg und wich zur Tür zurück. Er seufzte erneut. „Ich kenne diese Männer, Sophie. Sie versprechen dir das Blaue vom Himmel herunter und füllen dich jede Nacht ab. Und du trinkst, denn sie zahlen ja, und dabei merkst du gar nicht, wie abhängig du von ihrer Aufmerksamkeit bist. Oder wie sehr du dir dadurch dein Leben kaputt machst."

Das war zu viel. Wütend schnappte sie nach Luft wie ein Fisch auf dem Trockenen. „Mein Luca ist nicht so. Er ist ein Prinz." Ihre zornigen Worte führten nur zu einem mitleidigen Blick ihres Vaters. Sie benahm sich anscheinend wieder kindisch. „Ein Gentleman, von mir aus. Er liebt mich mehr als jeder andere."

Die Worte verletzten ihn, aber das war Sophie in diesem Moment egal. Sie war es leid, ihm nie genug zu sein. Erst wollte er nicht, dass sie Ballett tanzte und nun sollte sie Luca nicht wiedersehen. Die Angst, er könne das tatsächlich durchsetzen, schnürte ihr die Kehle zu.

Irgendetwas musste zu ihm durchgedrungen sein, denn plötzlich wurde ihr Vater ganz lammfromm. „Das ist nicht wahr, Sophie. Du solltest wissen, dass du mir wichtiger bist als alles andere auf der Welt."

Trotzig verschränkte sie die Arme wieder vor der Brust. Sie durfte ihn nicht an sich heranlassen. Nicht, wenn sie Luca behalten wollte und er brauchte sie doch so sehr, viel mehr als ihr Vater. „Warum darf ich dann mein Leben nicht so führen, wie ich es für richtig halte? Mich ausprobieren und auch mal auf die Nase fliegen wie all die anderen? Ich will kein Vogel im goldenen Käfig sein, nur weil du Angst hast, ich könnte mir die Flügel brechen."

Sie hatte es wirklich geschafft. Ihrem Vater standen Tränen in den Augen. Der ungewohnte Anblick machte sie nervös. Ihn anscheinend auch, denn er zog kurz die

Nase hoch und blinzelte ein paar Mal, während er den Kleiderständer in der Ecke ansah.

Als er wieder zu ihr blickte, hatte er sich wieder unter Kontrolle. „Okay."

„Okay?", fragte Sophie verblüfft.

„Ich höre auf, dich zu bedrängen." Es fiel ihm offensichtlich schwer. „Es nutzt ja doch nichts. Du wirst deinen Weg gehen und ich kann nichts weiter tun, als zuzusehen." So hatte sie ihn noch nie erlebt. Ihr Vater gab sonst nie nach. „Aber wenn du Hilfe brauchst, Sophie, dann kommst du zu mir, ja?"

Überfordert konnte Sophie nur nicken. „Ja, natürlich. Du bist doch mein Papa."

Ihre Antwort zauberte ein kleines Lächeln auf seine Lippen und zu ihrer großen Erleichterung nahm er daraufhin seinen Mantel. „Vielleicht stellst du mir deinen Luca einmal vor."

Sie konnte nicht anders, als die Augen zu rollen. Schon wieder wollte er sie kontrollieren. Gleichzeitig wurde ihr jedoch bewusst, dass diese einfache Sache nicht möglich war. Nicht, bevor sie nicht Lucas Fluch gebrochen hatte. „Im Sommer vielleicht." Bis dahin gehörte er allein ihr.

Ihr Vater nickte, auch wenn sie ihm die Enttäuschung ansah. Dann kam er zu ihr und drückte sie plötzlich fest an sich. „Melde dich ab und zu mal", waren die geflüsterten Worte an ihrem Ohr. Dann setzte er seinen Hut auf und ging hinaus in den Regen.

Erleichtert atmete Sophie auf. Sie hatte es überstanden. Luca war noch immer sicher.

Als sie Jonas' Zimmertür aufgehen hörte, kam die Wut jedoch sogleich zurück. „Du hast vielleicht Nerven“, fuhr sie ihn an.

Sofort senkte Jonas den Kopf. „Es tut mir leid, dass ich deinen Vater informiert habe, aber ich wusste mir nicht anders zu helfen.“

„Wobei denn?“ fragte Sophie entsetzt. „Wie kommst du überhaupt dazu, dich in mein Leben einzumischen?“

Kurz betrachtete er seine Finger und sie dachte, er würde wie üblich nachgeben, doch dann sah er mit gequältem Gesichtsausdruck auf. „Weil du mir wichtig bist, Sophie. Und weil ich sehe, wie du dich jede Nacht kaputt machst. Deine Füße tun weh. Du schläfst den ganzen Tag. Dein ganzes Leben besteht nur noch aus dem Tanzen im DeModie. Merkst du denn nicht, dass du genauso verflucht bist wie er?“

Zu ihrem Missfallen verflüchtigte sich ihre Wut bei diesen Worten. Er hatte ihren Zorn verdient, aber wenn er sie bereits jetzt wie ein geschlagener Hund ansah, konnte sie einfach nicht länger böse auf ihn sein. „Ach, Jonas. Ich bin doch nicht verflucht, nur weil ich versuche, Luca zu befreien. Ich habe dir das mit dem Jahr und dem Tag doch erklärt. Und klar ist es anstrengend, aber es ist auch schön im DeModie. Die Atmosphäre, die Musik, Luca.“

Jonas' Mund verzog sich frustriert. „Du meinst diese wundervolle Atmosphäre von geifernden Perversen, die sich um dich drängen und aussehen, als würden sie dich am liebsten auffressen wollen? Oder eher die Leute, die mit bloßen Händen Holz spalten oder deren Wunden innerhalb von Sekunden heilen können?"

Schockiert sah Sophie ihn an. „Wovon redest du denn da? Das klingt mir nach einem sehr wilden Traum, Jonas", versuchte sie seine Bedenken zu zerstreuen. Dennoch zog sie die Arme fester um ihre Körpermitte. Den Hunger kannte sie und jetzt, ohne das wundervolle Getränk in ihrem Körper, kamen ihr die Besucher des DeModie auch wieder unheimlich vor.

„Ich war dabei, Sophie!", rief Jonas leicht verärgert. Bevor sie reagieren konnte, war er in seinem Zimmer verschwunden.

Irritiert sah Sophie ihm hinterher und überlegte, ob sie nicht einfach zu Bett gehen sollte. Sie war zu müde, um sich nun auch noch mit Jonas' pubertärem Verhalten auseinanderzusetzen. Ihre Füße sehnten sich nach einer Pause.

Sie hatte sich schon halb umgedreht, als sie beschloss, sich einen Ruck zu geben. Einer von ihnen musste schließlich erwachsen sein und so sehr er sie manchmal auch nervte, wollte sie doch nicht den letzten Freund vergraulen, der ihr außerhalb des DeModie noch geblieben war.

Sein Zimmer war genauso kahl und aufgeräumt, wie sie es von ihm erwartet hatte. Außer seinem Zeichenblock gab es keine einzige Sache von persönlichem Wert. Keine Bilder, keine Andenken, nur die penible Ordnung. Selbst seine Sachen waren immer noch nicht in die Schränke eingezogen, sondern fein säuberlich im Reisesack verstaut. Nichts zeugte davon, dass hier ein Mensch lebte. Jeden Moment könnte er ausziehen und keine Spur würde von ihm zurückbleiben.

Jonas hatte sie jedoch nicht einfach stehen lassen. Er suchte etwas. Und als er sich zu Sophie umdrehte, hielt er eine Überraschung für sie parat. In seiner Hand lagen zwei Zweige. Der eine silbern, der andere aus Gold. Ihre Herkunft war offensichtlich.

„Du bist mir gefolgt?", fragte sie zittrig.

Er nickte unbehaglich. „In gewisser Weise. Das erste Mal, als ich drin war, war ich nur neugierig. Jemand hatte mir bereits vorher vom DeModie erzählt, von all den Schätzen, die man dort finden könnte. Und dann habe ich gesehen, wie du hineingegangen bist."

Entsetzt wich Sophie einige Schritte zurück. „Du hast sie geklaut? Um dich zu bereichern?" Der laute Krach, der das DeModie zweimal erschüttert hatte, kam ihr plötzlich in den Sinn.

„Nein", widersprach Jonas vehement. „Ich habe sie als Beweisstücke mitgenommen. Niemand würde mir sonst glauben, was ich gesehen habe. Der Club ist praktisch unsichtbar. Geradezu unheimlich. Aber ich war da. Ich habe dich und Luca gesehen", fing er an zu erklären.

Rigoros unterbrach Sophie ihn, ihr Zorn von neuem entfacht: „Du hast Luca gesehen. Und? Ist er das Monster, für das du ihn hältst?"

Schnaubend schüttelte Jonas den Kopf. „Ich halte ihn nicht für ein Monster." Da war wieder diese Traurigkeit in seinen Augen, die sie kaum ertrug. „Luca ist perfekt. Er sieht gut aus, kann verdammt gut tanzen, ist nett und zuvorkommend." Seine Worte verschlugen Sophie den Atem.

So sehr wie er sie mochte, hatte sie blanke Eifersucht erwartet.

„Aber Luca ist nicht das Problem“, fuhr Jonas fort und seine Stimme klang deutlich fester. „Auch wenn es mir nicht gefällt, was für eine Geschichte er dir erzählt hat, um dich an sich zu binden. Der Club ist gefährlich.“

Sophie musste laut auflachen. „Ach wirklich? Ich habe dir doch gesagt, es wäre die Unterwelt, der Ort der Dämonen und verlorenen Seelen.“

Verzweifelt stieß Jonas Luft aus. „Warum gehst du dann da hin?“

„Weil ich Luca befreien muss“, wiederholte Sophie. Was war nur so schwer daran zu verstehen?

Jonas ließ sich nicht so leicht abwimmeln und trat näher. „Aber du riskierst alles für ihn. Diese Leute da ... verlorene Seelen oder Dämonen wollen dir nichts Gutes. Hast du ihre Blicke gesehen?“ Nun stand er vor ihr und schluckte. „Sie sind mir unheimlich.“

„Mir auch“, gestand Sophie versöhnlich. Dann nahm sie Jonas’ Hände und drückte sie. „Aber Luca beschützt mich. Wenn er da ist, können sie mir nichts tun.“

„Und wenn er nicht da ist?“, fragte Jonas, unwillig ihr zu vertrauen.

Seine Hände loslassend, antwortete Sophie: „Er ist immer da. Außerdem haben seine Brüder ein Auge auf mich.“

Schon wieder hatte sie das Falsche gesagt, denn Jonas verzog das Gesicht: „Der Türsteher oder Barkeeper, was auch immer er ist, und die anderen Schönlinge? Denen traue ich noch weniger.“

„Prinzen, es sind Prinzen", berichtigte Sophie ihn mit wachsender Unruhe.

Jonas nickte leicht: „Du siehst sie nicht so wie ich. Bei dem Blick, den mir der Türsteher zugeworfen hat, wäre es dir eiskalt über den Rücken gelaufen."

„Tomas ist total nett", protestierte sie. So langsam wurde Jonas' Beschützerdrang anstrengend.

Wieder schnaubte er. „Ja klar." Dann jedoch sah er sie flehentlich an und rang sichtlich um Worte. „Bitte, Sophie. Lass uns eine andere Lösung finden."

Jedes Wort zehrte an ihrer Substanz. „Ich werde Luca nicht aufgeben."

„Das weiß ich doch", stieß Jonas verzweifelt vor. „Wir gehen da rein und dann hole ich euch raus. Und wenn ich diesen Tomas und alle Ungeheuer der Unterwelt bekämpfen muss."

Geschockt sah Sophie ihn an. „Das ist deine Lösung? Uns rauszuprügeln?" Betreten sah Jonas sie an, aber Sophie konnte nur fassungslos den Kopf schütteln. „Weißt du, was dein Problem ist?"

Jonas schluckte.

„Du siehst überall nur den Krieg. Nur Feinde um dich herum. Ich glaube, du bist nie wirklich aus Afghanistan zurückgekommen."

KAPITEL 7
Balancé

Schüsse hallten durch die Luft und schlugen in der Wand hinter ihm ein. Schutt und Staub rieselten auf ihn hernieder und nahmen ihm die Luft zum Atmen. Der Rauch verzerrte die Stimmen so sehr, dass er nicht wusste, ob sie ihm im Nacken saßen oder weit entfernt waren, noch wusste er, ob sie Freund oder Feind waren.

„Ich gehe!“, rief Sophie und riss damit Jonas kurzzeitig aus seinen Erinnerungen. Sie sah müde aus, auch wenn sie sich alle Mühe gegeben hatte, die dunklen Augenringe mit Schminke zu kaschieren. Er wusste, dass er sie nicht darauf ansprechen brauchte. Es würde ja doch nichts bringen.

Das Knallen der zufallenden Tür brachte ihn bereits wieder zurück in den Krieg. Wasser war knapp und sie waren schon seit Tagen in den Bergen unterwegs. Die Sonne brannte über ihnen und seine Zunge schmeckte den Staub. Angespannt sah Jonas sich um, denn in jeder noch so kleinen Nische konnte ein Taliban lauern.

Sie beobachteten ihn; warteten auf irgendeine Unachtsamkeit, die ihm zum Verhängnis werden konnte. Die Belastung machte sich langsam bemerkbar. Nachts konnte er kaum ein Auge zumachen, tagsüber fehlte ihm der Schlaf. Die Nerven lagen blank, die Befehle wurden schroff und die Stimmung war gereizt.

Argwöhnisch betrachtete Jonas die Klüfte, welche gut und gerne Platz für einen Scharfschützen boten, als ihn ein Klingeln aus den Gedanken riss. Als würde er aus dem Wasser auftauchen, kam er langsam wieder zu Bewusstsein. Seine Hände bebten unkontrolliert, als er sie anstarrte.

Noch immer rang das Klingeln penetrant in seinen Ohren, bis er endlich feststellte, dass es sich um sein Telefon handelte. Mühselig hob er die Hand und griff danach. Seine Mutter. So stark zitterten die Finger, dass allein die Bedienoberfläche eine Herausforderung für ihn darstellte.

Dann war sie dran. „... Jonas?“ Er hatte vergessen, sich zu melden. „Jonas, bist du da?“ Die Worte waren verschwunden. Er wusste noch, dass er etwas sagen musste, aber dieser normale Akt war ihm plötzlich so fremd, dass er nicht länger wusste, wie man seinem Körper einen Laut abrang. „Jonas?“

Mühevoll zwang er seine Kehle dazu, ihm die Luft zum Sprechen zu geben und seine Zunge, die Buchstaben zu formen. „Hallo." Als wäre der Zauber dadurch gebrochen, wurde sein Kopf klarer und die Worte kamen ihm leichter. „Hey, wie geht's euch denn?" Es war immer gut, den Fokus von der einen Frage wegzulenken, die er nicht beantworten konnte.

Die Erleichterung in der Stimme seiner Mutter tat beinahe schmerzlich weh. „Ach, ganz gut. Felix ist letzte Woche heimgekommen und hat uns seine Freundin vorgestellt. Die beiden haben sich ..." Während seine Mutter ihn auf den neuesten Stand brachte, bemerkte Jonas, wie er drohte, wieder in seine Erinnerungen aus Afghanistan abzudriften.

Noch immer zitterten die Hände so merkwürdig und er fühlte sich, als wäre er nur ein Beobachter, während die Linke zur Schnapsflasche hinüber wanderte und ein Glas füllte. Erst als der Alkohol in seiner Kehle brannte, konnte er die Aufmerksamkeit aufbringen, die seine Mutter verlangte.

„Die beiden wollen bis Weihnachten hierbleiben", erzählte sie gerade und er ahnte bereits, was kommen würde. „Und ich habe mich gefragt, wann du hier aufschlagen willst?" Aufschlagen wie die Bomben auf den Dächern des Krankenhauses. „Du kommst doch heim oder?"

Die Aussicht, nach Hause zurückzukehren, erschreckte Jonas. Er würde Fragen beantworten müssen. Fragen nach seinem Lebensunterhalt, nach seinen Zukunftsplänen, seinen persönlichen Entwicklungen. Keine einzige davon konnte er beantworten, noch wollte er sich damit auseinandersetzen. Nicht vor seiner Familie. Sie erwarteten doch alle, dass es ihm gut ging. Dass er sein Leben im Griff hatte.

„Ich glaube, das wird dieses Jahr nichts“, hörte Jonas sich lügen. „Ich komme hier nicht weg. Du weißt schon, Arbeit und so.“ Er hatte keine Ahnung, was sie sich vorstellte, wenn er von seiner Arbeit sprach. Dafür blieb er immer zu ungenau.

Ihre Enttäuschung war deutlich zu hören, erfand er doch schon seit gut einem Jahr ähnliche Ausreden. „An Weihnachten?“

Er schuldete ihr eine bessere Erklärung. „Mein Chef hat ziemlich viel um die Ohren. Ich kann jetzt leider nicht weg. Tut mir leid. Nächstes Jahr halte ich mir frei.“ Bis dahin würde er eine neue Entschuldigung haben.

„Jonas? Geht es dir gut?“, fragte seine Mutter nachdenklich.

Beinahe hätte er das Telefon fallen lassen, als die simple Frage seinen Herzschlag beschleunigte und das Zittern in seine Hände zurück rief. Hastig stürzte Jonas den Rest des Schnapsglases hinunter und antwortete: „Ja, klar. Ich bin nur ein wenig im Stress. Du kennst das ja.“

„Hmm“, sie klang nicht überzeugt. Dennoch ließ sie ihn davonkommen. „Du bist sicher viel beschäftigt. Ich fände es schön, wenn du im neuen Jahr dann vielleicht mal vorbeikommst. Es kann ja auch nur ein Wochenende sein. Oder ein Nachmittag“, fügte sie leise an.

Er wollte es ihr so gerne versprechen, aber er traute sich nicht. Wenn er es tat, würde er nur einen anderen Grund finden, um nicht gehen zu müssen. „Ich schaue mal, wann es klappt.“

Genau wie er täuschte sie Frohmut vor, als wäre sie nicht enttäuscht, dass sie sich wieder nicht sehen würden. „Okay. Pass auf dich auf, ja?"

„Ja, Mama. Und grüß die anderen!" Die falsche Fröhlichkeit schmerzte Jonas fast körperlich. Schnell goss er nach und stürzte das nächste Glas hinunter, damit das Brennen ihn ablenkte.

Dann legte er auf und betrachtete erschrocken die Schnapsflasche. Nur ein kleiner Rest klarer Flüssigkeit bedeckte noch den Boden. Jonas konnte sich nicht erinnern, wann er den ganzen Rest getrunken hatte. Vielleicht, als ihn die Taliban aus dem Bett getrieben hatten oder nachdem die Bombe explodiert war.

Demonstrativ stellte Jonas die Flasche in den Schrank. Er hatte sich den Alkohol aus einer Laune heraus gekauft, nachdem die Visionen wieder stärker geworden waren. Sie jedoch in Schnaps zu ertränken, war nie seine Absicht gewesen. Das war schließlich Sophies Methode, um sich nicht dem Verlust ihrer Mutter stellen zu müssen. Der Alkohol und das Tanzen mit Luca.

Einen Moment lang sah er die Flasche an, unfähig die Tür zu schließen. „Auf den letzten Schluck kommt's auch nicht mehr drauf an", murmelte er schließlich und griff zu.

„Was wünschen sich deine Eltern denn zu Weihnachten?" fragte Sophie aufgeregt. Ihre Augen leuchteten wie so oft, wenn sie heimkehrte. Seit ihrer Auseinandersetzung bestand sie darauf, dass er sie nicht länger zum DeModie begleitete. Es beenge sie zu sehr. Jonas ließ ihr ihren

Wunsch und wurde von Sophie mit Versöhnlichkeit belohnt. Aber vor allem Zeit am Wochenende, die sie trotz ihrer langen Nächte mit ihm verbrachte.

Ganz wohl war ihm nicht dabei, denn er wusste ganz genau, wie sehr ihr die Füße schmerzten und wie müde sie war. Dennoch sprudelte sie geradezu vor Leben. Mittlerweile schrieb er das weniger ihrer Lebensfreude zu als den Cocktails, die Luca ihr verabreichte, damit sie die Tortur durchhielt. Natürlich wollte Sophie davon nichts hören. Stattdessen akzeptierten sie es beide stillschweigend als Normalität, dass sie nie eine Nacht daheim verbrachte.

„Das ist eine sehr gute Frage“, antwortete Jonas. „Meine Mutter ist eigentlich so ziemlich mit allem glücklich, mein Vater mit nichts.“

Sophie lachte glockenhell. „Sehr hilfreich. Gibt es wenigstens einen Hinweis?“

Wahrscheinlich wäre das Einzige, das sie wirklich glücklich machen würde, seine Anwesenheit. „Hmm, meine Mutter mag Deko-Kram. Lichter, Kerzen, Seifen. Mein Vater mag Bücher, am besten über Geschichte. Ist nur schwer etwas zu finden, was er noch nicht hat.“ Außerdem hatte er wenig Lust durch die Abteilungen zu gehen, in denen ihm von jedem zweiten Cover Kriegsbilder entgegenstarrten.

„Okay, dann lass uns einfach durch die Fußgängerzone gehen und schauen, was sie dort haben. Vielleicht sticht dir da ja was ins Auge“, schlug Sophie vor und hakte sich bei ihm ein, um ihn sanft in die richtige Richtung zu leiten.

Während sie an den Häusern vorbeigingen, fielen Jonas die vielen bunten Lichter in den Fenstern auf. Obwohl es Tag war, schimmerten sie im Dämmerlicht des dicht bewölkten Himmels heimelig warm. Bestimmt hatte seine Mutter ebenfalls ihre Adventssterne aufgehängt und den Garten mit Lichterketten erleuchtet.

Die Sehnsucht schnürte ihm die Kehle zu und hastig wandte er den Blick ab. „Papa sagt übrigens, dass du gerne zum Weihnachtsessen vorbeikommen kannst, wenn du nicht nach Hause fährst", meinte Sophie plötzlich, als hätte sie seine Gedanken gelesen.

Jonas musterte sie in ihrem dicken Mantel und den weißen Ohrschützern, unter denen ihr blondes Haar hervorlugte. „Wäre das nicht merkwürdig?"

„Merkwürdiger, als dass du und ich zusammenwohnen? Ich würde mich freuen, wenn du dabei wärst und ich nicht mit meinem Vater alleine dasitzen muss", vertraute Sophie ihm an und zwinkerte. „Außerdem schuldest du mir das."

Fragend hob Jonas eine Augenbraue. „Tue ich das?"

„Ja", antwortete Sophie und dehnte das Wort so lang, dass es fast wie gesungen klang. „Du hast den Überfall verschuldet und seine Sorge angefacht. Jetzt musst du auch zeigen, wie toll ich mich gebessert habe."

Dass sie es nicht ernst meinte, verriet das ansteckende Funkeln in ihren Augen. Jonas furchte skeptisch die Stirn, bevor auch er schmunzeln musste. „Na gut, wenn du meine Unterstützung so sehr brauchst."

„Sieh es als Weihnachtsbonus an." Frech streckte sie ihm die Zunge raus.

Kopfschüttelnd folgte ihr Jonas über den kleinen Weihnachtsmarkt, der in der Fußgängerzone eingezogen war. Heimelige Hütten mit silbrig glitzerndem, falschem Schnee auf den Dächern boten zahllose Leckereien und Schmuckstücke an: Lebkuchen und Bratwürste, Kerzen und Lichterbögen, Christbaumkugeln und Kinderspielzeug. Weihnachtsmusik klang durch die Luft, die von den süßen, deftigen und würzigen Düften der Weihnachtszeit erfüllt war.

Noch war nicht besonders viel los, so dass sie gemächlich von Hütte zu Hütte schlendern und nach Kleinigkeiten für seine Eltern und Geschwister Ausschau halten konnten. „Schau mal hier!", rief Sophie verzückt, als Jonas gerade noch dabei war, sich ein Windlicht aus Porzellan einpacken zu lassen.

Während er das kleine Päckchen in seinem Rucksack verstaute, schlenderte er hinüber zu dem klingenden und singenden Stand, den Sophie entdeckt hatte. Eine ganze Armada von Spieluhren stand dort zum Tanzen bereit. Links und rechts auf der Theke drehte sich je eine zu einer zarten Melodie.

Sophie zog eine dritte Spieluhr auf. Verzückt betrachtete sie die kleine Ballerina mit dem erhobenen Bein, wie sie sich elegant im Kreis drehte. Mit leuchtenden Augen schaute sie zu Jonas, als er neben sie trat. „Ist sie nicht schön? Meine Mutter hatte früher so eine ähnliche und ich weiß noch, dass ich sie stundenlang angeschaut habe. Ich weiß gar nicht, was aus ihr geworden ist."

„Vielleicht liegt sie in irgendeiner Ecke unter deinen

Klamotten begraben“, neckte Jonas und Sophie riss empört den Mund auf. Fröhlich winkte er den Verkäufer heran.

Verwirrt runzelte Sophie die Stirn. „Du willst doch nicht schon wieder was für mich kaufen, oder?“

Grinsend bedeutete Jonas dem Verkäufer sie einzupacken. „Sieh es als Weihnachtsbonus an.“

Sophie stieß ihn mit dem Ellenbogen in die Seite, aber Jonas konnte das glückselige Funkeln in ihren Augen sehen. „Fein, aber dann lade ich dich zum Glühwein ein!“

„Nichts lieber als das“, antwortete Jonas und steckte die Spieluhr zu den anderen Geschenken. Bevor er fertig war, war Sophie bereits zum Glühweinstand gehüpft. Obwohl sie einen dicken Mantel und gefütterte Stiefel trug, konnte Jonas die tänzelnden Bewegungen deutlich erkennen. Die Musik war immer in ihr und er wünschte sich nicht zum ersten Mal, dass er sie mit ihr teilen konnte. Vielleicht würde sie dann auch die ewigen Gedanken an den Krieg in ihm vertreiben.

Wenig später lehnten sie mit ihren zwei dampfenden Bechern Glühwein an der Hüttenwand und zogen den würzigen Duft ein. „Weißt du, Jonas, ich habe nachgedacht“, fing sie plötzlich ungewohnt ernst an. „Im Mai ist der Fluch gebrochen und auch wenn ich mir momentan vorstellen könnte, dann erstmal drei Monate durchzuschlafen, würde ich gerne zum Ballett zurück.“

Erstaunt wandte Jonas ihr das Gesicht zu. „Wirklich? Ich dachte, du hasst es, seit...?“

Sophie schaute verschämt. „Ich glaube, die Lüge war nie wirklich überzeugend.“

Er dachte an die Tage, als sie noch Zeit gefunden hatte, in ihrem kleinen Studio zu trainieren. Wie sie Stunden damit zubrachte, durch ihre alten Routinen zu tanzen und wie wundervoll sie dabei ausgesehen hatte. Jonas fiel ein Stein vom Herzen, dass sie es jetzt doch wieder wagen wollte.

„Es wird natürlich schwer sein, wieder in Form zu kommen, aber dank Luca bin ich zumindest fit“, fuhr Sophie fort. „Ich habe mich sogar schon mal umgeschaut. An der Ballettschule haben sie im Januar ein Vortanzen für den nächsten Jahrgang, das wollte ich vielleicht wahrnehmen.“

„Nicht vielleicht“, widersprach Jonas. „Tu es! Der Kurs fängt erst im Sommer an?“ Sophie nickte leicht. „Dann unbedingt. Nicht dass du noch ein Jahr verlierst. Ich finde, du solltest so schnell wie möglich zum Ballett zurück.“

Zweifelnd sah Sophie ihn an. „Warum?“

„Weil du es liebst“, erklärte Jonas mit einer Leidenschaft, die er für nichts anderes mehr aufbringen konnte. „Und weil du darin aufgehst. Du bist gut, unglaublich gut. Meiner Meinung nach könntest du auf den größten Bühnen der Welt tanzen.“

Sophie lächelte ihn warm an und schmiegte sich dann leicht an seine Schulter. „Du meinst das wirklich ernst, oder?“

Perplex sah Jonas sie an und nickte. „Definitiv.“

„Danke.“

Stillschweigend genossen sie den Augenblick und ihren Glühwein. Die Wolken waren noch etwas dunkler geworden, doch dafür rieselten große weiße Flocken vom Himmel. Die ersten schmolzen noch auf dem Kopfsteinpflaster, doch im Nu wirbelten mehr und mehr Flocken durch die Luft und bedeckten Straßen und Häuser mit herrlichem Weiß.

Jauchzend drückte Sophie Jonas ihren leeren Becher in die Hand und drehte sich wie die kleine Ballerina auf ihrer Spieluhr im Kreis. Die Schneeflocken verfingen sich in ihrem blonden Haar und er verlor sich völlig in dem zauberhaften Anblick.

Ihre kindliche Freude über den Schnee versetzte ihn endlich in Weihnachtsstimmung. Als sie ihm die Hand reichte, musste Jonas lächeln und ließ sich von ihr mitziehen. Gemeinsam drehten sie sich im Kreis und das Leuchten in Sophies Augen wurde stärker, während sich ihre Wangen in der Kälte röteten. Ihre Hände lagen kalt in seinen und hielten ihn fest.

Sophies Freude erfüllte ihn von Kopf bis Fuß und wärmte ihn mehr als der Glühwein. In diesem Moment verliebte er sich erneut in jede winzige Kleinigkeit. In ihre funkelnden Augen. In die kleinen Grübchen. In den Schnee in ihren Haaren. Aber am allermeisten in ihr Lachen.

Das Weihnachtsessen bei Sophies Vater war tatsächlich eine merkwürdige Angelegenheit. Der Saal - anders konnte man es kaum nennen - war viel zu groß für sie drei und der Kellner stellte eine grässlich formelle Atmosphäre her. Fast kam Jonas sich wie bei einem Geschäftsessen vor, wäre da nicht Sophie gewesen, die ihm gegenübersaß und ihm hin und wieder zu schmunzelte.

Unter dem Tisch stieß sie ihn regelmäßig mit den Füßen an, wenn er begann, sich um Kopf und Kragen zu reden. Jede der kleinen Berührungen durchfuhr ihn wie ein Stromschlag und es begann Jonas schwerzufallen, Herrn Kallenbach zu folgen.

Sophie war völlig aufgedreht von den fünf Tassen Kaffee, die sie am Morgen hinuntergestürzt hatte, damit sie den Tag durchmachen konnte. Die ganze Zeit rutschte sie auf ihrem Stuhl herum und sprudelte fast über vor Begeisterung. Bevor sie losgegangen waren, hatte sie Jonas sogar noch dazu genötigt, sein Geschenk aufzumachen, obwohl sie das für den Nachmittag vereinbart hatten.

Es war ein Buch über Architektur gewesen und beim Durchblättern der Hochglanzseiten war in ihm der alte Wunsch wieder hochgekommen. Sein Kopf hatte sich sofort mit Ideen gefüllt und am liebsten wäre er zu Hause geblieben und hätte sie auf Papier gebannt, damit sie ihm nicht länger im Kopf herumschwirrten. Stattdessen ärgerte sich Jonas jetzt, dass er sich seine Zukunft so verbaut hatte, dass er diesem Traum nicht hatte verwirklichen können.

„Jonas hat übrigens ein paar Vortanztermine für mich rausgesucht“, erzählte Sophie ihrem Vater mit einem Mal und Jonas spürte, dass sie den alten Mann reizen wollte. Er wusste mittlerweile gut genug, dass Herr Kallenbach nicht gut auf die Tanzambitionen seiner Tochter zu sprechen war. „Sie suchen sogar ein paar neue Tänzer im alten Theater.“

Seine Begeisterung hielt sich tatsächlich in Grenzen, aber ihr Vater bemühte sich. „Tatsächlich? Heißt das, du willst das jetzt professionell machen?"

„Warum nicht? Jonas meint, ich wäre sehr gut", antwortete Sophie und sah ihn neckisch an. „Ist doch so, oder?"

Jonas spürte, wie sich ein Rotschimmer auf seine Wangen legte, der definitiv nicht vom Wein kam. Er konnte kaum die Augen von Sophies wunderschönem Gesicht lassen, um ihre Worte zu bestätigen. „Ausgezeichnet, ja. Man möchte glauben, sie wäre schon eine Primaballerina."

Ihr Vater seufzte. „Nun ja, ich kann nicht sagen, dass mich deine Wahl sonderlich überrascht und dass du gut bist, weiß ich. Nur ... wirklich? Tanzen?" In seinen Worten schwang eine Menge Schmerz mit und der Gedanke an Sophies Mutter ernüchterte Jonas etwas.

„Was stimmt denn nicht mit dem Tanzen?", fragte Sophie provokant.

Herr Kallenbach warf ihr einen langen Blick zu, bei dem Jonas am liebsten in seinem Stuhl versunken wäre. Nicht so Sophie, die ihren Vater zuckersüß anlächelte, als könnte sie kein Wässerchen trüben. „Nun zum Beispiel, welchen Beruf du ergreifen möchtest, wenn deine Bühnenzeit vorbei ist. Hast du darüber auch schon nachgedacht?"

Stöhnend lehnte sich Sophie zurück und rollte die Augen. „Da treffe ich endlich mal eine Entscheidung über meine Zukunft und du willst, dass ich noch weiter denke! Ich kann doch nicht mein ganzes Leben durchplanen." Dann wandte sie ihre flatterhafte Aufmerksamkeit wieder

Jonas zu und kaute auf ihrer Unterlippe. Obwohl er gerade noch getrunken hatte, wurde seine Kehle plötzlich trocken.

„Schon gut", gab ihr Vater nach, „und wer finanziert das?"

Lachend sah Sophie ihn wieder an. „Papa, wenn ich ein Engagement am Theater habe, bekomme ich dafür auch Geld und wer weiß, vielleicht denke ich ja doch noch über eine Poledancekarriere nach."

Diesmal sprang Herr Kallenbach nicht darauf an und sah stattdessen zu Jonas. „Und was ist mit dir? Kann ich weiterhin auf dich zählen oder hast du andere Pläne?"

Überfordert von Sophies überquellender Energie und dem strengen Blick von Herrn Kallenbach fand Jonas keine Worte. „Äh ich ..."

„Natürlich bleibt Jonas. Er gehört doch jetzt zur Familie", fiel ihm Sophie überraschend ins Wort, was ein angenehmes Ziehen in seinem Bauch verursachte. „Jemand muss mich doch unterstützen auf meinem steinigen Weg zur Primaballerina, wenn du das nicht tust."

Der Blick, den ihr Vater Jonas zuwarf, war erschreckend hilflos. Er schien von Sophies aufgekratzter Art ebenso überfordert.

„Ich wollte erstmal noch in der Stadt bleiben, ja", bestätigte Jonas. „Ich mag den Job." Mehr noch war es die Routine und finanzielle Sicherheit, die die Arbeit ihm bot, die er liebte. Und dass Herr Kallenbach keinen Anstoß daran nahm, wenn er mal wieder mit seinen Visionen zu kämpfen hatte.

„Gut", meinte Sophies Vater und lächelte Jonas sogar

an. „Ich wollte damit auch nicht andeuten, dass ich unzufrieden mit deiner Arbeit wäre. Ganz im Gegenteil. Ich hatte gedacht, dich vielleicht anderswo einzusetzen, deine Karriere voranbringen. Vielleicht sogar im Ausland."

Die Aussicht bereitete Jonas Bauchschmerzen. Bei Sophie hatte er einen sicheren Hafen gefunden. Selbst wenn er seinen Job irgendwann verlor, weil die Albträume mit jedem Tag schlimmer wurden, hatte sie versprochen, dass er bei ihr bleiben konnte. Wenn er weggehen würde, würde er bestimmt vollkommen abstürzen.

Der Schrecken musste ihm ins Gesicht gestanden haben. Denn Sophie sah plötzlich ernst zu ihrem Vater. „Papa, ich meinte, was ich sagte. Ich brauche Jonas. Er hilft mir doch mit dem Vortanzen. Ohne ihn hätte ich nie den Mut gehabt, mich letzte Woche dafür anzumelden."

Tatsächlich hatte sie alle möglichen und unmöglichen Gegenargumente aufgefahren, bevor Jonas sie hatte überreden können, die Anmeldung doch abzuschicken. Dass sie das mit Luca noch nicht besprochen hatte, obwohl sie jede Nacht dazu Zeit gehabt hatte. Dass sie doch jetzt gar keine Zeit zum Vorbereiten hatte, obwohl sie doch das Tanzen nachts perfekt dafür hätte nutzen können. Und dass ihr der Termin zu ungünstig lag. Schließlich würde sie ja kaum zweieinhalb Stunden nach dem Start wieder im DeModie sein müssen.

Er hatte die Ausreden alle widerlegt und ihr gut zugesprochen. Am Ende war es Jonas sogar gelungen, ihre Vorfreude zu wecken und von dem Punkt an war es Sophies Begeisterung, die beide mitgerissen hatte. „Ihm liegt wirklich was daran, dass ich das durchziehe und ich muss sagen, dass diese Unterstützung ungemein motiviert. Zum ersten Mal seit Mamas Tod denke ich, dass ich das wirklich könnte."

Sophies Worte ließen die Raumtemperatur gefühlt um zehn Grad sinken und Jonas merkte, dass er die Luft anhielt.

Die Gesichtszüge ihres Vaters waren wie versteinert und seine Stimme klang tonlos, als er sagte: „Ich verstehe. Nun dann habe ich mich wohl zu bedanken, Jonas."

„Keine Ursache", beeilte Jonas sich zu sagen. Ihm war die ganze Angelegenheit furchtbar unangenehm. „Wie gesagt, ich denke wirklich, wenn es eine schafft, dann Sophie." Vorsichtig lächelte er Sophie an. „Wir kriegen dich schon wieder auf die Bühne."

Ihr warmes Lächeln war ihm Antwort genug.

An Silvester wurden die Visionen schlimmer. Den ganzen Tag über war Jonas schon schrecklich angespannt gewesen, während seine Hände wieder angefangen hatten zu zittern. Der Alkohol in seinem Blut betäubte zwar das Ärgste, aber jeder vorzeitige Knall ließ ihn dennoch heftig zusammenfahren.

Als Sophie begann, sich für die Silvesterparty hübsch zu machen, flehte er sie fast an, bei ihm zu bleiben. Mit ihr würde er die Nacht überstehen. Ihr Lachen hielt ihn in dieser Realität. Aber er kannte ihre Antwort, auch ohne sie fragen zu müssen. Er würde sich eben zusammenreißen müssen.

Die Dunkelheit brachte mehr Schrecken mit sich. Sie lauerten in den Schatten jedes Raumes, verfolgten Jonas auf Schritt und Tritt und jagten ihm Angst ein. Konsequent schaltete er jedes einzelne Licht im Haus an und überprüfte jede noch so kleine Ecke. Dann ließ er sich mit einer Flasche Bier vor dem Fernseher nieder und zappte wild durch die Kanäle.

Überall wurden die Countdowns angezeigt und zogen unweigerlich seinen Blick an. Es war die Zeit, die ihm noch blieb, bevor sich alles überschlug. Von der friedvollen Weihnachtsstimmung war nichts mehr geblieben. Jetzt waren alle auf Krawall aus. Entnervt schaltete Jonas den Fernseher wieder ab, um den elendigen Uhren zu entkommen.

Unruhig lief er erneut durch alle Zimmer und überprüfte die möglichen Verstecke. Er wusste, dass er in Sophies Wohnung war und dass ihm hier niemand etwas antun können würde. Und trotzdem begann die Warterei, Jonas verrückt zu machen, bis er den Tanzraum betrat.

Im Spiegel sah er Sophie vor sich, wie sie emporsprang und den Rücken durchbog. Sie hob ihr Spielbein über den Kopf und drehte sich endlos auf der Stelle. Jede Faser ihres Körpers war gestreckt und bewegte sich im Einklang mit der Musik. Fast konnte er die Melodie hören.

Zielstrebig schritt er durch den Raum und schaltete die Anlage an. Die Klänge von Giselle übertönten die vereinzelten Raketen draußen, doch sie reichten nicht, um Jonas' Anspannung zu lösen. Er musste irgendetwas tun, bevor er wieder anfing, im Raum herumzulaufen und sich verrückt zu machen. Schließlich holte er sich seinen Block und begann die Bilder von Sophie aus seinem Kopf aufs Papier zu bannen.

Jonas wusste genau, an welcher Stelle der Musik sie sprang und wo sie verharrte, so deutlich erinnerte er sich an ihre Proben. Die Art, wie sich ihr Körper drehte und spannte, war ihm so bekannt, dass er ihre Gestalt mühelos aufs Papier brachte. Irgendwann ging er dazu über, die Gesichtszüge, die er von Herzen kannte, zu betonen und aus den Zeichnungen ihrer Figuren wurden Porträts, die ihr strahlendes Lachen einzufangen suchten. Bild um Bild malte Jonas und war dabei so vollkommen versunken in seine Erinnerungen, dass er nicht mitbekam, wie die Zeit verging.

Bis die Uhr zwölf schlug.

Mit einem Mal vervielfältigten sich die Raketen um das Hundertfache und zündeten geradewegs über ihm. Jonas warf sich zu Boden und schlug die Hände über dem Kopf zusammen, während er sich verzweifelt nach Deckung umsah. Doch wohin er auch blickte, sahen ihm Gesichter entgegen. Nicht sein eigenes blickte ihn aus den Spiegeln an, sondern die blutigen Gesichter seiner Kameraden und der verletzten Zivilisten. Zwischen ihnen standen die Taliban und suchten nach ihm und seinem Trupp, während um sie herum weitere Granaten explodierten.

Wie gelähmt kauerte Jonas da und wusste nicht, wohin er fliehen sollte. Diesmal würden sie ihn kriegen. Er würde nicht noch einmal unverschämtes Glück haben.

Schmerz durchzuckte seine Schulter und für einen Moment lang wälzte er sich schreiend auf dem Boden, bis die Angst, entdeckt zu werden, wieder die Oberhand gewann. Um ihn herum gellten jetzt andere Schreie. Fürchterliche Schmerzens- und Angstschreie. Schreie, die er nie vergessen konnte und dazwischen das Weinen eines Kindes, das verlassen mitten auf der Straße stand und die Hände nach ihm ausstreckte.

Er wollte so gerne helfen - dafür war er schließlich hergekommen - aber es ging nicht. So sehr Jonas es auch versuchte, er konnte seine Beine nicht dazu bewegen aufzustehen, konnte es nicht wagen, das bisschen Deckung, was er hatte, aufzugeben. Er war in dieser Hölle gefangen, bis sie alle tot waren oder die Taliban weiterzogen.

Aber er musste leben. Er durfte hier nicht sterben. Zuhause warteten schließlich seine Eltern darauf, dass er heimkehrte. Wenn er es doch nur gekonnt hätte. Er war ein Feigling, ein riesengroßer Feigling. Weil er nicht mal aufstehen und das Kind retten konnte. Weil er nicht mal Philipp helfen konnte, der sich keine drei Meter von ihm entfernt in Todesqualen am Boden wälzte. Weil er sich nicht mal eingestehen konnte, dass er dringend Hilfe brauchte.

Alles, was Jonas vermochte, war angespannt auf dem Boden zu kauern und zu verharren, in der wilden Hoffnung, diese eine Nacht noch zu überleben. Glas splitterte um ihn herum und legte sich wie eine Decke über ihn. Die spitzen Kanten stachen ihn in den Nacken. Jetzt bloß nicht rühren. Darauf warteten sie nur.

Wo war nur sein Helm? Der Gedanke erschien jäh in seinem Kopf und drängte alles Weitere beiseite. Er brauchte seinen Helm, sonst war er mit der nächsten Explosion dem Tod geweiht. Panisch kroch Jonas über den Boden und suchte blind nach dem verlorengegangenen Rüstungsteil. Philipp war gestorben, weil er den Helm nicht aufhatte. Sein Blut klebte noch immer an Jonas' zitternden Händen.

Plötzlich war da jemand. Zwei schwere Stiefel traten neben ihn und elendig langsam sah Jonas auf. Sie hatten ihn gefunden, dachte er, als sich der Lauf eines Gewehrs auf ihn richtete. Gleich war es vorbei.

Nein! Er wollte nicht sterben. Nicht so. Nicht 5000 Kilometer entfernt von zu Hause. Er fand die Kraft emporzuschnellen und rammte seinen Kopf in die Magengrube des Feindes. Unter Jonas' Gewicht gingen sie beide zu Boden und schlugen auf der harten, staubigen Erde auf. Bevor sein Feind angemessen reagieren konnte, schlug Jonas ihm den Unterarm in die Kehle und drückte zu. Hätte er eine Waffe zur Hand gehabt, hätte er sie benutzt, doch so blieben ihm nur sein Instinkt und rohe Kraft.

Finger krallten sich in seinen Unterarm in dem verzweifelten Versuch, den Druck von der Kehle zu nehmen und Jonas konnte das angestrengte Schnappen nach Luft in seinen Ohren rauschen hören. Dann griffen die schmalen Finger nach seinem Gesicht, schlugen ihn schwach und zerkratzten ihm das Gesicht.

Blut rann Jonas über das Kinn und der Kratzer auf seiner Wange brannte höllisch. Der Schmerz war so viel stärker und deutlicher als alles andere um ihn herum.

Der Kratzer war echt, merkte er mit einem Mal und

erschrak heftig, als er Sophie erkannte. Tränen der Verzweiflung rannen ihr Gesicht hinunter und noch immer japste sie nach Atem, während ihre Finger immer schwächer nach seinem Gesicht suchten.

Auf der Stelle ließ Jonas sie los, kam auf die Füße und stolperte zurück, bis sein Rücken gegen die Ballettstange stieß. Zitternd ließ er sich an dem Spiegel hinunter und starrte mit weit aufgerissenen Augen auf Sophie, die sich hustend und keuchend auf alle Viere rollte.

Sonnenlicht brach sich in den Spiegeln und erhellte den ganzen Raum. Er war daheim, der Krieg lange hinter ihm. Doch wie sie es gesagt hatte, sein Kopf war immer noch dort: in Afghanistan. Er war zu schwach, zu schwach, um die Erinnerungen abzuschütteln, und nun hätte er beinahe Sophie umgebracht.

„Es tut mir so leid", brachte er krächzend hervor und spürte, wie ihm die Tränen kamen. „Es tut mir so schrecklich leid."

Sophie sah ihn an, ihre dunklen Augen noch vor Schrecken geweitet. Die Farbe kehrte jedoch langsam in ihr Gesicht zurück und ihr Atem beruhigte sich zunehmend.

Der Kloß in Jonas' Hals drohte, ihm nun seinerseits die Luft abzuschnüren. „Ich wollte das nicht. Ich wusste nicht, dass du es bist. Ich habe nicht mal mitbekommen, dass es schon Morgen ist", versuchte er zu erklären und verfluchte sich für sein jämmerliches Brabbeln. „Es tut mir so leid."

Langsam verschwand die Angst aus ihrem Gesicht und Sophie kam auf ihren Knien zu sitzen. „Was ist passiert?"

Beschämt senkte Jonas den Blick. „Ich war zurück im

Krieg. Du hattest Recht“, gab er mit zunehmend zittriger Stimme zu. „Ich bin noch immer da und werde es immer bleiben. Es war die Hölle.“ Statt sie anzusehen, sah er auf die Hände, die so stark bebten, dass er sie am liebsten festhalten wollte. Der Schatten einer Wolke zog am Fenster vorüber und mit einem Mal schimmerte ihm das Blut längst vergangener Tage von den Handflächen entgegen und drohte, ihn geradewegs zurückzureißen.

„Ich sehe es immer vor mir. Die zerstörten Häuser. Den Rauch. Die Toten.“ Jonas schluckte. „Ich kann ihnen nicht entkommen. Die Taliban suchen nach mir. Wollen sich dafür rächen, dass wir da sind. Dabei wollen wir doch nur helfen. Wir sind doch gar kein Sturmtrupp.“ Er konnte nicht weitersprechen, zu groß wurde der Druck in seiner Kehle. Sein Hals schmerzte mit jeder Sekunde mehr.

Plötzlich spürte er ihre Finger sanft an seinem Kinn und dann über seine Wangen streichen. „Ach, Jonas.“

Einen Moment lang ließ er die Berührung zu, geradezu begierig, den Anfall einfach hinter sich zu lassen und in Sophies Nähe zu vergessen. Dann sah Jonas jedoch die dunklen Schatten unter ihrem Kinn und er wusste, was er zu tun hatte.

Verwirrt sah Sophie zu ihm auf, als er sich plötzlich erhob und zielstrebig auf die Tür zuging. „Was hast du vor?“, rief sie ihm hinterher und kam ebenso auf die Beine.

Nur mühselig schaffte Jonas es, seine Stimme zu beherrschen. „Ich habe dir wehgetan. Das ist unverzeihlich, also werde ich gehen.“ Er blickte zurück. „Ich bin eine Gefahr für dich.“ Es war ein Fehler zurückzuschauen. Sophie hatte die Arme schützend um den Körper geschlungen und sah ihn flehend an. In ihren Augen stand die unausgesprochene Bitte. „Versteh doch, Sophie! Ich kann das nicht."

„Und wo willst du hin?" Bevor er antworten konnte, sprach Sophie auch schon weiter, ihre Stimme merkwürdig angespannt. „Du hast kein Geld, kein Dach über dem Kopf und keinen Job, wenn du jetzt gehst."

„Ich habe einiges angespart. Ich finde schon was. Mach dir um mich keine Sorgen!"

Trotzig schüttelte Sophie den Kopf. „Das ist doch albern, Jonas. Du hattest einen Anfall. Du wolltest mir nicht wirklich wehtun. Es war bestimmt wegen der Böller, aber vor denen hast du doch jetzt ein Jahr Ruhe. Du kannst mich jetzt nicht alleine lassen."

Jonas seufzte. Er wollte ja bleiben, aber angesichts des Erlebten war das unmöglich. „Du bist nicht alleine. Du hast noch Luca und deinen Vater. Die versuchen nicht, dich zu erwürgen."

„Ich habe keine Angst." Ihre eigenen Augen straften ihre Worte Lügen oder vielleicht war es die Schuld, die ihm das vorgaukelte. „Ich habe dir gesagt, dass du solange hierbleiben kannst, bis es dir besser geht. Gerade geht es dir alles andere als gut, also bitte bleib!"

„Hier geht es doch nicht um mich", widersprach Jonas gequält. „Ich will nicht, dass du dich fragen musst, ob es heute sicher ist, nach Hause zu kommen. Oder ob ich wieder deine Wohnung auseinandergenommen habe. Oder ..."

„Aber du kannst nichts dafür", fiel Sophie ihm ins Wort. „Du hast das nun mal erlebt und es ist doch nur verständlich, dass du es nicht einfach so beiseite schieben kannst." Ihre Worte klangen so logisch, so harmlos. Als hätte er ihr nicht eben noch ans Leben gewollt.

Sein Magen verkrampfte sich bei dem Gedanken, was passiert wäre, wenn er nicht rechtzeitig aufgewacht wäre. „Sophie ..."

„Ich brauche dich, Jonas", eröffnete sie ihm schließlich. So etwas hatte sie schon vor ihrem Vater gesagt.

Jonas versuchte das wohlige Gefühl zu ignorieren, das sich unerwünscht in ihm ausbreiten wollte. Er hatte das nicht verdient.

„Du bist doch der Einzige, der an mich glaubt."

Sein Mund wurde trocken, doch mühselig quälte er sich die Worte hervor, die gesagt werden mussten. „Was ist mit Luca?"

Nervös schnaubte Sophie. „Nichts. Also ... er unterstützt mich halt nicht so wie du. Wie auch, wenn er an den Club gefesselt ist? Für ihn ... uns zählen eben andere Dinge zurzeit. Aber du ..." Sie sah zu ihm auf und Jonas spürte, wie sein Entschluss zu weichen begann. „Du kümmerst dich um mich. Ich bin dir wichtig und ohne dich hätte ich bestimmt nicht wieder angefangen, Ballett zu tanzen."

Ein zaghaftes Lächeln breitete sich auf Jonas' Gesicht aus. „Danke, Sophie." Dennoch durfte er nicht nachgeben. Ihr zuliebe. „Aber du schaffst das auch ohne mich. Du bist fürs Tanzen geboren und brauchst mich nicht dafür. Ich verstehe doch nicht mal was davon. Ich bin nur ..." Genervt von seinem eigenen Geschwafel, straffte Jonas sich. „Es ist es nicht wert."

„Tanz mit mir!“, forderte Sophie ihn unerwartet auf und reichte ihm die Hände. Verwirrt von ihrem plötzlichen Themenwechsel, konnte Jonas sie nur anstarren. Sophie lächelte nervös. „Jetzt komm schon, Jonas. Gib mir deine Hände!“

„Wieso? Was ...“

„Frag nicht! Komm her!“ Zögerlich trat Jonas näher, bis Sophie seine Hände ergriff. „Mir hilft die Musik immer, wenn sich meine Gedanken drehen und ich nicht mehr weiß, wohin mit meinen Gefühlen.“ Ohne ihm ins Gesicht zu sehen, legte sie seine linke Hand in ihren Rücken und legte ihre ihrerseits auf seine Schulter.

„Ich kann nicht tanzen“, warnte Jonas, noch immer zweifelnd, dass das seine Probleme lösen würde. Oder die Gefahr für Sophie mindern.

Sophie ließ sich davon nicht beirren. „Folg einfach der Musik!“

„Welcher Musik?“, fragte er irritiert, war die Anlage doch schon vor Stunden verstummt.

Peinlich berührt löste sich Sophie noch einmal von ihm. „Ach ja. Du kannst die Musik in meinem Kopf ja gar nicht hören.“ Während sie zu der Anlage ging, war er versucht zu fliehen. Es wäre besser für sie beide gewesen.

„Sie geht mir gar nicht mehr aus dem Kopf“, meinte Sophie und wählte schließlich eine CD.

Leise und zart klangen die ersten Töne zu ihm hinüber, während sie wieder ihre Positionen einnahmen. „Etwas tiefer die Hand“, wies Sophie ihn an und der Kloß in seinem Hals tauchte erneut auf. „Hörst du die Musik jetzt?“

Jonas nickte und wurde von Sophies strahlendem Lächeln belohnt. Sanft führte sie ihn ganz ohne große Sprünge und Figuren. Stattdessen war sie ihm einfach nur nahe, schmiegte sich an ihn und wiegte sich im Takt. Waren seine Schritte am Anfang noch steif, sorgte Sophies Nähe dafür, dass er lockerer wurde. Langsam ließen die Erinnerungen, die ihn gefangen hielten etwas nach und mit jeder sachten Bewegung verlor der Schrecken an Kraft. Jonas spürte, wie die Musik ihn erfüllte und sich der vorsichtige Gedanke einschlich, ob er nicht doch bleiben könnte. Nur noch ein kleines bisschen länger in Sophies Armen, während die Neujahrssonne helle Flecken über den Boden tanzen ließ.

KAPITEL 8
Dégagé

Seit geschlagenen zwanzig Minuten stand Sophie vor ihrer Haustür und beobachtete den Türknauf. Nur eine winzige Drehung stand zwischen ihr und dem langersehnten Bett. Nur die Tür und Jonas.

Sie konnte ihn hinter der Tür hören. Obwohl es noch früh am Morgen war, war er schon auf den Beinen. Geschirr klirrte, Schubladen klapperten und Schritte hallten über den Parkettboden. Sie hatte gehofft, dass er noch schlafen würde, obwohl er das so gut wie nie tat, wenn sie nach Hause kam. Immer schien er auf sie zu warten. Wie ihre Mutter früher, wenn Sophie die Sperrzeit mal wieder etwas überstrapaziert hatte.

Obwohl sie sich mit aller Macht dagegen wehrte, konnte sie die Bilder der Silvesternacht nicht aus ihrem Kopf verbannen. Die nackte Angst in Jonas' Augen. Die Verzweiflung, als er ihr die Kehle zudrückte. Der Schmerz in ihrer Lunge. Allein bei der Erinnerung fiel Sophie das Atmen schwer.

Schweiß rann ihr über den Rücken und ihr wurde mit einem Mal so schwindlig, dass sie sich auf die Treppenstufen setzen musste. Sicher war es nur der fehlende Schlaf und nicht die Angst vor Jonas. Jonas, der sich immer um sie sorgte, dessen Lichtschimmer sie war – was er nie müde wurde zu betonen – und der sie immer so sehnsüchtig ansah. Niemals würde er ihr wissentlich etwas antun.

Und dennoch hatte er es getan.

Obwohl Sophie den ein oder anderen kleinen Anfall mitbekommen hatte, hatte sie sich nie etwas daraus gemacht. Er hatte von den Albträumen gesprochen, aber sie war jede Nacht tanzen gewesen und wenn sie tagsüber schlief, dann so fest, dass nicht mal eine von Jonas' Granaten sie hätten wecken können. Es war durchaus möglich, dass er deutlich öfter von den Visionen heimgesucht wurde, als sie ahnte, dass ihn genau in diesem Moment wieder eine von ihnen packte und rasend machte, unfähig zwischen Erinnerung und Wirklichkeit zu unterscheiden.

Sie zitterte am ganzen Leib bei der Vorstellung. Dann hörte sie plötzlich Schritte hinter der Tür. Sophie hatte gerade noch Zeit, wieder aufzuspringen und sich vorwandshalber eine Strähne aus dem Gesicht zu streichen, bevor die Tür aufging. Jonas sah verdutzt aus. „Sophie. Hast du etwa deinen Schlüssel vergessen?"

„Schlüssel?" Es dauerte einen Moment, bis sich ihr der

Sinn erschloss. „Nicht direkt. Er ist in meiner Handtasche, aber da ist so viel Zeug drin ...“

Zu ihrer Überraschung lächelte Jonas. „Na ja, dann hast du ja Glück, dass ich noch da bin. Ich wollte nämlich gleich los.“

„So früh? Ist mein Vater da überhaupt schon wach?“, fragte Sophie und verschränkte ihre Hände, damit sie aufhörten zu zittern.

„Das weiß ich nicht, aber die Bestellungen von gestern liegen sicher noch immer auf seinem Schreibtisch. Frühstück steht schon für dich bereit.“ Er sah kurz nach hinten und Sophie folgte seinem Blick.

Tatsächlich war der Esstisch geradezu famos eingedeckt. Frische Brötchen, verschiedene Aufschnitte, ein gekochtes Ei und sogar ein Obstteller. Zur Krönung des Ganzen hatte er Blumen besorgt. Sophie schluckte. Alles daran schrie nach einer Entschuldigung. „Für mich?“

„Na, sicher nicht für den Postboten“, kommentierte Jonas trocken. „Setz dich in Ruhe hin und iss. Ich bin um drei wieder da, um dich abzuholen.“

Die ganze Angelegenheit wurde immer verwirrender. „Wieso?“

Ein vergnügtes Funkeln stahl sich in seine Augen, das ihr gänzlich unnatürlich in seinem Gesicht vorkam. „Weil wir in die Stadt gehen und neue Spitzenschuhe für dich besorgen. Du kannst beim Vortanzen ja schlecht in diesen Lappen auftauchen.“

Erschrocken keuchte Sophie auf, doch Jonas hatte Recht. Die Schuhe an ihren Füßen verdienten die Bezeichnung und niemand würde sie damit ernstnehmen. Dennoch war sie zu müde, um bei der Aussicht auf den Tanzladen Begeisterung zu empfinden. „Na gut, wenn du meinst."

„Tue ich." Noch ein letztes Mal lächelte er sie an, dann schnappte Jonas seinen Rucksack neben der Tür. „Ruh dich gut aus!"

Verunsichert sah Sophie ihm nach, bis er im Haupthaus verschwunden war. Wenn sie es nicht besser wüsste, hätte sie geglaubt, dass die Albträume ihn nicht länger belästigten.

Seufzend betrat sie endlich ihr Haus und schloss die Tür hinter sich. Der Duft der frischen Brötchen löste in ihr keinen Appetit aus und selbst der Obstteller ließ sie vollkommen kalt. Alles, was sie wollte, war in ihr warmes Bett zu schlüpfen und ein halbes Jahr lang schlafen.

„Wozu brauche ich überhaupt neue Schuhe? Meine Füße sind an die alten schon gewöhnt", jammerte Sophie, als die Verkäuferin zum wiederholten Mal im Lagerraum verschwand. „Außerdem bringen mir die anderen Glück." Sie war immer noch müde und der Laden erinnerte sie viel zu sehr an ihre Jugend. Jeden Moment glaubte sie, ihre Mutter mit einem neuen Karton um die Ecke kommen zu sehen.

Aber das tat sie nicht.

Die Arme vor der Brust verschränkt, hob Jonas skeptisch eine Augenbraue. „Ach ja?"

Ihre Wangen brannten vor Wut und sie musste sich auf die Zunge beißen, um ihn nicht trotzig anzufahren. Zu allem Überfluss fiel ihr nicht mal ein gutes Beispiel ein, um seine Zweifel zu zerstreuen. Nur das Eine. „Sie haben mich zu Luca geführt.“

„Oh“, machte Jonas und studierte nun die Auslegware. Luca war nie ein gutes Thema zwischen ihnen. Dann jedoch fügte er hinzu: „Du bist die Expertin. Wenn du sagst, dass die beim Vortanzen nicht auf vernünftiges Schuhwerk achten und du sicher bist, dass du deine Routine mit den kaputten Schuhen tanzen kannst, musst du das tun.“ Fast beiläufig fügte er hinzu: „Hast du dich nicht erst Weihnachten beschwert, dass die Spitze ruiniert ist?“

Sophie konnte ihm lediglich einen bitterbösen Blick zuwerfen, denn die Ladenbesitzerin kehrte mit einem neuen Stapel Boxen zurück. „Probieren Sie mal die hier, ob die hart genug für Ihren Geschmack sind“, empfahl die Frau ein Exemplar.

Seufzend nahm Sophie das Paar entgegen und drehte sich um. Es war ihr peinlich, vor der Frau ihre Füße zu entblößen. Dabei waren wunde Stellen wahrlich keine Seltenheit bei Balletttänzerinnen. Ihre waren eben ein wenig über das Maß hinaus gefordert worden. Aber wenn sie vorwurfsvolle Blicke wollte, brauchte sie nur Jonas fragen.

Glücklicherweise bemerkte der ihr Unbehagen. „Haben Sie die auch noch in anderen Farben?“, erkundigte er sich bei der Frau, die ihn zweifelnd ansah.

Sophie biss sich auf die Zunge. Jonas konnte ja nicht wissen, dass auffällige Farben bei einem Vortanzen nicht gern gesehen waren. Die Verkäuferin bedachte Sophie noch mit einem langen Blick, bevor sie unter Kopfschütteln den Raum verließ.

Stillschweigend schlüpfte Sophie in die Schuhe und band sie fest. Die Dame hatte Recht behalten. Sie entsprachen genau ihren Anforderungen und saßen zudem gut. Dass der Stoff an einigen Stellen drückte, lag eher am Zustand ihrer Füße als an den hübschen Schuhen. Sie gefielen ihr tatsächlich, je länger sie sie betrachtete. Fast sah sie damit wieder wie eine richtige Balletttänzerin aus.

Mit einem Kribbeln packte sie die Vorfreude. Sie würde wirklich zur Bühne zurückkehren, es vielleicht sogar in die Kompanie schaffen. Von klein auf war ihr Traum immer die Primaballerina gewesen, so wie es ihre Mutter gewesen war. Wenn nur ihre Füße nicht ständig so wehtun würden. *Zähne zusammenbeißen und hoch*, hörte sie in ihrem inneren Ohr. So war das schon immer im Ballett gewesen.

Sophie wischte alle Bedenken fort und stellte sich gleich auf die Spitze. Schmerz durchzuckte sie vom Zeh bis in die Wade. Nur durch jahrelanges Training gelang es ihr, die Haltung zu bewahren und langsam wieder in die erste Position zurückzukehren.

„Alles in Ordnung?" Erschrocken fuhr Sophie zusammen und fiel zurück auf den Hocker. Sie hatte Jonas ganz vergessen. „Das sah schmerzhaft aus." Offensichtlich hatte sie ihr Gesicht weitaus weniger unter Kontrolle gehabt als ihre Haltung.

Besorgt kniete sich Jonas vor sie und löste langsam die Schuhe von ihren Füßen. „Es geht schon. Es ..." Sie brach ab, als er schweigend die wunden Stellen betrachtete.

Sophies Kehle zog sich zusammen. „Ballerinafüße sind nicht schön", versuchte sie zu erklären und blinzelte gegen die plötzliche Feuchte in ihren Augen.

„Es wird jeden Tag schlimmer“, bemerkte Jonas nachdenklich. Als er zu ihr aufschaute, konnte sie sein Mitleid kaum ertragen. „Meinst du nicht, du solltest fürs DeModie vielleicht auf angenehmere Schuhe wechseln. Sneakers oder so?“

„Nein!“ Ihre Vehemenz überraschte selbst Sophie. Für einen Moment war es ihr eiskalt über den Rücken gelaufen.

Jonas starrte sie an und sie wusste, dass sie etwas sagen musste. „Ballettschuhe muss man eintanzen und ich habe nur noch ein paar Wochen.“

„Okay.“ Seine Antwort klang merkwürdig tonlos, aber es war immerhin kein Widerspruch.

Dennoch war die Stimmung zwischen ihnen gedrückt, als sie den Laden mit den neuen Schuhen verließen. Jonas schien mit den Gedanken woanders zu sein und Sophie wusste nicht, wie sie zu der lockeren Atmosphäre zurückkehren sollte, die sie mit ihren patzigen Antworten zerstört hatte. So gingen sie schweigend nebeneinander her, bis sie schon fast zu Hause waren.

„Isst du noch was?“, fragte Jonas.

Ein Blick auf die Uhr beantwortete die Frage. „Nein, ich werde mir dort was holen.“ Sie hatte noch nie gefragt, aber irgendetwas würde Tomas schon für sie zu zaubern wissen. Schließlich mussten Luca, seine Brüder und all die anderen ja auch etwas essen.

Während sie sich ein Kleid aussuchte und für eine halbe Stunde im Bad verschwand, räumte Jonas das Frühstücksgeschirr weg und machte sich an den Abwasch. Der

Anblick war für Sophie mittlerweile zur Gewohnheit geworden und ein Lächeln stahl sich auf ihre Lippen.

„Wenn die Tage länger werden, essen wir wieder zusammen, versprochen." Sie griff nach ihren Tanzschuhen.

Schnaubend erwiderte Jonas, den Rücken zu ihr gekehrt: „Ich wäre schon froh, wenn ich wüsste, dass du überhaupt etwas isst."

Lachend rollte Sophie mit den Augen. „Ich esse. Keine Sorge."

„Du wirst deine Kraft brauchen", sagte Jonas und drehte sich um. „Was tust du da?"

Verwirrt sah Sophie von den Schuhen, in die sie geschlüpft war, zu ihm und wieder zurück. Ohne es zu bemerken, hatte sie die Alten angezogen. Sie überlegte kurz, ob sie sie ausziehen sollte, aber dafür fühlten sie sich zu gut an. Nicht so hart und unnachgiebig wie die Neuen, die auf jede wunde Stelle drückten. Diese Schuhe hatten dieselben Macken wie sie. Sie gehörten zu ihr.

Entschlossen richtete Sophie sich auf. „In den Neuen stehe ich noch keine Nacht durch. Das mache ich ein anderes Mal." So gut es ging, ignorierte sie die Enttäuschung in seinem Blick.

„Okay." Wieder diese tonlose Stimme. „Aber denk dran, dass du deine Routine üben wolltest."

„Ja, Papa", rutschte es ihr heraus, bevor sie sich beherrschen konnte. Glücklicherweise nahm es Jonas ihr nicht übel, denn er lächelte nur schwach. Etwas versöhnlicher nahm Sophie ihren Abschied: „Bis morgen früh."

„Guten Abend, Tomas“, begrüßte Sophie den jungen Türsteher und umarmte ihn kurz herzlich. „Ich brauche unbedingt etwas zu trinken, bevor ich umkippe.“

Lachend schloss Tomas die Tür hinter ihnen. „Kommt sofort, Prinzessin Sophie.“

Schmunzelnd ließ sie sich ihren Mantel abnehmen. Es war eine kleine Eigenheit von Tomas, dass er sie seit Monaten so nannte. „Kalt ist es draußen, sag ich dir. Es hat schon wieder frisch geschneit. Meine Füße sind wahrscheinlich nur noch Eisklumpen.“ Ungebeten schob sich der Gedanke an Jonas in ihren Kopf, der ihre Schuhwahl missbilligt hatte.

Tomas grinste nur und führte sie die Treppe hinunter. „Ich bin mir sicher, dass Luca sie schnell für dich aufwärmen wird.“

Einen Moment lang versuchte Sophie sich vorzustellen, wie Luca ihr warmes Wasser brachte oder die Füße zwischen seinen Händen rieb. Es ging nicht. Das war Jonas’ Art nicht Lucas. Als Prinz hatte er für so etwas immer Diener gehabt.

„Sag mal, ihr habt nicht zufällig auch etwas zum Essen im Angebot? Ich hab’s heute nicht geschafft, vorher noch etwas zu mir zu nehmen.“ Gähnend hielt Sophie sich eine Hand vor den Mund. Am liebsten wäre sie gleich wieder in ihr Bett geklettert. Dabei war sie erst seit drei Stunden wach. „Diese langen Nächte schlauchen ganz schön und ich habe das Gefühl, zu gar nichts mehr zu kommen.“

Mitleidig klopfte Tomas ihr auf die Schulter. „Erst mal was trinken und dann schauen wir uns den Rest an.“

Er verschwand von ihrer Seite, kaum dass sie das untere Ende der Treppe erreicht hatten. Luca wartete bereits und reicht ihr galant die Hand. „Willkommen zurück, meine Schöne."

Kichernd legte Sophie ihre Hand in seine und ließ sich von ihm mit einem Kuss begrüßen. Die Sonne musste kaum untergegangen sein, da ertönten die ersten Klänge der Musik. Ihre Füße kribbelten bereits in freudiger Erwartung, während sich der Rest ihres Körpers noch immer nach einer Pause sehnte.

Da erschien Tomas wieder an ihrer Seite und reichte ihr seinen blauen Spezialdrink. „Hier bitte, extra stark für dich." Zu Luca gewandt erklärte er: „Sophie ist müde." Noch während er es sagte, spürte sie die Müdigkeit mit jedem weiteren Schluck aus ihrem Körper weichen.

Luca nickte lediglich und sah fragend zu Sophie. „Tanzen?"

Verdattert sah sie ihn an. Es war, als hätte er Tomas nicht mal gehört. „Äh ... ja, klar." Sie reichte das halbleere Glas zurück an den jüngeren Bruder und nahm Lucas andere Hand. „Dann mal los."

Sein strahlendes Lächeln entschädigte sie vollkommen. Eigentlich war es Sophie ja auch viel angenehmer, dass er nicht auch noch anfing, wie Jonas besorgt um sie herumzuschleichen. Schließlich kam sie ins DeModie, um eine schöne Zeit zu haben.

Gemeinsam betraten sie die Tanzfläche, die um diese Zeit noch recht leer war. Nicht, dass das Sophie störte. Der wundersame Cocktail wärmte sie von innen und füllte sie mit neuem Leben und ihre Füße bewegten sich schon fast von allein im Takt der Musik. Mehr als die Anwesenheit ihres gutaussehenden Prinzen brauchte sie gar nicht.

„Weißt du was, Luca? Ich habe mir gedacht, dass ich wieder mit dem Ballett anfange. Für nachher, meine ich“, erzählte Sophie, während er sie herum schwang. „Ich hatte jetzt zwar ein bisschen Pause, aber ich bin mir sicher, dass ich da schnell wieder reinkomme. Ich habe sogar ein Vortanzen gebucht. Übernächste Woche. Du weißt gar nicht, wie aufgeregt ich bin.“

Ihr Tanz hatte die anderen Bewohner des DeModie angelockt und Sophie zitterte in der Erwartung, dass sie sich gleich wieder auf sie stürzen würden. Sie wollte die Zeit allein mit Luca doch noch ein wenig genießen. Er musste denselben Gedanken gehabt haben, denn er scheuchte die bemitleidenswerten Gestalten barsch weg. Dann zog er Sophie zu sich und raunte mit tiefer Stimme: „Heute Nacht gehörst du nur mir.“

Ein wohliger Schauer rann über ihren Rücken, als sich seine Lippen auf ihre legten. Sein Mund war ähnlich süß wie der Cocktail und Sophie konnte gar nicht genug von seinen Küssen bekommen. Viel zu früh löste Luca sich von ihr und kehrte zum Tanz zurück. „Ein Vortanzen, ja?“

„Ja, es ist bei der Kompanie unten am Stadttheater. Wenn ich da genommen werden würde, wäre das einmalig.“ Es wäre dieselbe, in der ihre Mutter einst getanzt hatte. Wenn sie nur in der Lage wäre, Sophie dann noch zu sehen.

Luca klang nicht allzu begeistert, als er sagte: „Das hört sich ziemlich anstrengend an. Vielleicht bist du ja deshalb so müde. Warum wartest du nicht einfach noch ein wenig, Sophie? Die Kompanie rennt dir ja nicht weg."

Enttäuscht protestierte sie: „Aber ich will das tun. Ich kann doch nicht den ganzen Tag nur schlafen."

„Dafür tanzt du doch in der Nacht", hielt Luca dagegen.

„Aber ich habe es meinem Vater versprochen und außerdem ..." Wütend blinzelte Sophie gegen den plötzlichen Druck in ihren Augen. „Was wäre denn so schlimm daran, es jetzt zu tun?"

Versöhnlich strich Luca ihr über die Wange. „Ich habe Angst, dass du dir zu viel aufhalst, Sophie. Ich sehe doch, wie anstrengend das für dich ist."

Also kümmerte es ihn doch!

Eine angenehme Wärme breitete sich in ihr aus und sie stahl schnell einen weiteren Kuss, bevor er sie wieder über den See wirbelte. „Ich verspreche, auf mich aufzupassen. Außerdem lässt sich das doch verbinden. Ich bin die ganze Nacht im DeModie. Da kann ich genauso gut meine Choreografie üben. Ich habe zum Beispiel ein paar meiner CDs mitgenommen. Meinst du, Bastien könnte sie auflegen?"

„Nein."

Wie vom Blitz getroffen, blieb Sophie stehen und starrte Luca an. Dieser nahm sie sogleich in die Arme und seufzte. „Liebes, du weißt doch, dass das nicht geht. Es gibt nur die eine Musik im DeModie und außerdem sind deine Choreografien sicher keine Partnertänze oder hast du dir dafür jemanden gesucht?"

Für einen Moment sah sie Eifersucht in seinen Augen

aufblitzen. Als sie den Kopf schüttelte, legte Luca die Finger unter ihr Kinn und lächelte sie an. „Der Fluch verlangt, dass wir miteinander tanzen, nicht nebeneinander. Unter anderen Umständen würde ich mir gerne mal deine Kür ansehen.“

Sophie konnte den Sinn seiner Worte nicht leugnen, aber die erwartete Erleichterung blieb aus. „Du wirst schon sehen“, setzte Luca nach, „Wenn das Jahr erstmal vorbei ist, gehen wir zusammen. Das wäre doch was, oder? Du und ich in derselben Kompanie, gemeinsam auf der Bühne.“

Die Vorstellung gefiel ihr. Mit einem Lächeln ließ sie sich erneut küssen und nickte schließlich. „Das klingt sehr gut.“ Sie würde schon einen anderen Weg finden, um Jonas und ihren Vater glücklich zu machen.

Ein aufdringlicher Piepton stahl sich in die Melodie ihres Traumes und riss Sophie aus dem Schlaf. Völlig übermüdet tastete sie nach ihrem Nachttisch und schaltete den Wecker aus, der sie für ihre Übungsstunde geweckt hatte. Frustriert stellte sie fest, dass es tatsächlich schon drei Uhr war, dabei fühlte es sich an, als wäre sie gerade erst ins Bett gegangen. Ihr Kopf pochte unaufhörlich, das Licht blendete sie und in ihren Ohren rauschte es.

Sophie vergrub sich tiefer in die Decken und schloss die Augen. Einen gefühlten Augenblick später hörte sie den Schlüssel in der Tür und Jonas’ Schritte im Flur. Kurz darauf ertönte ein Klopfen an ihrem Zimmer. „Bist du schon wach, Sophie?“

Einen Moment lag überlegte sie, sich einfach schlafend zu stellen, aber dann verwarf sie den Gedanken und schlug die Decke zurück. „Ich komme gleich."

„Alles klar." Die Schritte entfernten sich wieder.

Mühselig kletterte Sophie aus dem Bett und zog sich an. Jetzt, da es soweit war, verspürte sie wenig Lust, mit dem Training zu beginnen. Aber wenn sie es nicht tat, würde ihr Vater bestimmt wieder meckern. Außerdem war Jonas so besessen davon, ihr bei dem Unternehmen zu helfen, dass sie unmöglich aufgeben konnte.

Wenig später betrat Sophie schließlich das kleine Studio und begann mit dem Warmmachen. Jonas saß wie früher in einer Ecke, seinen Zeichenblock auf dem Schoß. Sein Blick jedoch huschte unruhig hin und her und statt zu zeichnen, klopfte er lediglich mit dem Stift auf dem Papier.

„Willst du nicht lieber ins Wohnzimmer gehen?", fragte Sophie. Schließlich war es erst vier Tage her, dass er hier Gespenster gesehen hatte.

Jonas sah auf und schüttelte den Kopf. „Ich lass mir doch nicht die Chance entgehen, dich mal wieder tanzen zu sehen." Sein Geständnis brachte aus Sophie nur ein müdes Lächeln hervor.

Sie unterdrückte ein Gähnen und wählte ihr Stück aus. In Position erwartete sie die ersten Töne und war irritiert, als diese ganz anders klangen, als sie sie im Kopf hatte. Es war das richtige Lied, aber das Rauschen in ihren Ohren verzerrte den Klang und ihre Füße fanden nicht in den richtigen Rhythmus. Immer war sie eine halbe Sekunde zu spät, bis sie schließlich ganz aus dem Takt stolperte.

Mit großen Schritten hatte Sophie die Anlage erreicht und auf Stopp gedrückt. Die Musik verklang und machte wieder Platz für die Melodie ihrer Nächte. Ihr Puls raste und Unverständnis wälzte sich wie eine Lawine durch ihr Inneres. Sie hatte lange nicht mehr so schlecht getanzt wie eben. So, als hätte sie nicht das geringste Taktgefühl.

„Versuch es noch mal!“, schaltete sich da plötzlich Jonas ein und Sophie wurde bewusst, wie dämlich sie gerade aussehen musste: die Hände zu Fäusten geballt, als wollte sie gleich auf die Musikanlage einschlagen. Dabei konnte die doch am wenigsten für ihr Unvermögen.

Jonas stand auf und trat neben sie. Seine Hand fiel auf ihre Schulter und für einen winzigen Moment verspannte Sophie sich. „Sei nicht so hart mit dir! Du hast jetzt monatelang kein richtiges Ballett mehr getanzt. Wahrscheinlich musst du erst mal wieder rein finden.“

„Ich kann Ballett“, erwiderte Sophie trotzig, doch die Unsicherheit nagte an ihr. Es war zwei Jahre her, dass sie das letzte Mal bei einem richtigen Training gewesen war. Und fünf Monate seit sie die Wiederholungen in ihrem kleinen Studio für Luca aufgegeben hatte. Wenn sie im DeModie tanzen ging, dann tanzte sie alles Mögliche, aber nicht die klaren sauberen Formen, die das Ballett ihr abverlangte.

„Das weiß ich doch“, beschwichtigte Jonas sie und rieb ihr tröstlich über die Schulter, bevor er die Hand zu Sophies Erleichterung wieder wegnahm. Nicht, dass sie seine Berührung nicht genossen hatte, aber es erinnerte sie zu sehr an das letzte Mal, als sie hier mit ihm gesprochen hatte. „Trotzdem musst du dir etwas Zeit geben und eben üben. Wie war es denn heute Nacht?“

Verwirrt sah Sophie ihn an. „Was meinst du?“

„Na, ist es im DeModie besser gelaufen?“

Nein, da durfte ich nicht üben, raste ihr die Antwort durch den Kopf. Aber das konnte sie ihm nicht sagen. „Ein bisschen. Aber da war ich auch nicht völlig übermüdet.“

„Du bist doch eben erst aufgestanden“, bemerkte er stirnrunzelnd. Bevor sie etwas erwidern konnte, war Jonas vorgetreten und stellte wieder ihr Lied ein. „Na los, du schaffst das. Du musst nur dranbleiben.“

Er hatte Recht. Sie musste es weiter versuchen. Es war ja nicht so, als hätte sie früher immer ihre Choreografien auf Anhieb geschafft. Aber sie hatte auch nie so sehr gepatzt wie jetzt. Wieder drang die Musik nur mühselig durch Sophies benebelten Geist und sie verpasste andauernd ihre Einsätze. Im DeModie schienen ihre Füße von selbst zu tanzen. Jetzt schmerzten sie bei jedem Schritt und ließen sie nicht ihre volle Leistung abrufen.

Je angestrengter sie es versuchte, desto schlimmer wurde es. Die Musik kam ihr schräg und unangenehm vor. Überhaupt wusste sie gar nicht mehr, warum sie unbedingt dieses Stück ausgewählt hatte. Es klang einfach nur grauenhaft.

Frustriert stampfte Sophie auf und ließ sich dann auf den Boden fallen. Die Arme um ihre Beine geschlungen, legte sie den Kopf auf die Knie und versuchte das Brennen in ihren Augen zu ignorieren. Sie konnte die Tränen ja doch nicht verhindern.

Jonas erlöste sie und schaltete die Anlage aus. „Vielleicht geht's heute einfach nicht."

„Es wird nie mehr gehen", ereiferte sie sich.

„Du weißt genau, dass das Blödsinn ist, Sophie." Er nahm ihr gegenüber Platz. „Du kannst das. Du bist nur ein wenig aus der Übung, mehr nicht. Aber das kriegen wir hin. Du wirst sehen, in ein paar Tagen lachst du darüber. Es sind doch noch zwei Wochen, Sophie. Wenn wir jeden Tag üben ..."

„Ich bin müde", unterbrach sie seine Motivationsrede und sah zu ihm hoch. Sie wollte irgendetwas Geistreiches sagen, aber die Argumente entzogen sich ihr genauso wie die Choreographie.

Jonas betrachtete sie mitleidig. Vorsichtig legte er einen Arm um ihre Schultern und diesmal begrüßte Sophie seine Nähe. Es tat gut zu wissen, dass sie nicht alleine kämpfte.

Nach einer Weile wisperte Jonas leise: „Sag mir, wie ich dir helfen kann. Ich ... du weißt, ich würde alles für dich tun."

„Du kannst nichts tun. Es liegt alles an mir", widersprach Sophie und seufzte schwer. „Ich brauche einfach einen Drink."

Verdutzt sah Jonas sie an und richtete sich wieder etwas auf. „Einen Drink? Du meinst, Kaffee? Ich kann welchen aufsetzen." Mit Bedauern bemerkte sie, wie er seinen Arm zurückzog.

Sophie schüttelte den Kopf und setzte sich ebenfalls gerade hin. „Nein, ich meine den Cocktail, den Tomas mir macht. So ein Spezialmix. Danach bin ich immer wie ausgewechselt. Meine Füße tun nicht weh, ich muss nicht ständig gähnen und ..."

Mit jedem Wort war Jonas' Blick düsterer geworden und langsam verstummte Sophie. Ihre Kehle fühlte sich trocken an und die Furcht kehrte zurück. Doch er verfiel nicht wieder in eine seiner Schreckensvisionen. Stattdessen brummte er missgelaunt: „Drogen? Dein Luca lässt dir Drogen verabreichen?"

„Nein!" Die Absurdität dieses Gedankens erschreckte Sophie. „Sowas würde ich nie nehmen. Es ist ein total harmloser Drink, wie Kaffee. Wahrscheinlich ist da Guarana drin."

Jonas starrte sie durchdringend an: „Es hört sich aber nicht wie Kaffee an. Sophie, wenn die dir dort so einen Scheiß geben ..."

„Es sind keine Drogen!" Stöhnend fuhr Sophie sich mit den Händen übers Gesicht. „Glaub mir doch!"

„Drogen und jede Menge Alkohol", murmelte Jonas, bevor er schließlich seufzte. „Ich glaube dir, aber ich vertrau Luca nicht oder von mir aus Tomas. Der Kerl ..."

Als er wieder davon anfing, konnte Sophie es nicht länger ertragen. Sie sprang auf und griff nach dem Handtuch. „Du, ich muss jetzt los. Wir üben morgen weiter. Ich gebe mir auch Mühe. Versprochen."

„Sophie." Die Verzweiflung, die in seiner Stimme mitklang, ließ sie fast in Tränen ausbrechen, so dünn war ihr Nervenkostüm geworden.

Hastig wandte Sophie sich ab. „Wir sehen uns nachher." Sie floh aus dem Raum, bevor Jonas überhaupt aufgestanden war.

Die Nächte im DeModie wurden von Mal zu Mal wilder. Bald konnte Sophie Realität und Traum nicht mehr auseinanderhalten. Wenn sie mit Luca über die Tanzfläche fegte, drängten sich Schreckenskreaturen um sie, berührten sie und labten sich an ihrer Lebensfreude. Manchmal tat es weh, aber Lucas Zuneigung ließ sie den Schmerz schnell vergessen.

Sie war sich vollkommen sicher, dass niemand es in seiner Anwesenheit wagen würde, ihr ernsthaft etwas zu tun. Und Luca war immer da. Er hielt sie in seinen Armen und führte sie trotz der Enge tadellos. Wann immer sie müde war, winkte er Tomas zu und wenig später konnte sie mit einem der blauen Cocktails wieder auftanken.

Dabei zogen sie sich kaum noch in ihr Boot zurück. Sophie war das Recht. Wenn sie im DeModie war, wollte sie tanzen, nicht reden. Über was hätte sie jetzt auch noch mit Luca sprechen sollen? Sie kannten sich schon so lange und bevor der Fluch nicht besiegt war, brauchte sie auch nicht mit ihren Zukunftsplänen ankommen. Sie hatte ihm nicht gesagt, dass sie dennoch zum Vortanzen gehen wollte, schließlich hatte er deutlich gemacht, dass er es für keine gute Idee hielt. Sie brauchte ihre Energie für das DeModie. Für ihn.

Mittlerweile glaubte Sophie auch, dass Luca Recht hatte. Die Übungsstunden mit Jonas laugten sie aus und auch er wurde von Tag zu Tag reizbarer. Viel zu oft sah sie ihn blind für die Realität in der Gegend herumstarren. Wann immer er sich ihr näherte, hatte er sich jedoch unter

Kontrolle und langsam fasste sie wieder Zutrauen zu ihm.

Sophie hätte ihm gerne geholfen, aber dafür reichte ihre Kraft einfach nicht. Morgens sah sie ihn kaum und am Nachmittag arbeiteten sie hart für das Vortanzen. Mühselig hatte sie sich die Choreografie angeeignet, obwohl sie ihr noch immer schwerfiel. Ihre Einsätze stimmten und ihre Technik war fehlerlos, aber es gelang ihr nicht, in der Musik zu versinken.

Im DeModie erfüllten die Töne sie bis in die letzte Nervenfaser. Es gab kein Lied, bei dem sie nicht eine tiefe Verbindung verspürte. Im Gegensatz dazu war der Tanz zu Hause bar jeden Gefühls, geradezu leblos. Jonas versuchte sie immer wieder aufzubauen, aber Sophie kam einfach nicht darüber hinweg. Bestimmt würde sie beim Vortanzen nicht einmal in die nächste Runde kommen.

„Au!" Ein scharfer Schmerz fuhr durch ihren linken Oberarm und Sophie entdeckte, dass jemand sie gebissen hatte. Fasziniert betrachtete sie die einzelnen Blutstropfen, die dem Takt gleich aus ihrem Arm quollen. Die Melodie spülte den Schmerz einfach fort und während Luca die unglückselige Kreatur noch zur Rede stellte, verlor Sophie sich bereits wieder in der Musik.

Im Traum spielte die Melodie des DeModie auf und ab, führte Sophie durch dunkle Labyrinthe und vorbei an grausigen Schatten. Zu keinem Zeitpunkt verspürte sie Angst, denn Luca würde immer auf sie Acht geben. Wenn sie fiel, war er da. Wenn die Schatten zu nahe kamen, vertrieb er sie. Wenn die Musik verblasste, gab er ihr neue Kraft.

Dann wurde sie jäh aus dem Schlaf gerissen. „Hey, Sophie! Was machst du denn da?“ Irritiert blinzelte Sophie mit den Augen und versuchte, aus den Nebeln ihres Traumes aufzusteigen.

Jonas stand über ihr Bett gebeugt und rüttelte an ihrer Schulter. „Du kannst doch jetzt nicht schlafen!“

„Warum denn nicht?“, fragte Sophie schrecklich müde. Auf keinen Fall war sie bereits ausgeschlafen. Ihren Wecker hätte sie gehört.

Prompt kam die Antwort: „Weil du bereits spät dran bist.“

„Der Fluch!“, schrie Sophie erschrocken auf. Hatte sie etwa den Einbruch der Nacht verschlafen?

Verärgert ließ Jonas sie los. „Vergiss doch mal den verdammten Fluch! Dein Vortanzen beginnt in einer halben Stunde. Wenn wir uns beeilen, schaffen wir es vielleicht noch, bevor sie anfangen.“

Erleichtert ließ Sophie sich wieder in die Kissen sinken. Sie hatte noch Zeit bis zur Nacht. Luca war sicher. „Ach, das Vortanzen meinst du.“ Dunkel erinnerte sie sich daran. „Du hast mir einen Schrecken eingejagt.“

„Sophie!“, rief Jonas entsetzt. „Wir müssen los.“

Die lauten Worte schmerzten ihr in den Ohren. „Das schaffen wir nie. Ich müsste mich ja auch noch warmmachen und alles. Wenn sie sehen, dass ich erst kurz vor knapp auftauche, bin ich sowieso weg vom Fenster.“ Sie zog sich die Decke über den Kopf.

Jonas ließ sie aber nicht in Ruhe. „Weg vom Fenster bist du, wenn du gar nicht erst auftauchst.“ Er zog ihr die Decke wieder vom Kopf. „Du hast es versprochen.“ Plötzlich war er still und das Vortanzen schien vergessen. Langsam schob er die Decke noch ein Stück weit runter. „Was ist das?“

Irritiert sah Sophie hinunter auf ihren Arm, auf dem zwischen unzähligen blauen Flecken und Kratzern eine groteske Bissspur prangte. Sie konnte sich kaum daran erinnern, wie sie dahin gekommen war. Die letzte Nacht war nicht mehr als wilde Bilderfetzen in ihrem Kopf. „Es war viel los gestern, glaube ich. Du kennst das doch sicher.“

„Nein, kenne ich nicht.“, stellte Jonas mit harter Stimme klar.

Genervt sah Sophie ihn an. Natürlich wusste er das nicht. „Da ich nicht schlafen darf, lass mich wenigstens duschen gehen.“ Sie trug noch immer das Kleid, in welchem sie tanzen gegangen war. Der Schlaf hatte es gänzlich zerknittert.

Als sie aufstehen wollte, hielt Jonas sie jedoch am Arm fest. „Sophie, das kann doch so nicht weitergehen. Merkst du denn nicht, was hier los ist?“

Nun war sie es, die ihn wütend ansah. „Hörst du bitte mal auf, dich wie mein Vater aufzuführen?“

Stöhnend rollte Jonas mit den Augen und ließ sie los. Während Sophie sich über die schmerzenden Stellen rieb, drang er weiter auf sie ein: „Du solltest ihn aufgeben, Sophie.“

Es gab keine Frage, wen er meinte. „Ich gebe Luca nicht auf. Krieg das doch endlich mal in deinen Schädel rein!“

Jonas antwortete nicht gleich. Stattdessen schnappte er

mehrmals nach Luft. Dann fand er endlich seine Stimme und Sophie schien es, als hätte er sich die Worte monatelang allein für diesen einen Moment aufgespart. „Der einzige Fluch, den es gibt, ist der, dass du jede Nacht in diesen bescheuerten Club rennst und dort Leib und Seele riskierst. Schau dich doch mal an, Sophie! Du schläfst in deinen Sachen. Deine Schminke ist vollkommen verlaufen.“ Unbewusst fanden ihre Finger ihr Gesicht. „Die Schuhe, die du trägst, fallen dir fast von den Füßen. Wenn man deine Arme anschaut, könnte man meinen, du wärst überfallen worden. Wo war denn Luca, als du gekratzt und gebissen wurdest?“

Er hatte sie in seinen Armen gehalten und sie liebevoll angelächelt. Der Anblick war der einzige, an den sie sich genau erinnern konnte. „Er war bei mir.“

Jonas schnaubte. „Wow! Wundervoll! Und das hat ihn nicht gestört oder war er das etwa?“

Wieder griff er nach Sophies Arm, doch diesmal zog sie ihn rechtzeitig weg. „Nein! Luca liebt mich. Er würde so etwas nie tun“, verteidigte sie sich vehement.

„Luca liebt nicht dich, sondern den Ausweg, den du ihm bietest!“, brüllte Jonas sie an.

Geschockt starrten sie einander an. Er war noch nie laut geworden, hatte noch nie so viel Leidenschaft gezeigt in all der Zeit, die er hier gewohnt hatte. Offensichtlich tat ihm sein Ausbruch auch leid, denn er verzog plötzlich das Gesicht und die Anspannung fiel von ihm ab. Aber bevor Jonas sich entschuldigen konnte, rauschte sie an ihm vorbei, fest entschlossen, duschen zu gehen.

„Und du liebst ihn auch nicht“, rief er ihr fast verzweifelt nach.

Erneut blieb Sophie stehen und drehte sich langsam im Flur zu ihm um. „Wie kommst du denn darauf? Ich liebe Luca über alles. Ich zähle die Tage, bis ich ihn endlich mitnehmen kann.“ Draußen hörte sie den Regen auf das Dach trommeln.

Jonas war ruhiger geworden, doch seine Brauen waren noch immer gefurcht. „Nein“, widersprach er ihr mit fester Stimme. „Du zählst die Tage, bis du endlich nicht mehr mit ihm tanzen musst.“

Seine Worte raubten ihr den Atem und mit einem Mal wurde Sophie schwindlig.

„Du kannst mir nicht erzählen, dass du diesem Zustand irgendetwas abgewinnen kannst. Aber wahrscheinlich brauchst du dich nicht mit dir selbst zu beschäftigen, solange du mit Luca tanzt.“

„Ich kann dir nicht folgen, Jonas.“, gab Sophie erschöpft zu.

„Dann erklär ich's dir eben“, meinte er. „Du träumst doch davon, Ballett zu tanzen, oder? Aber jetzt ist dir das Vortanzen plötzlich völlig egal.“

Seine Worte behagten ihr gar nicht. „Ich habe doch nur verschlafen, mehr nicht“, verteidigte sie sich wieder.

Jonas schüttelte vehement den Kopf. „Und warum hast du dir keinen Wecker gestellt?“ Sie hatte es vergessen, als sie am Morgen vollkommen erschöpft ins Bett gefallen war. „Du läufst immerzu weg, Sophie. Du willst wohl gar nicht, dass dieses Jahr ein Ende nimmt. Dann müsstest du dich ja endlich deiner Vergangenheit stellen. Endlich zugeben, dass du Angst hast. Dass du dich vor der Bühne fürchtest."

Sophie konnte nicht anders, als nervös zu lachen. „Du spinnst doch, Jonas."

„Ich weiß, was es bedeutet wegzurennen. Du hast mir das gezeigt." Er klang so furchtbar ernst und erwachsen. „Aber es hilft nichts. Es holt dich trotzdem immer wieder ein und du kannst es nur besiegen, wenn du dich ihm stellst."

„Das sagt der Richtige", erwiderte sie patzig.

Unumwunden gab Jonas zu: „Ja, genau. Ich bin der Richtige. Deshalb verstehe ich auch, was du da machst. Du klammerst dich fest an deine Vergangenheit, unfähig einen Schritt in die Zukunft zu gehen. Deshalb magst du auch Luca. Weil die Zeit mit ihm stillsteht." Trotzig begann Sophie den Kopf zu schütteln.

Zum zweiten Mal an diesem Nachmittag wurde Jonas lauter: „Du schaffst es ja noch nicht mal, dir vernünftige Schuhe anzuziehen."

Auf dem Boden zwischen ihnen lagen die kaputten Schuhe, die sie stoisch jede Nacht um ihre Füße band. Die Neuen lagen noch immer unberührt in ihrem Karton. „Ich brauche die Schuhe", hörte sie sich selbst sagen. „Ohne sie halte ich die Nächte nicht mehr aus."

„Das ist doch Blödsinn!" Jonas schien drauf und dran zu verzweifeln. „Es sind nur Schuhe. Komplett durchgetanzte, dreckige, kaputte Schuhe."

„Die haben meiner Mama gehört!", rief Sophie entsetzt aus und hatte das Bedürfnis, die Schuhe aufzuheben und an ihre Brust zu drücken.

Jonas seufzte und begann sich die Schläfen zu massieren. Sanfter fuhr er fort: „Ich weiß, aber jetzt frage ich mich, ob sie nicht Schuld an dem Ganzen sind?"

Aus Verzweiflung wurde sie lauter: „Woran denn?"

„Dass du nicht aufhören kannst, mit Luca zu tanzen!" Als sie nur verwirrt den Kopf schüttelte, erklärte er: „Als ich im DeModie war, habe ich eine Wand gesehen. An der hingen Dutzende von Schuhen. Alle vollkommen zertanzt. Am Ende war ein Nagel frei. Für deine."

Seine Worte bereiteten ihr Unbehagen. Ängstlich trat Sophie einen Schritt zurück. „So ein Blödsinn." Sie schüttelte den Kopf. „Die Schuhe sind nicht verflucht, Luca ist es."

„Dann zieh andere an!", schlug Jonas vor und kam näher.

„Dafür gibt's überhaupt keinen Grund."

Schnaubend blieb er stehen. „Lass sie hier, Sophie. Ich weiß, was sie dir bedeuten, aber sie werden dir deine Mutter nicht zurückbringen. Und Luca kann das auch nicht."

Ihre Augen brannten und ihre Kehle zog sich schmerzhaft zusammen. „Was hast du denn nur immer mit Luca? Er kann doch nichts dafür, dass er verflucht wurde." Die Tränen liefen ihr über die Wangen. „Er ist lieb und nett. Er beschützt mich."

Mit nervenaufreibender Geduld erklärte Jonas: „Aber das passt doch nicht zusammen. Wenn du sagst, dass Luca verflucht wurde, sein Leben in der Hölle zu verbringen, wie gelingt es ihm dann, all diese anderen Leute in Schach zu halten, die dich Nacht für Nacht misshandeln?"

„Er ist ein Prinz“, erklärte Sophie stur.

Jonas schüttelte den Kopf. „Er ist ein Scharlatan. Ein Lügner. Er erzählt dir nur etwas von einem Fluch, damit du brav jede Nacht zu ihm rennst. Und deine Schuhe tragen dich zu ihm.“

Wütend über ihre Tränen biss Sophie sich auf die Lippen. „Weil das DeModie schon einen Platz für sie reserviert hat?“, versuchte sie sich in Sarkasmus.

„Frag mal deinen Luca danach! Ich bin gespannt, was er dir antwortet. Wahrscheinlich säuselt er dir dann nur wieder was von dem schrecklichen Fluch vor, der ihn so plagt.“

Schützend schlang Sophie die Arme um sich. „Du bist doch nur eifersüchtig.“

Seufzend widersprach Jonas erneut. „Das ist es nicht. Ich trage nur nicht die rosarote Brille, die du bei ihm immer aufsetzt. Während du nämlich von Tag zu Tag schlimmer aussiehst und dein Leben wegwirfst, bleibt Luca der tolle Strahlemann. Ihn beißen sie nicht, oder? Er wird nicht angegriffen so wie du.“

Die Zweifel nagten immer stärker an ihr, aber sie durfte nicht nachgeben. Sie hatte es doch Luca versprochen. „Du bist eifersüchtig. Glaubst du denn, ich sehe nicht, wie besessen du von mir bist?“

Endlich schloss Jonas den Mund.

„Weißt du, wie ätzend es ist, die ganze Zeit zu hören, dass ich das Einzige in deinem Leben bin, das dir etwas bedeutet?“

„Ätzend?“, fragte er hilflos.

„Von mir aus anstrengend“, rief sie laut und warf die

Arme in die Luft. „Ich muss immer perfekt für dich sein, immer funktionieren. Du stellst mich auf dieses verdammte Podest und bist dann wütend, wenn ich nicht so bin, wie du es gerne hättest." Sie sah, wie er erschrocken den Kopf schüttelte, doch nun hatte sie endlich ihre Wut gefunden. „Ich bin nicht perfekt! Und ich will nicht dein Anker, oder was auch immer du in mir siehst, sein." Heftig atmend stemmte Sophie die Hände in die Hüften. „Ich will einfach nur mein Leben leben und zwar, ohne dass mir ständig irgendwer über die Schulter schaut."

Versöhnlich sah Jonas sie an. „Tut mir leid, wenn du das Gefühl hattest, dass ich dich unter Druck setze oder ..."

Rüde unterbrach Sophie ihn, bevor er ihr wieder etwas vorjammern konnte: „Tust du. Deine ganze Anwesenheit hier übt wahnsinnigen Druck auf mich aus. Ich muss nicht nur jede Nacht mit Luca tanzen. Nein, tagsüber muss ich auch noch darauf achten, dass du nicht wieder in deinen Albträumen versinkst."

Jonas versteifte sich sichtlich.

„Und das auch noch unter Gefahr meines Lebens."

„Ich wollte das nie ...", fing Jonas an.

Mit funkelnden Augen brachte Sophie ihn erneut zum Schweigen. „Ich habe wirklich viel Geduld und auch viel Verständnis, aber irgendwann ist genug. Du kannst mir nicht erzählen, dass ich mein Leben kaputt mache, wenn du derjenige bist, der seines nicht im Griff hat. Wer ist es denn, der die Vergangenheit nicht loslassen kann? Der überhaupt nicht mehr weiß, wie man lebt und vor allem wegrennt?"

Abschätzig betrachtete sie ihn von oben nach unten. „Was hast du deinen Eltern damals gesagt? Du kommst vielleicht irgendwann?“ Sie schnaubte. „Wir wissen beide, dass das nie sein wird. Du hoffst nur, dass sie irgendwann aufhören, nach dir zu fragen. Es ist dir wahrscheinlich unangenehm, dass sie dich nicht einfach gehen lassen. Dass du ihnen immer noch Rechenschaft schuldest und nicht einfach aufgeben kannst.“

„Sophie, bitte.“ Es klang kläglich.

„Nein!“ Entschieden reckte Sophie das Kinn in die Luft. „Ich habe genug davon. Entweder reißt du dich endlich mal zusammen oder du lässt mich in Ruhe. Aber hör auf mit diesem eifersüchtigen Mist!“

Jonas ging dazu über zu flehen: „Sophie, ich weiß, dass ich dir wehgetan habe. Ich weiß auch, dass ich ein ganz furchtbares Beispiel bin. Grauenhaft geradezu. Daran besteht kein Zweifel. Aber noch viel mehr weiß ich, dass Luca dir nicht gut tut.“ Frustriert stampfte Sophie mit dem Fuß auf, woraufhin Jonas hastig weiter sprach: „Ich bin nicht perfekt, bei weitem nicht, aber ich bin wenigstens menschlich. Bei Luca und seinen Brüdern bin ich mir nach allem, was du sagst, nicht mehr sicher.“

„Jonas, das ist doch albern.“ Was sollte sie noch tun, damit er endlich einsah, wie viel Blödsinn er gerade von sich gab? „Du hast Luca nur zweimal gesehen. Aber ich kenne ihn.“

„Nein, das tust du nicht“, entgegnete Jonas ihr fast ebenso verzweifelt. „Wie alt ist er?“ Die Frage brachte sie vollkommen aus dem Konzept. „Wo kommt er her?

In welchem Land hat er gelebt? Was will er nach seiner Erlösung machen?“

Zögerlich griff Sophie nach der einzigen Antwort, die sie fassen konnte. „Mit mir tanzen.“

Einen Moment lang nickte Jonas nur stumm, das Gesicht von Verzweiflung gezeichnet, genau wie damals Frederick. „Und du glaubst nicht, dass er das nur sagt, weil es das ist, was du hören willst?“

Sie schüttelte den Kopf. „Luca liebt das Tanzen genau wie ich.“

„Verstehe.“ Ein bitterer Zug war in seine Stimme eingezogen. Jonas bückte sich, hob die kaputten Schuhe auf und strich über den ruinierten Satinstoff. „Und du tust das alles für ihn aus freiem Willen? Zerstörst deinen Körper und ruinierst dir wahrscheinlich jegliche Zukunft im Ballett.“

Er nickte ihren Füßen zu und unweigerlich sah Sophie hinunter. Ihre Knöchel waren rot und zerschunden. Generationen von Blasen überlagerten einander. Dumpf nahm sie den anhaltenden Schmerz in ihnen wahr, den nur noch Tomas’ Cocktails unterdrücken konnte. „Ja“, bestätigte sie Jonas, auch wenn ihr die Worte nicht behagten. Luca war es wert. Er musste es sein.

„Ich kann dich nicht davon abhalten, zu Luca zu gehen, aber ich will nicht, dass deine Schuhe irgendwann an diesem Nagel hängen.“ Er wandte sich ab und ging langsam zur Tür.

Argwöhnisch betrachtete Sophie ihn. „Was hast du vor?“

Während er in seine Schuhe schlüpfte und seine Jacke

nahm, antwortete er ihr: „Ich bringe die Schuhe hoch zu deinem Vater. Er kann auf sie aufpassen, solange du mit Luca tanzt; in vernünftigen Schuhen."

Plötzlich wurde ihr eiskalt und ihre Brust zog sich schmerzhaft zusammen. Ihre Beine fühlten sich an wie Wackelpudding. „Du gehst zu weit, Jonas."

Schuldbewusst senkte er den Kopf und öffnete die Tür. „Wahrscheinlich, aber ich kann nicht tatenlos zusehen, wie du in dein Verderben rennst."

Endlich bewegten sich ihre Beine und Sophie stürzte auf Jonas zu. „Gib mir meine Schuhe zurück!", verlangte sie und schnappte nach ihnen.

Jonas war schneller. Sein Gesicht verhärtete sich und er trat hinaus in den Regen. „Du kriegst sie doch im Mai wieder, Sophie. Oder willst du, dass sie vollkommen kaputt gehen?" Leise fügte er hinzu: „Und du mit ihnen?"

Einen Moment lang stand Sophie wie angewurzelt in der Tür. Der Regen hatte die einst weiße Schneedecke in dreckigen Matsch verwandelt.

Jonas zog den Kragen seiner Jacke hoch und stapfte langsam hinüber zum Haupthaus.

„Jonas!", kreischte Sophie laut und im Nu war sie ihm hinterhergeeilt. Sie war kaum drei Schritte weit gekommen, da hatte der Regen sie schon bis auf die Knochen durchnässt. Die Kälte biss in ihre nackten Zehen, während sie durch den eisigen Matsch rannte.

Entgeistert sah Jonas sie an und riss im letzten Moment die Schuhe hoch, bevor sie nach ihnen greifen konnte. „Meine Güte, Sophie!"

„Gib. Mir. Meine. Schuhe!“, befahl sie und riss grob an seinem Arm.

„Du bist ja völlig von Sinnen.“ Jonas hob die Schuhe noch höher.

In ihrer Verzweiflung stieß Sophie ihm ihren Ellenbogen in die Rippen und hängte sich an seinen Arm.

Jonas krümmte sich stöhnend, aber fing sich viel zu schnell. Im Nu hatte er die Schuhe in seine rechte Hand genommen, ausgeholt und im hohen Bogen von sich geschleudert.

Schreiend stieß Sophie sich von ihm ab und ihnen nach. Einen hatte sie bald gefunden. Er hing zwischen den kahlen Zweigen einer Hecke und als sie an ihm zog, riss das Band, mit dem er sich verknotet hatte, tief ein. Es tat ihr fast körperlich weh und elendig langsam machte sie sich daran, die Fäden mit klammen Fingern von den Dornen zu befreien, ungeachtet der Kratzer, die sie sich dabei zuzog.

Schließlich hatte Sophie den Schuh aus dem Gestrüpp gelöst und sah sich hilflos nach dem Zweiten um. Aus dem Augenwinkel sah sie Jonas, wie er mit seinem nie ausgepackten Reisesack über der Schulter aus der Tür trat. Ohne Anstalten zu machen, ihr zu helfen, blieb er stehen und beobachtete sie.

Fluchend grub sie mit steifen Fingern nach dem Schuh im eisigen Matsch, bevor sie ihn endlich nahe der Mauer hinter den Büschen entdeckte. Ohne nachzudenken, wählte sie den direkten Weg und ärgerte sich, als die Dornen sie festhielten. Ihr nasses Kleid riss hörbar und endlich stolperte Sophie dem Schuh entgegen. Erleichtert sank sie vor ihm auf die Knie und sammelte ihn ein.

Hinter sich vernahm sie nun schmatzende Schritte im Matsch. Im dichten Regenschleier konnte sie Jonas' Gesicht kaum erkennen. Seine Worte jedoch hörte sie mit schmerzhafter Klarheit. „Es tut mir leid." Er schien nach weiteren Worten zu suchen, doch keines kam über seine Lippen. Scham brannte in Sophies Wangen, während sie die Schuhe dicht an ihr Herz drückte.

Schließlich seufzte er. „Leb wohl, Sophie!"

Als er sich abwandte, drangen die Worte tief in ihr Herz und erschrocken begriff Sophie. Sie wollte ihm nachrufen, wollte, dass er blieb, doch ihre Zähne klapperten zu sehr und kein Ton kam über ihre Lippen. Es blieb ihr nichts anderes übrig als zuzusehen, wie sein Umriss im Regen verschwand.

Nur mit Mühe gelang es Sophie, sich danach aufzurichten und ins Haus zurückzutaumeln. Ihr Kopf war mit einem Mal merkwürdig dumpf und leer, aber ihre Füße trugen sie geradewegs unter die Dusche. Selbst das lauwarme Wasser brannte höllisch auf ihrer unterkühlten Haut und es wurde ihr nicht einmal bewusst, dass sie noch immer das Kleid trug, in dem sie gestern mit Luca getanzt hatte.

Luca.

Bald würde sie sich auf den Weg zu ihm machen müssen. Sie konnte nicht riskieren, ihn auch noch zu verlieren. Was würde ihr sonst noch bleiben?

KAPITEL 9
Changement

«Hallo, Mama.“

Mit einem dumpfen Geräusch schlug das Tablett auf dem Boden auf. Jonas fuhr heftig zusammen, als die Teetassen und Kanne zersprangen und der heiße Tee über die Fliesen spritzte. Mühevoll kämpfte er einen Anfall nieder, während seine Mutter in Schockstarre verfiel, die Hand halb zum Mund erhoben.

Kurz darauf hörte er die schweren Schritte seines Vaters. „Alles in Ordnung, ...“ Er steckte den Kopf in den Flur und hielt verdutzt inne. „Jonas?“

Jonas schüttelte den Kopf und kämpfte den Kloß in seinem Hals nieder. „Nein, nichts ist in Ordnung.“

Keinen Augenblick später warf sich seine Mutter um seinen Hals und drückte ihn fest an sich, als würde sie ihn nie wieder gehen lassen. „Da bist du ja endlich. Wir haben uns Sorgen gemacht." Ihre Hände wanderten über sein Gesicht, vergewisserten sich, dass er tatsächlich da war. Dann drückte sie ihm einen Kuss auf die Stirn.

„Komm, setz dich erstmal, mein Junge! Ich mache das gleich weg." Als sie Jonas' Hand ergriff, um ihn hinter sich her zu ziehen, begegnete sein Blick wieder dem seines Vaters.

Die Stirn tief gefurcht, klopfte dieser ihm nur flüchtig auf die Schultern, bevor er fragte: „Was ist denn los? Brauchst du Geld?"

„Henning!", kam es sogleich vorwurfsvoll von seiner Frau. „Jetzt lass doch Jonas erstmal ankommen."

Jonas schluckte und zwang sich, nicht auf die Scherben zu sehen, die noch immer am Boden lagen. Im Hintergrund hörte er bereits das Knattern der MGs und sein Mund wurde staubtrocken. „Kann ich was zu trinken haben?", fragte er, während er am breiten Esstisch Platz nahm. Ein flüchtiger Blick durchs Wohnzimmer verriet ihm, dass sich nicht viel während seiner Abwesenheit verändert hatte.

Seine Mutter machte sich sofort auf den Weg zur Küche. „Aber natürlich. Was möchtest du denn? Cola? Wasser?"

„Ein Bier?" Eigentlich bevorzugte er etwas Stärkeres, aber es war Jonas so schon peinlich genug nach Alkohol zu fragen.

„Ich kann auch einen Wein aufmachen", kam die Antwort aus der Küche, „zur Feier des Tages sozusagen."

Einzig Jonas wusste, dass es nichts zu feiern gab. Kleinlaut antwortete er: „Okay."

Unruhig sah er sich ein weiteres Mal in dem vertrauten Wohnzimmer um und unterdrückte den Drang, aufzustehen und die Ecken zu überprüfen. Auf den Bildern an den Wänden lachten ihm zwei Jungen entgegen, die ihm merkwürdig fremd schienen. Hatte es jemals eine Zeit vor dem Krieg gegeben?

Als er aufsah, bemerkte er den kritischen Blick seines Vaters. „Also?"

„Ich ..." Jonas wünschte, er hätte bereits ein Glas in der Hand, um sich festzuhalten. „Ich brauche Hilfe."

Sein Vater schnaubte, wenig überrascht. Bevor er jedoch etwas sagen konnte, kehrte Jonas' Mutter zurück und stellte die Flasche und drei Gläser auf den Tisch. „Gießt doch schon mal ein, während ich schnell die Scherben wegmache."

Scherben.

Scherben und Staub.

Keuchend rang Jonas um seine Fassung, die Finger in den Tisch gekrallt. Er durfte den Visionen jetzt nicht nachgeben. Nicht in ihrer Anwesenheit.

„Jonas?" Er konnte deutlich die Furcht in der Frage hören. Sophie hatte auch Angst gehabt, auch wenn sie es erst am Schluss zugegeben hatte.

Der Gedanke an Sophie tat immer noch weh. Dreimal war er auf seinem Heimweg drauf und dran gewesen, umzukehren und zu ihr zurückzufahren. Er wollte sich ihr erklären, sie um Verzeihung bitten, am liebsten einen Weg finden, die Zeit zurückzudrehen. So vieles war gesagt worden, was er nie wieder zurücknehmen konnte.

Die Erinnerung an ihren flehenden Blick schmerzte ihn so sehr, dass sie die Visionen vom Krieg vertrieb und Jonas wieder klar denken ließ. Er blinzelte und sah, dass sich seine Eltern noch immer kein Stück bewegt hatten.

Schluckend griff Jonas nach der Weinflasche und entkorkte sie. Die Bewegung ließ seinen Vater aufatmen, der ihm sanft die Flasche aus den zittrigen Händen nahm und eingoss. „Was ist los?"

„Nichts", murmelte Jonas und nahm sogleich einen Schluck von dem schweren Rotwein. „Es ... nur eine Erinnerung." Verzweiflung drohte ihn mit einem Mal zu übermannen und es gelang ihm nicht, seinen Eltern wieder in die Augen zu sehen. Stattdessen beobachtete er die dunkelrote Flüssigkeit in seinem Glas. „Wie Blut", flüsterte er.

Die Scherben waren offensichtlich vergessen, denn seine Mutter setzte sich mit einem Mal neben ihn und ergriff seine Hand. „Schatz, ich verstehe nicht. Was für Blut?"

Hastig trank Jonas das Glas aus, damit er nicht länger darüber nachdenken musste, wann er das letzte Mal so viel frisches Blut gesehen hatte. Trotz des festen Griffs seiner Mutter zitterten seine Hände unkontrolliert und mit einem Mal brachen die Worte aus ihm hervor: „Wo ich auch hingehe, überall sehe ich diese Bilder. Erinnerungen an den Krieg." Verzweifelt vergrub er die freie Hand in seinen Haaren. „Sie lassen mich einfach nicht in Ruhe. Jede Nacht die gleichen Albträume. Berstende Scheiben, dichter Staub, Blut. So wahnsinnig viel Blut, dreckverkrustet und dann ..." Er schluckte hart. „Dann kommen die Schreie."

„Es ist, als wäre ich immer noch da. Als wäre ich nie nach Hause gekommen. Ich dachte, sie würden irgendwann nachlassen, vielleicht sogar weggehen, aber das tun sie nicht. Sie werden immer schlimmer und ich weiß nicht mehr, was ich tun soll." Endlich riss Jonas den Kopf hoch und sah seine erschütterten Eltern direkt an. „Ich brauche Hilfe. Richtige Hilfe. Von einem Psychiater oder ich weiß es nicht, irgendetwas."

Für einige Zeit sagte keiner ein Wort. Jonas konnte den Geschirrspüler in der Küche rauschen hören und irgendwo im Haus knackte eine Leitung. Geradezu gedankenverloren rieb seine Mutter ihm mit den Fingern über den Handrücken. Ihre Augen schimmerten verdächtig.

Schließlich lächelte sie und sagte trotz der sich anbahnenden Tränen: „Na ja, jetzt bist du ja zu Hause. Wir kriegen das schon wieder hin, Jonas. Ganz bestimmt."

Jonas war sich dabei längst nicht so sicher.

Es tat Jonas leid, dass er seine Eltern damit belastet hatte. Den ganzen Abend über hatte sein Vater kein Wort mehr gesagt, hatte ihn stattdessen nur immer wieder grübelnd betrachtet. Als warte er nur darauf, dass Jonas das alles als schlechten Scherz enthüllte. Seine Mutter hingegen hatte viel geweint und immer wieder beteuert, dass alles gut werden würde.

Jetzt stritten sie darum, wer von ihnen Schuld an seinem Zustand hatte.

Jonas lag im Bett und konnte nur vereinzelte Worte durch die dicken Wände hören. Es war genug, um sich dafür zu verfluchen, sie eingeweiht zu haben. Schließlich hatte er nie gewollt, dass sie sich seinetwegen Vorwürfe machten.

Dennoch brauchte er Hilfe. Alleine würde er den Gang zum Psychiater niemals wagen. Immerhin hatte seine Mutter gleich versprochen, ihn zu begleiten.

„ ... immer verhätschelt hättest, dann ...“ Sein Magen zog sich bei den Worten seines Vaters zusammen, die sogleich sein Gedankenkarussell anstießen. Wie oft schon hatte er sich seiner Schwäche geschämt? Niemand anderes aus seiner Truppe litt unter den Ereignissen so sehr wie er. Warum nur hatte es ausgerechnet ihn getroffen?

Er wusste nur eines. Dass es ganz allein an ihm lag und nicht der liebevollen Erziehung seiner Mutter oder den hohen Ansprüchen seines Vaters. Jonas wünschte, er hätte die Kraft aufzustehen, hinunterzugehen und ihnen zu sagen, dass sie unschuldig waren. Stattdessen hörte er schweigend zu, während seine Mutter erneut in Tränen ausbrach, und wartete darauf, dass der albtraumschwangere Schlaf ihn erlöste.

Am nächsten Tag nahm ihn sein Vater zu einem richtigen Männergespräch beiseite, wie er es nannte. Auf der Terrasse zündete er sich eine Zigarette an. „Jetzt hör mal zu, Junge. Ich weiß nicht, was du genau in Afghanistan erlebt hast, aber du hast dafür das Ehrenkreuz bekommen. Das heißt, du bist ein Held. Du ...“

„Das heißt, ich war fünf Jahre lang im Dienst und in Afghanistan“, erwiderte Jonas bitter. Er hatte die Ehrung schon immer wie einen Schlag ins Gesicht empfunden.

Ein leeres Symbol ohne jede Bedeutung. Nur, weil er es überlebt hatte. Dabei kämpfte er jetzt noch immer damit.

Sein Vater seufzte. „Ach, Jonas. Du nimmst dir das Ganze viel zu sehr zu Herzen. Schau mal, dein Bruder war auch in Afghanistan, sogar in Kabul, als dieser Verrückte sich in die Luft gejagt hat.“

Jonas biss sich auf die Lippen, bis er Blut schmeckte. Er hatte gewusst, dass sein Vater es nicht verstehen würde. Wer wollte auch schon einen Schwächling in der Familie haben?

Ein wenig unglücklich druckste sein Vater weiter herum: „Was ich sagen will, ist doch nur, dass du einfach lernen musst, das hinter dir zu lassen. Das ist nur wieder so eine Kopfsache von dir. Wenn du aufhörst, dir einzureden, dass du irgendwie einen Schaden davontragen musst, wird das schon wieder werden. Es sind doch nur Erinnerungen, Jonas. Schau dir Felix an oder mich! Uns ist doch auch nie so etwas passiert.“

„Ich habe mir das doch nicht ausgesucht.“, jammerte Jonas und atmete tief ein. Er wollte nicht schon wieder zusammenbrechen. Es würde die Einschätzung seines Vaters nur bestätigen.

Stück für Stück baute er sich eine Mauer auf, die die folgenden Worte abprallen ließ. „Ich habe ja gleich gesagt, dass du nicht alles so über den Haufen werfen sollst. Wärst du in der Bundeswehr geblieben, am besten gleich wieder raus ins Feld ... Du würdest staunen, die Sache würde sich von selbst erledigen. Ohne die Hilfe von irgendwelchen Quacksalbern.“

Unter dem Tisch krampfte Jonas die Hände um seine Knie, damit sie nicht verräterisch zuckten. Allein die Vorstellung, wieder zurück zu müssen, trieb ihm den Angstschweiß auf die Stirn. „Mhm", brachte er lediglich hervor.

„Vielleicht hilft es dir ja, wenn du zurückgehst? Du weißt, wir geben keinen Mann auf." Sein Vater drückte die Zigarette aus und zog gleich eine zweite hervor.

Jonas konnte ihn nur entsetzt anstarren. Seiner Erfahrung nach hatten sie so viele im Stich gelassen. Vielleicht keinen Soldaten, aber Zivilisten. Unzählige Frauen und Kinder mit leeren Händen und großen Augen. Schließlich wisperte er: „Ich brauche nicht zurückkehren. Ich bin niemals heimgekommen."

Die Augen seines Vaters weiteten sich und Jonas wandte den Kopf zur Seite. Den Schrecken in ihnen kannte er zur Genüge.

Die Worte seines Vaters beschäftigten Jonas noch immer, als er im Wartezimmer der Psychiaterin saß, die seine Mutter für ihn ausgesucht hatte. Im Gegensatz zu anderen Ärzten ähnelte die Praxis eher einem bequemen Wohnzimmer. Ausladende Ledersessel luden zum Verweilen ein, ein großes Aquarium blubberte angenehm in einer Ecke und große Topfpflanzen lockerten den Raum auf.

Jonas' Augen waren jedoch fest auf den hellen Teppich geheftet. Seine Finger gruben sich knapp über dem Knie in den Stoff seiner Hose. Neben ihm blätterte seine Mutter durch die ausliegenden Fachzeitschriften. Hin und wieder machte sie ihn auf einen Artikel aufmerksam, aber Jonas hatte nicht mehr als einen flüchtigen Blick dafür übrig. Zu sehr hingen seine Gedanken beim kommenden Gespräch und bei allem, was ihn hergeführt hatte.

Nun, da er hier war, wünschte er sich weit weg. Er hatte keine Ahnung, was ihn erwarten würde, wusste noch nicht einmal, ob er auf Medikamente hoffen sollte oder nicht. Es wäre schön, wenn es ein Wundermittel gäbe, das seine Albträume einfach verschwinden lassen würde. Aber das wäre dasselbe wie Sophies Cocktails und er hatte gesehen, wie wenig die geholfen hatten. Jonas wollte mehr als nur ein Pflaster.

Dennoch machte ihm die Vorstellung, sich erneut mit seinen Erlebnissen auseinanderzusetzen, Angst. Den Fragebogen auszufüllen, war ihm bereits unheimlich schwer gefallen und gleich würde er eine fremde Frau treffen, der er sich anvertrauen musste. „Ich hole mir noch was zu trinken", verkündete Jonas und ging hinüber zum Wasserspender.

„Schon wieder?", fragte seine Mutter und betrachtete ihn besorgt. Es war das dritte Mal, dass er aufgestanden war.

„Ich habe Durst", erklärte er überflüssigerweise.

Sanft lächelnd klopfte seine Mutter auf den Platz neben ihr. „Du bist nervös. Ich weiß noch, wie viele Wasserflaschen ich aus deinem Zimmer räumen musste, als du fürs Abi gelernt hast."

Ein Abitur, das sich als völlig nutzlos herausgestellt hatte. Seufzend kehrte Jonas mit dem Becher zurück zur Couch. „Ich hoffe nur, dass das auch was bringt."

Tröstlich legte seine Mutter eine Hand auf sein Bein. „Ich wünschte, ich könnte dir helfen, aber du hast recht. Du brauchst professionelle Hilfe. Das weißt du selber. Glaub mir, alles wird gut.“ Der leichte Druck verschwand von seinem Oberschenkel und sie wandte sich wieder ihrer Zeitschrift zu.

Jonas fuhr fort, den Teppich anzustarren und über Dinge nachzugrübeln, die er nicht ändern konnte.

Seine Gedanken verweilten bei Sophie, als sich die Tür am Ende des Raumes öffnete. „Herr Grienkamp?“

Sofort schnellte Jonas in die Höhe und sah sich um. Die Psychiaterin war eine streng aussehende Mittvierzigerin. Den Fragebogen hatte sie in der Hand, wie er augenblicklich sah. In ihrem Gesicht konnte er jedoch nicht ablesen, was sie darüber dachte. Stattdessen erhellte ein freundliches Lächeln ihre Züge, als sie auf ihn zuging und ihm die Hand reichte: „Doktor Hannemann, freut mich, Sie kennenzulernen und das ist sicher Ihre Mutter. Wir hatten telefoniert?“

„Elke Grienkamp, ja.“ Enthusiastisch schüttelte sie die Hand der Psychiaterin. „Aber ich kann auch draußen warten, wenn das besser ist.“

Statt seiner Mutter sah Doktor Hannemann Jonas an: „Nun, das muss der Herr Grienkamp entscheiden. Was möchten Sie?“

Es war ihm peinlich, dass er als erwachsener Mann mit seiner Mutter zum Arzt ging, aber ohne sie wäre er schon vor der Tür wieder umgedreht. „Wenn es nichts ausmacht, kann sie gerne dabei sein.“, antwortete er und strich sich mit der Zunge über die trockenen Lippen. „Wir machen ja heute noch nichts, oder?"

„Nicht viel, nein. Wir besprechen nur den möglichen Behandlungsweg und dann müssen Sie entscheiden, wie es weitergeht. Aber kommen Sie, dafür habe ich ein Büro." Mit einer einladenden Geste führte Doktor Hannemann die beiden in ihr Behandlungszimmer.

Vor dem großen breiten Fenster stand eine kleine Sitzgruppe derselben bequemen Ledermöbel wie im Warteraum. Ihr Schreibtisch stand weiter hinten und wurde in den Besprechungen offensichtlich nicht benutzt. Stattdessen nahmen sie vor dem Fenster Platz. Einen kurzen Moment lang drückte seine Mutter Jonas' Knie, bevor sie sich in dem Raum umsah. „Wirklich schön haben Sie es hier drin. Sehr hell."

„Danke sehr. Ich finde, das macht die Stunden immer etwas angenehmer." Während die beiden kurz Smalltalk hielten, ließ Jonas unauffällig seinen Blick durch das Zimmer gleiten und nach den möglichen Ausgängen suchen. Hinter dem Vorhang stand ein Schatten, den er nicht zuordnen konnte. Der Anblick ließ sein Herz schneller schlagen und seine Hände feucht werden.

„Herr Grienkamp, darf ich Sie duzen? Ich finde es immer leichter, so mit meinen Patienten zu reden." Ertappt sah Jonas auf und schlug die Hacken zusammen.

Er nickte, doch seine Augen glitten immer wieder zurück zum Vorhang. „Klar."

Ohne einen Kommentar stand Doktor Hannemann auf und zog den Stoff beiseite, damit er einen Blick auf die dahinter verborgene Stehlampe werfen konnte. Als hätte sie nie etwas getan, setzte sie sich wieder und fuhr mit einem Blick auf den Fragebogen fort: „Also gut, Jonas. Ich habe mir gerade durchgelesen, weshalb du hier bist. Ich finde es sehr gut, dass du diesen Schritt gewagt hast. Das war genau richtig. Deine Symptome kann ich hier nachlesen, aber ich würde gerne erst einmal mehr über dich erfahren. Erzähl mir doch mal ein wenig, was du so machst, was dich interessiert. Was immer du willst“, schloss sie mit einer ausladenden Geste.

Ich war im Krieg. Staub, Trümmer, Blut. Sogleich stürzten die Bilder auf Jonas ein und seine Hände begannen zu zittern. Er wusste, das war nicht, was sie gefragt hatte. Wusste, dass da mehr sein musste als seine Vergangenheit als Soldat. Einst hatte es dort eine Menge gegeben. Aber jetzt war da nur noch der ewige Krieg und ... „Sophie.“

Als er aufsah, traf sein Blick das leicht verwirrte Gesicht seiner Mutter. Ihr kurzes Lachen klang nervös. „Wer ist Sophie? Kenne ich sie?“ Mit einem Blick auf die Therapeutin hielt sie sich schnell den Mund zu. „Entschuldigung.“

Doktor Hannemann lächelt nur flüchtig. „Das ist in Ordnung. Die Frage wollte ich auch stellen.“

Jonas zögerte. Sophie war in den letzten Monaten solch ein großer Teil seines Lebens gewesen, dass es ihm eigenartig vorkam, dass sie niemand sonst kannte. „Ähm, eine Freundin.“, antwortete er. „Wir haben eine Weile zusammen gelebt, bis ...“ Wieder hielt er inne. Zu deutlich sah er die roten Stellen an Sophies Hals vor seinem inneren Auge. „Bis es schlimmer wurde.“

„Hmm." Doktor Hannemann setzte sich ein wenig gerader hin. „Möchtest du mir mehr davon erzählen?"

Sofort schüttelte Jonas den Kopf. „Nein, ehrlich gesagt, ganz und gar nicht." Der Blick der Psychiaterin war sehr verständnisvoll. „Ich habe eben diese Albträume und wenn ich nicht aufwache, dann verliere ich mich darin und dann erkenne ich Sophie nicht mehr."

„Ich verstehe." Nun beugte sie sich leicht vor. „Sie sind ziemlich schlimm, deine Träume, oder?"

Freudlos lachte Jonas auf. „Quatsch, ich könnte Stunden damit verbringen."

„Jonas!" Seine Mutter klang um ihre Fassung bemüht. „Bitte nimm das doch ernst."

Mit einem kleinen Schmunzeln antwortete Doktor Hannemann stattdessen: „Nun, das freut mich zu hören, denn das würde meine Arbeit erheblich erleichtern."

Unbehaglich rutschte Jonas auf seinem Stuhl herum.

„Ich würde gerne mehr über dich und Sophie erfahren, aber ich sehe ein, dass dich momentan Anderes beschäftigt."

Aus einem vorbereiteten Stapel nahm sie ein Infoheft und schob es über den Tisch. Der Titel sagte Jonas nichts und ließ ihn nur die Stirn runzeln. „Angesichts der starken Beeinträchtigungen durch dein Trauma möchte ich es mit einer Prolonged Exposure Therapie probieren und dabei einen kognitiven Ansatz verfolgen. Das heißt, wir werden uns intensiv mit deinem Trauma auseinandersetzen", erklärte die Psychiaterin.

Jonas' Fingernägel bohrten sich tief in seine Handflächen. Im Laufe des Gesprächs war er bis zur Sesselkante vorgerückt. Allein die Anwesenheit seiner Mutter bewahrte ihn davor, aufzustehen und zu gehen. Sie war es auch, die mit unglaublicher Ruhe fragte: „Und was bedeutet das genau?"

„Bei der PE Therapie wird Jonas mir in allen Einzelheiten von seinen Erlebnissen berichten und versuchen, sich in die Situation von damals zurückzuversetzen. Dabei stehe ich ihm natürlich zur Seite."

Schockiert riss Jonas die Augen auf und starrte die Therapeutin an. Auf der Stelle drangen die wohlbekannten Bilder wieder nach oben.

„Das Ganze wird aufgenommen und muss zu Hause immer wieder angehört werden. Auf diese Weise wird er langsam für die Situation desensibilisiert. Bei der kognitiven ..."

Der Rest ihrer Worte ging in dem Rauschen in Jonas' Ohren unter. Sein Mund war entsetzlich trocken geworden und die Nägel brannten in seiner Haut. Der Gedanke, sich das Erlebte immer und immer wieder vorstellen zu müssen, trieb ihn fast in den Wahnsinn.

„Jonas? Jonas, jetzt sag doch was." Nur mühselig kämpfte Jonas sich aus dem Strudel der Erinnerungen wieder an die Oberfläche. „Das hört sich doch ganz vielversprechend an, oder nicht?", suchte seine Mutter nach Bestätigung

Hilflos blickte Jonas die Psychiaterin an.

Diese rückte ihre Brille zurecht und sagte dann ernst: „Ich will ehrlich mit dir sein. Das wird alles andere als einfach für dich. Du wirst vielleicht an den Punkt kommen, wo du aufgeben willst, aber wenn wir das schaffen wollen, müssen wir da durch."

Jonas schluckte heftig. Er war sich plötzlich ziemlich sicher, dass er das nicht wollte.

Doktor Hannemann fuhr indes fort: „Ich habe dich jetzt eine Weile beobachtet. Dir scheint es sehr schwerzufallen, deine Konzentration auf das Hier und Jetzt zu richten. Es genügt bereits eine Kleinigkeit, um dich abzulenken. Du wirkst vollkommen überfordert, wenn ich ehrlich bin. Ich will dir helfen, einige Bewältigungsmechanismen zu finden. Ich habe schon einige Patienten, bei denen diese Therapie wunderbar angeschlagen hat. Da drunter waren auch zwei Soldaten. Aber ich brauche deine Hilfe dabei. Ohne deine Mitarbeit und die Zeit, die du zu Hause in die Therapie investieren musst, schaffen wir das nicht. Und du willst doch, dass es besser wird? Dass du nicht mehr fürchten musst, dir oder anderen wehzutun. Sophie zum Beispiel."

Sein Mund war so ausgedörrt, dass es schmerzte, aber Jonas brachte es schließlich über sich zu nicken. Für Sophie würde er alles tun.

„Gut, dann machen wir jetzt gleich ein paar Termine aus und ich gebe dir noch etwas mehr zu lesen mit." Diesmal reichte sie ihm ein Pamphlet zu posttraumatischen Belastungsstörungen.

Jonas starrte auf die Buchstaben, bis sie vor seinem Auge verschwommen. Zwei Wörter, die das jämmerliche Leben, das er führte, zusammenfassten. Es fühlte sich an, als wäre die Last auf seinen Schultern mit einem Mal unerträglich schwer geworden.

Sein eigener Schrei hallte aus den Lautsprechern, gefolgt von Schluchzern, die jedes weitere Wort erstickten. Zitternd saß Jonas vor dem Computer, die Whiskyflasche in der Hand, und trank erneut einen Schluck. Gleich würde er Doktor Hannemann anflehen, nicht länger erzählen zu müssen, und sie würden die Stunde abbrechen.

Bevor es dazu kam, öffnete sich die Tür und sein Bruder trat überraschend ein, vorsichtig einen Blick nach hinten werfend.

Hektisch griff Jonas nach der Maus und schaltete die Aufzeichnung ab. Von dem Schwung schwappte der Whiskey über seine Finger und tropfte auf die Tastatur. „Was ... was machst du denn hier?"

„Papa hat mich angerufen. Ich soll dir den Kopf waschen oder so." Felix klang nicht so, als würde er davon viel halten. Besorgt betrachtete er Jonas, die Hände in die Hüften gestemmt. Kaum hatte er die Flasche entdeckt, griff er bereits danach. „Mann, lass das bloß nicht Mama sehen!"

Widerwillig gab Jonas die Flasche frei. „Hat doch eh alles keinen Sinn."

Seufzend stellte Felix den Whisky auf der Kommode ab und setzte sich ihm gegenüber. „Du bist doch gerade erst einen Monat dabei, Jonas. Sowas geht eben nicht von heute auf morgen."

„Was weißt du schon darüber?" Jonas wandte das Gesicht ab. Felix musste nicht sehen, wie tief ihn seine Worte trafen. Die Augen brannten und sein Kiefer schmerzte, so sehr presste er die Zähne zusammen.

Sein Bruder hatte keine Ahnung, wie es war, den Krieg immer und immer wieder zu durchleben. Jonas hatte sich in Therapie begeben, um nicht länger von den Visionen gequält zu werden. Stattdessen war er nun gezwungen, sie sich selbst jeden Tag aufs Neue in Erinnerung zu rufen.

„Ganz ehrlich?“ Felix sah zur Tür und beugte sich dann nach vorne, was Jonas dazu zwang, wieder zu ihm zu sehen. „Das bleibt aber unter uns, okay? Ich hätte damals fast einen Kameraden wegen PTBS verloren.“

Schockiert riss Jonas die Augen auf und sein Atem beschleunigte sich. „Davon hast du nie erzählt.“

Felix zuckte mit den Schultern. „Darüber redet ja auch keiner. Du kennst das ja. Sie geben dir zwar die Infos, aber es erwartet natürlich keiner, krank zu werden. Schließlich sind wir ja Männer und Soldaten noch dazu.“

Vage erinnerte sich Jonas an den Moment seiner Ausbildung, als man ihnen von den Auffangmöglichkeiten erzählt hatte. Damals hatte er noch darüber geschmunzelt, weil der Ausbilder sich über die überkorrekten Vorschriften ausgelassen hatte. Als ob ihnen das jemals hätte passieren können.

„Na ja, Matze hat auch nie was gesagt und dann ... tja, Überdosis Pillen. Wir haben uns alle ziemlich mies gefühlt.“

Bei den Worten seines Bruders zog sich Jonas' Brust schmerzhaft zusammen.

„Haben ihn dann monatelang nicht gesehen, bis ich ihn zufällig in Hamburg getroffen habe. Da hat er mir von der Therapie erzählt.“

„PE?“, fragte Jonas zweifelnd. Das beklemmende Gefühl in seiner Brust raubte ihm fast den Atem.

Felix nickte. „Ja, genau.“ Er schniefte lautstark und schüttelte den Kopf. „Ganz ehrlich, Jonas, ich hätte nicht mit ihm tauschen wollen. Kabul einmal zu erleben, war schlimm genug. Sich das immer wieder anzuschauen ... ich könnte das nicht.“ Jonas war zum Zeitpunkt des Anschlags nicht in Kabul gewesen, aber er wusste, wie es aussah, wenn Häuser einstürzten und die Menschen schreiend auf die Straßen rannten.

Mit einem Mal klopfte Felix ihm auf die Schulter. Die kurze Berührung verhinderte, dass die falschen Erinnerungen zu real wurden. „Aber du schaffst das, du stehst das durch und ich bin für dich da, okay?“

„Was ist mit deiner Freundin?“ Jonas fragte hauptsächlich, um endlich von den leidigen Kriegsbildern in seinem Kopf wegzukommen.

„Ich habe ihr erzählt, dass es ein Notfall ist. Ich werde solange bleiben, wie du mich brauchst. Und das meine ich ernst. Du kannst jederzeit zu mir kommen und reden. Oder auch nicht reden.“ Er stand auf und nahm die Whiskyflasche in die Hand. „Aber nicht trinken. Dann hast du nur noch ein Problem mehr.“

Jonas seufzte. Er wusste ja auch, dass der Alkohol keine Lösung war, aber es war das einzige, was die Aufnahmen erträglich machte. Verbissen sah er zum Fenster hinaus. Wenn Felix doch nur schneller gehen würde.

„Also gut.“ Jonas verspürte erneut einen tröstlichen Händedruck auf seiner Schulter. „Halt die Ohren steif,

Kleiner! Du bist ihnen einmal entkommen und sie kriegen dich auch jetzt nicht. Du musst nur noch etwas länger durchhalten. Es wird besser, versprochen."

Es wurde nicht besser.

„Blut. Da war so viel Blut. Überall." Er konnte es sehen, an seinen Händen, auf seinen Sachen, die Lachen auf der Straße. Die Erinnerung grub sich wie glühende Eisen in seine Eingeweide. Gequält sah Jonas zu seiner Therapeutin auf.

Wie ruhig sie dasaß, der Blick verständnisvoll und doch so teilnahmslos. Sie war nicht dabei gewesen. Sie konnte gar nicht verstehen, wie schlimm es für ihn gewesen war.

„Ich konnte ihnen nicht helfen", stieß Jonas atemlos hervor. „Niemandem. Nicht meinen Kameraden und nicht den Einheimischen. Da waren Zivilisten. Kinder!" Noch immer sah er ihre Augen. Sie hatten ihn angefleht. Wie Sophie. Aber er hatte nichts tun können. Jetzt waren sie tot.

Wohin er auch blickte, türmten sich die Leichen. Der Staub hing dicht in der Luft. Die Angst kroch kalt Jonas' Rücken hoch. Was, wenn man sie doch entdeckte? Er hatte nicht einmal genug Munition im Gewehr.

„... an einem wichtigen Punkt hier, Jonas." Die Stimme von Doktor Hannemann drang nur mühselig zu Jonas durch. Sie hinderte ihn daran, auf die Schritte in der Dunkelheit zu lauschen, die sich mit jeder Minute ihrem Versteck näherten. „Erzähl mir, was danach passiert ist!"

Jonas schlug sich die Hände auf die Ohren und schüttelte den Kopf. Er wollte nicht länger darüber nachdenken. Wollte nicht den Tod seines besten Freundes erneut erleben. Nicht die Schmach, wie er sich neben dessen toten Körper gepresst hatte und zu allem und niemandem gebeten hatte, dass sie ihn nicht finden mögen, während seine Schulter wie Feuer brannte.

Stattdessen sprang er auf und stürzte zur Tür hinaus. Hinter sich hörte er noch, wie sie seinen Namen rief, aber Jonas wagte es nicht, sich noch einmal umzudrehen. Er musste hier raus. Weg von all dem.

Er schaffte es bis ins Treppenhaus, bevor er sich übergab, weil die Erinnerungen ungehemmt weiter auf ihn einprasselten. Der leere Blick in Philipps Augen, obwohl sein Körper noch warm war. Das Kind auf der Straße, dem das Blut in Strömen über die Stirn floss. Die verkrampfte Hand, die aus dem Schutthaufen ragte.

Stöhnend umklammerte Jonas das Treppengeländer, während er seinen gesamten Mageninhalt ausleerte und wortlos darum flehte, dass es aufhören möge. Unter keinen Umständen konnte er die Bilder noch ein weiteres Mal ertragen.

Wütend schmiss Jonas den USB-Stick mit seinen Aufnahmen gegen die Wand und trampelte darauf herum, bis der Anschluss verbogen war. Dann zerrte er seinen Reisesack hervor und warf wahllos Sachen hinein. Er würde die Therapie abbrechen, so viel war sicher. Sie hatte alles nur noch schlimmer gemacht und die schlimmsten Erinnerungen freigelegt, die er so mühsam vergraben hatte.

Philipps tote Augen und das Gefühl seines Körpers

neben sich hatten ihn den ganzen Weg bis nach Hause nicht mehr losgelassen. In seinem Kopf gellten die Schreie, ließen ihm keinen klaren Gedanken, nur endlose Wut. Wut auf den Krieg, Wut auf Doktor Hannemann, Wut auf sich selbst. Als Jonas unter dem letzten T-Shirt seinen Zeichenblock fand, donnerte er auch diesen gegen die Tür, so dass die Blätter im Raum herumflogen.

Der Wirbel von Papier hatte eine seltsam beruhigende Wirkung auf ihn, konnte er ihn doch mit keiner seiner blutigen Erinnerungen in Verbindung bringen. Stattdessen stand er da und atmete schwer, die Hände zu Fäusten geballt. Seine Wange zuckte, während sich seine Kehle zusammenzog, und mit einem Mal kamen die Tränen. Erst liefen sie langsam, kitzelten noch im Mundwinkel, dann stürzten sie hervor. Ein gequälter Laut zwängte sich aus seiner Kehle und die Knie wurden ihm weich.

Jonas bekam kaum mit, wie die Tür sich öffnete und sein Bruder in schnellen Schritten das Zimmer durchquerte. Als er Felix' Arme um sich spürte, heulte er bereits Rotz und Wasser, unfähig auch nur ein Wort zu sagen. Längst hatten seine Beine nachgegeben und er hielt sich an Felix' Schultern fest wie ein Ertrinkender. Beruhigend strich sein Bruder ihm über den Rücken und brummte tröstlich in sein Ohr. „Es wird alles gut, Jonas. Alles wird gut."

Irgendwann bekam Jonas wieder genug Luft, um den schrecklichen Gedanken laut auszusprechen, der schon so lange tief unter all den Erinnerungen gelauert hatte: „Ich kann nicht mehr. Ich ertrag es einfach nicht. Ich wünschte, es wäre damals ich gewesen."

„Ich weiß“, flüsterte sein Bruder. „Ich weiß.“ Er verbot Jonas nicht, daran zu denken, tat es nicht als Unsinn ab und verzweifelte nicht daran. Felix akzeptierte es einfach und einen kurzen Augenblick lang erlaubte Jonas sich, tatsächlich darüber nachzudenken.

Es war absurd. In dem Moment, in dem er sich an Philipps Stelle versetzte, wusste er, dass er das nicht wollte. Tot zu sein, war absolut inakzeptabel. Wie hätte er sonst Sophie kennenlernen oder den Krieg jemals hinter sich lassen sollen? Er wollte nicht, dass sein Leben mit Afghanistan endete. Dafür hatte er nicht all die Jahre gekämpft, die er wieder zurück in Deutschland war. Für seine Familie, für Sophie, aber am Wichtigsten für sich selbst.

Schniefend löste er sich von seinem Bruder und wischte sich mit dem Ärmel über das Gesicht. Felix reichte ihm mitleidig ein Taschentuch und Jonas putzte sich die Nase. Sein Blick fiel auf die Blätter zu seinen Füßen, auf Sophie und die Gebäude, die er vor unendlich vielen Jahren entworfen hatte. Gedankenverloren bückte er sich und betrachtete die Zeichnung einer Kunstgalerie. „Meinst du, ich könnte irgendwann ein Studium packen?“ Er hatte schon den letzten Versuch in den Sand gesetzt.

Felix trat näher und schaute ihm über die Schulter. „Architektur? Warum nicht? Dass du zeichnen kannst, weißt du ja.“ Seine Stimme klang seltsam belegt. „Und das Andere kriegst du auch bald in den Griff.“

Darüber wollte Jonas überhaupt nicht nachdenken. Zum ersten Mal seit langem blieben die Erinnerungen fern und wenn es nach ihm ginge, sollte das auch so bleiben.

Sorgfältig begann er die Zeichnungen wieder einzusammeln. Vielleicht würde er wirklich wieder anfangen zu skizzieren.

Neben ihm ging Felix in die Knie, um ihm zu helfen. Er hielt eine der Zeichnungen hoch und fragte: „Ist das Sophie?"

Natürlich war sie es. Von überall im Raum blickte sie Jonas an. „Woher weißt du von ihr?"

„Mama hatte sie erwähnt", erwiderte Felix und verglich die verschiedenen Bilder. „Sie tanzt Ballett?"

„Ihr redet über mich?", fragte Jonas stattdessen.

Entschuldigend sah Felix zu ihm auf. „Was denkst du denn? Wir machen uns doch alle Sorgen um dich. Mama und Papa sind total überfordert. Ich versuche, ihnen zu erklären, was du durchmachst, aber so genau verstehe ich es nun auch nicht."

Jonas nickte leicht. Es war das, was er auch getan hätte.

Sein Blick fiel auf Sophies Abbild. Es zeigte sie während einer ihrer endlosen Pirouetten, die Arme hoch über dem Kopf. Der Anblick stimmte ihn traurig. Er hätte sie nicht im Streit verlassen sollen. Wenigstens eine Erklärung war er ihr schuldig. Und in diesem Moment wusste er, dass er zu ihr zurückkehren musste. Nicht jetzt, aber irgendwann.

„Ja, das ist Sophie. Aber mach Mama keine Hoffnungen! Sie hat einen Freund." Einen, dem er kein Stück über den Weg traute, aber das sagte Jonas seinem Bruder nicht. Luca war Sophies Wahl und daran würde sich auch nichts ändern.

Felix zuckte mit den Schultern. „Schade. Sie ist ziemlich hübsch."

„Ja. Ja, das ist sie." Ein Lächeln glitt über Jonas' Lippen. „Und du solltest sie tanzen sehen. Etwas so Zauberhaftes habe ich nie zuvor gesehen."

Über kurz oder lang erzählte er Felix alles über Sophie. Wie sie tanzte und lachte, wie sie tobte, wenn sie sich unfair behandelt fühlte und auch wie sehr sie ihn gefürchtet hatte, nachdem er sie in seinem Wahn angegriffen hatte. Nachdem er Felix berichtet hatte, wie sie auseinandergegangen waren, sah dieser nachdenklich drein. „Weißt du, was Matze damals geholfen hat? Begleitend zur Therapie natürlich?"

Jonas schüttelte den Kopf.

„Schreiben. Er hat alles aufgeschrieben, was er gesehen hat, gefühlt, gedacht. Jedes noch so kleine Detail. Ich habe das Zeug nie gelesen - niemand hat das -, aber er meinte, dass es ihn befreit hat. Mehr noch als das Reden mit dem Psychiater, weil er dort nie wirklich alles sagen konnte. Aber dem Papier konnte er es anvertrauen." Er nickte zu dem stark lädierten Block. „Vielleicht hilft dir das ja auch."

Viel Hoffnung machte Jonas sich nicht, aber er schwor sich, es wenigstens zu versuchen. Das war er Sophie schließlich schuldig und vielleicht konnte er ihr irgendwann sogar erklären, was in ihm vorging.

„Überleg's dir mal!" Felix klopfte ihm ermunternd auf die Schulter und stand wieder auf. „Ich gehe dann mal Mama beruhigen, bevor sie sich noch verrückt macht."

Noch Minuten, nachdem sein Bruder verschwunden war, saß Jonas auf dem Boden und betrachtete die Bilder von Sophie. Er könnte ihr Briefe schreiben, die er ihr nie zeigen würde. Das wäre sonst nicht fair. Sie hatte genug zu schultern, als dass sie sich nun auch noch seine Kriegserlebnisse durchlesen musste. Das konnte er ihr einfach nicht antun. Er musste es nur für sich selbst versuchen.

Jonas erhob sich und trug seinen Block zum Schreibtisch. Schwerfällig ließ er sich auf den Stuhl fallen und zog einen frischen Bogen Papier hervor. *Liebe Sophie, ...*

Er überlegte, wie er anfangen sollte. Ganz am Anfang oder einfach mittendrin. Oberflächlich oder bis ins kleinste Detail.

Widerwillig holte Jonas die Erinnerungen wieder aus den Tiefen seines Gedächtnisses hervor und zwang sich zurückzukehren. Zurück zu Staub und Asche. Zu den Schreien der Sterbenden in seinen Ohren. Zu Philipps bleichem Gesicht.

Kein einziges Wort gelangte auf das Papier.

Stattdessen zeichnete Jonas bis tief in die Nacht.

KAPITEL 10
Brisé

In einem fort schwirrten ihr Jonas' Worte durch den Kopf, während Sophie fiebernd die Stirn an Lucas Brust lehnte. Sie konnte noch immer nicht glauben, dass er tatsächlich gegangen war. Eine Woche war er nun schon fort und trotzdem war sie jeden Morgen aufs Neue enttäuscht, dass er nicht schon ungeduldig auf sie wartete. Wäre ihr Haus nicht noch immer so furchtbar aufgeräumt, gäbe es nicht einen Hinweis, dass er jemals dort gewesen war.

„Hey, Sophie, du schläfst ja fast ein", neckte Luca sie und hob ihr Kinn an.

Das unwirkliche Licht in seinen Augen schmerzte Sophie. Trotz seiner Nähe begann sie zu zittern. Seit dem Regen ließ die Kälte sie nicht mehr los.

Jonas hätte sie geradewegs ins Bett gepackt, ihr eine

Suppe und Tee gekocht und dafür gesorgt, dass sie sich gründlich ausruhte. Luca wollte tanzen.

Schwach lächelte Sophie ihn an. „Tut mir leid. Mein Kopf ist nur völlig zu."

„Brauchst du etwas zu trinken?" Das war Lucas Lösung für alles. Hauptsache, sie konnte weiter mit ihm tanzen.

Unweigerlich musste Sophie an Jonas' Vermutungen denken, dass Luca ihr in Wirklichkeit Drogen gab. Sie schüttelte den Kopf. „Können wir nicht eine Pause machen? Ich würde wirklich gerne etwas schlafen. Diese Erkältung hat mich ziemlich erwischt." Müde lehnte sie die Stirn wieder an seine Brust.

Entsetzt trat Luca einen Schritt zurück und sah sie schockiert an. „Pause?" Er schnaubte. „Meinst du denn, ich kriege eine Pause?"

Ihr benebelter Verstand machte es schwer für Sophie, den Sinn seiner Worte zu begreifen. „All die Jahrhunderte, die ich schon tanze. Jede einzelne Nacht. Meinst du nicht, ich würde auch gerne einmal eine Pause machen?" Die Panik verzerrte sein sonst so ebenmäßiges Gesicht und ließ Sophie schaudern.

Wankend trat sie einen Schritt zurück.

Vollkommen fertig rieb Luca sich mit den Händen über das Gesicht. „Herrje, Sophie" Er nahm sie in die Arme und wisperte versöhnlich: „Es tut mir leid. Ich wollte dich nicht anfahren. Ich bin so schrecklich nervös in letzter Zeit. Ich war noch nie so kurz davor, dass ich die Freiheit schon auf der Zunge schmecken kann. Diesen Moment in greifbarer Nähe zu wissen ... Verzeih mir, Liebste!"

Ihre Sorgen kamen ihr mit einem Mal so unbedeutend vor. Natürlich war es unmöglich, ihren Tanz zu unterbrechen. Nicht jetzt, wo sie schon so weit gekommen waren. „Nein, mir tut es leid. Ich habe nur an mich selbst gedacht."

„Ich brauche dich so sehr, Sophie", flehte Luca. „Aber ich will nicht, dass du dich übernimmst."

Sein kläglicher Tonfall brachte Sophie dazu, sich zusammenzureißen und Haltung anzunehmen. Sie nahm Lucas Hände und gemeinsam tanzten sie wieder über den Teich. Selig strahlte er bis über beide Ohren.

All ihre Willenskraft konnte jedoch nicht die Kopfschmerzen und das Fieber vertreiben. „Tomas hat nicht zufällig einen Erkältungstee?"

Neue Hoffnung schöpfend, küsste Luca ihre Hände. „Etwas viel Besseres!" Überschwänglich wirbelte er sie herum und trug sie zu ihrem Boot. „Ich bin gleich wieder bei dir."

Sophie lehnte sich vornüber und legte den Kopf auf ihre Arme, während sie Luca nachsah. Mit raschen Schritten erreichte er Tomas' Bar und unterbrach den Bruder bei seiner Arbeit, heftig gestikulierend. Selbst von hier war seine Sorge überdeutlich, was Sophie ein warmes Gefühl in ihrem Bauch verschaffte. Tomas jedoch schüttelte den Kopf, bevor er seinerseits in ihre Richtung deutete. Worüber sie auch immer streiten mochten, es begann langsam, in dem dumpfen Schmerz in ihrem Kopf unterzugehen. Müde schloss Sophie die Augen.

„Du musst sofort gehen." Plötzlich saß jemand anderes

in ihrem Boot; eine junge Frau mit wirrem Haar. „Jetzt, wo er nicht hinsieht."

Verwirrt sah Sophie hinüber zu Luca, der nun beide Hände auf die Bar gestützt hatte, hinter der Tomas trotzig seine Arme verschränkt hatte. „Ich kann nicht gehen. Luca braucht mich."

Nahezu panisch schüttelte die Frau ihren Kopf, dass ihre Locken in die Luft flogen. „Du musst gehen. Jetzt. Bald wird es zu spät sein." Bevor Sophie reagieren konnte, hatte die Frau ihre Hände in ihre genommen und drückte sie so fest, dass Sophie zusammenzuckte. „Dich erwartet nur Unglück, wenn du bei ihm bleibst", beschwor sie Sophie eindringlich. „Du darfst ihm nicht vertrauen."

Ein Räuspern ließ Sophies Sitznachbarin heftig zusammenfahren. Luca war zurückgekehrt und runzelte fragend die Stirn. Sogleich zog sich die Frau zurück. Während sie schnellen Schrittes davonlief, warf sie immer wieder einen Blick über die Schulter, als wäre der Teufel höchstpersönlich hinter ihr her.

„Armes Ding", murmelte Luca und setzte sich. In seiner Hand hielt er ein Glas, das offensichtlich für Sophie bestimmt war. Auf den ersten Blick unterschied der Cocktail sich kaum von den vorherigen, doch dann fielen ihr die goldenen und silbernen Schwaden in dem blauen Getränk auf. „Wer war das?"

Luca seufzte: „Eine der verlorenen Seelen. Sie hat den Verstand verloren, nachdem ihr Freund sie verlassen hat. War eine schlimme Geschichte und jetzt traut sie keinem Mann mehr und will ihr Geschlecht vor uns retten oder so etwas.“ Er zuckte mit den Schultern und reichte Sophie den Cocktail.

Sophie sah noch einmal nach der Frau, aber sie war bereits in der Menge hungriger Kreaturen verschwunden. „Das tut mir sehr leid für sie.“ Sie schaute wieder zu Luca und zog das Glas heran. „Was ist das?“

„Trink einfach!“ Sanft führte Luca ihre Hand zum Mund. Sophie kam nicht einmal auf die Idee, sich ihm zu verweigern, so neugierig machte sie die neue Kreation. Lediglich Tomas' düsterer Blick, mit dem er sie von seiner Bar aus beobachtete, verunsicherte sie, doch dann benetzten die ersten Tropfen ihre Lippen und der Geschmack ließ die Welt um sie herum verschwimmen.

Wie flüssiges Feuer rann es ihr die Kehle hinab und brannte jegliche Krankheit aus ihrem Körper. Eine Unruhe ergriff von ihr Besitz, die bis in ihre Zehenspitzen zog. So voller Energie und Tatendrang war Sophie mit einem Mal, dass sie nicht eine Minute länger stillsitzen konnte. Sie musste tanzen, musste die Energie wieder hinauslassen. Und obwohl sich ihr Kopf drehte und sie kaum einen geraden Schritt machen konnte, fanden ihre Hände Lucas und ihre Füße fielen mit seinen in Einklang.

Seine Augen strahlten wie lange nicht mehr und Sophie dachte, dass er nie besser ausgesehen hatte. Sein Blick gab ihr all die Kraft zurück, die sie durch die Krankheit verloren hatte, während der Alkohol sein Übriges tat.

Nur die Kälte konnten weder Luca noch Tomas' Zaubermittel vertreiben.

Seit geschlagenen fünf Minuten klingelte der Wecker. Das penetrante Piepen drang in Sophies Kopf und verwob sich dort mit der ewig währenden Melodie. Reglos lag sie in ihrem Bett und lauschte den disharmonischen Klängen. Nur träge lösten sich die Gedanken nach und nach aus der zähen Masse ihres schläfrigen Verstands. Dabei musste sie aufstehen und sich fertigmachen, damit sie nicht zu spät kam.

Eine halbe Ewigkeit wartete sie darauf, dass Jonas an ihre Tür hämmerte und sie aus dem Bett warf. Aber er kam nicht. Wie schon die Wochen zuvor blieb die Wohnung abgesehen von ihrem Wecker still. Kein Klappern mit den Schubladen, kein Zischen in der Pfanne und kein Rascheln mit den Tüten.

Tränen bahnten sich ihren Weg und rollten langsam ins Kissen und in ihre Haare. Keuchend wischte Sophie sich über die Augenwinkel und setzte sich auf. Ihr Kopf dröhnte, was nicht allein an dem Wecker lag, den sie endlich erlöste. Lustlos sah Sophie sich in ihrem Zimmer um, unfähig sich für eines ihrer Kleider zu entscheiden. Schließlich griff sie nach dem Nächstgelegenen, schnupperte kurz daran und beschloss, dass es ausreichte. Mit wenigen Handgriffen hatte sie ihre Haare zusammengebunden und verließ das Zimmer.

Eine Weile hatte Sophie versucht, Jonas' wertvolle Ordnung zu bewahren, aber inzwischen war das Gästehaus in seinen alten Zustand zurückgekehrt. Sie fand ihre Schuhe schließlich auf dem Sofa, wo sie sie am Morgen wütend hingeschmissen hatte.

Sophie wusste nicht, warum sie so schrecklich zornig gewesen war, nur, dass der Zauber des DeModie mit einem Mal verflogen und sie allein gewesen war. Sie hatte nicht einmal Jonas' Telefonnummer. Ihr Vater musste sie haben, schließlich hatte er ihn eingestellt, aber bisher hatte sie es nicht fertiggebracht, ihn danach zu fragen. Schließlich war sie schuld daran, dass Jonas gegangen war. Nicht, dass er das ihrem Vater gesagt hatte. Soweit ihr bekannt war, hatte er Sophie bei der Kündigung nicht einmal erwähnt.

Das sah ihm ähnlich, dachte Sophie, während sie sich Joghurt über ihr Müsli kippte. Lieber würde er in Kauf nehmen, als unzuverlässig zu gelten, als sie vor ihrem Vater anzuschwärzen. Es machte die Worte, die er ihr an den Kopf geworfen hatte, nur noch schlimmer.

Der erste Trotz war schnell verflogen gewesen, nachdem die Erkältung ihr alle Kraft geraubt hatte. Stattdessen hatte sie das Fünkchen Wahrheit in seinen Aussagen erkannt und gewünscht, die Zeit zurückdrehen zu können.

Im Gegensatz zu der Geschmacksexplosion von Tomas' Mixgetränken schmeckte ihr Müsli fad. Überhaupt gab es nichts mehr außerhalb des DeModie, das Sophie noch begeistern konnte. Selbst die dicken Knospen draußen vor ihrem Fenster, die ihr früher immer ein Lächeln auf die Lippen gezaubert hatten, nahm sie kaum noch wahr. Alles war zu einem farblosen Grau verschwommen.

In zwei Monaten war das Jahr und der letzte Tag vorbei und Sophie hatte das Gefühl, vor dem Nichts zu stehen. Sie hatte alle Tanztermine verpasst und glaubte nicht einmal mehr daran, dass sie die Leistung jemals wieder abrufen konnte. Dann hatte sie nichts. Keine Ausbildung, kein Studium, keine Zukunft. Das Schlimmste war jedoch, dass sie nicht mal mehr genug Energie aufbringen konnte, dass es sie kümmerte.

Luca war längst nicht mehr der strahlende Prinz, der er bisher für Sophie gewesen war. Nacht für Nacht tanzten sie und entfernten sich doch immer mehr voneinander. Während die Wochen verstrichen, bemerkte Sophie, wie wenig sie eigentlich mit dem hübschen Prinzen verband. Jonas hatte Recht gehabt. Nie fragte Luca nach ihrem Befinden oder interessierte sich für ihre Sorgen und Hoffnungen. Dabei musste er doch bemerkt haben, dass es ihr immer schlechter ging.

Sophie hatte sich immer etwas darauf eingebildet, dass er das Tanzen genauso sehr liebte wie sie, aber Lucas Augen blieben immer kühl, wenn die Musik erklang. Er führte sie und ließ sie strahlen, technisch korrekt, aber ohne jegliche Leidenschaft. Für ihn war der Tanz nur eine Pflicht, das notwendige Übel, um dem Fluch zu entkommen.

Luca teilte weder ihre Ambitionen noch ihre Träume. Er wollte lediglich die Freiheit und Sophie konnte es ihm nicht einmal verübeln. Nach wie vor taten er und seine Brüder ihr leid und sie wünschte, sie könnte sie alle erlösen. Doch mehr noch sehnte sie sich danach, dass das Jahr ein Ende fand.

„Was willst du als erstes machen, wenn du draußen bist?", fragte Sophie, als der Abend noch relativ jung war und ihre Sinne noch nicht so stark von der Musik und dem üblichen Mix an Cocktails benebelt war. Zu später Stunde verschwamm die Zeit im DeModie immer zu einem einzigen wilden Reigen, an den sie sich kaum noch erinnern konnte.

Luca zuckte mit den Schultern. „Was immer du tun willst."

Seufzend drehte sich Sophie in seinen Arm hinein. Sie hatte gehofft, dass sie nicht Fremdenführerin spielen musste, wenn es soweit war. „Also ich werde erst mal einen Monat lang schlafen."

Schmunzelnd legte Luca die Arme um sie. „Soll ich Tomas wieder um einen Drink bitten?"

„Später", sagte sie kopfschüttelnd. „Was wird eigentlich aus deinen Brüdern, wenn du frei bist?" Sophie schmiegte sich mit dem Rücken an seine Brust, aber irgendetwas war nicht richtig. Es waren die falschen Arme, die sie hielten.

Lucas heißer Atem strich über ihren Nacken und ein wohliger Schauer rann über Sophies Rücken. „Sie werden ihre eigenen Tänzerinnen finden müssen. Jasper scheint ganz gut dabei zu sein, momentan."

Er nickte weiter nach vorne und Sophie sah den jüngeren Bruder, wie er gerade mit drei jungen Mädchen flirtete, die bei fast jedem seiner Worte in Gekicher ausbrachen. Fast beiläufig strich er dabei einer von ihnen über den Arm, die ihn unverhohlen dafür anhimmelte. Es war noch nicht mal ein Jahr her, dass Sophie genauso an Lucas Lippen gehangen hatte, während sich ihre Freundinnen köstlich amüsiert hatten.

Sie vermisste Pia und die anderen. Diese Anfangszeit im

DeModie, wo sie noch jeden Tag gemeinsam hergekommen waren, war der beste Sommer ihres Lebens gewesen. Hatten sie Sophie anfangs noch überreden müssen, endlich wieder feiern zu gehen, war es bald sie gewesen, die die anderen dazu gedrängt hatte, in den fremdartigen Tanzclub zurückzukehren. Jetzt war sie die einzige, die noch herkam. Ihre Freundinnen waren längst weitergezogen.

Sie seufzte schwer und wandte sich Luca zu. Wie üblich fragte er nicht, was sie bedrückte, sondern war glücklich, solange sie sich im Kreise drehte. Sobald sie müde wurde, rief er nach Tomas und Sophie verlor sich erneut in der wirren Abwärtsspirale des DeModie.

Die Tage wurden wieder merklich länger und das kalte Wetter wich endgültig dem Frühling. Mit einem Schlag wurden die Bäume grün und die Leute wagten sich immer öfter ins Freie. Der Cocktail, den Luca ihr regelmäßig verabreichte, um sie halbwegs durch die Nacht zu bringen, führte oft dazu, dass Sophie noch am Morgen ziellos herumlief, statt ihrem Körper die Chance zu geben, sich zu erholen. Dabei verfolgte die Melodie des DeModie sie bis in den Tag.

Stundenlang streifte Sophie nach ihren durchtanzten Nächten im Park umher und beobachtete die Leute, welche mit beiden Beinen fest im Leben standen: Die Geschäftsleute, deren Ohr immer am Telefon klebte. Die Jugendlichen, die sich in den abgelegenen Winkeln des Parks versammelten. Die Studenten, die das Frühlingswetter ausnutzten, um in der Sonne im Gras zu liegen und zu lernen. Sie alle lebten am Tag, hatten Ziele und Träume, die sie verfolgten, und waren frei.

Während sie so spazieren ging, sprangen ihre Gedanken von Luca zu Jonas und wieder zurück. Der eine, der sie nicht gehen ließ und der andere, der sie verlassen hatte. Statt einen Prinzen zu gewinnen, hatte sie einen Freund verloren und mit ihm alle Hoffnung.

Ihr Smartphone vibrierte in der Tasche und riss Sophie aus dem Gedankenkarussell. Eine Eventeinladung von Pia. Sie brauchte nicht einmal nachzuschauen, um zu wissen, dass sie den Termin nicht wahrnehmen konnte. Dabei sehnte sie sich so sehr nach dem Kontakt zu ihren Freundinnen.

Obwohl sie wusste, dass sie sie lediglich anrufen brauchte, um sich zu einem Kaffee zu treffen, konnte sie sich nicht dazu überwinden. Zu lange schon hatte sie nichts mehr von sich hören lassen und zu lange schon gab es nichts mehr, was sie ihnen erzählen konnte. Jeder ihrer Tage war wie der vorige.

Drei verpasste Anrufe waren auf dem Display zu sehen und für einen Moment schlug ihr Herz schneller. Doch die Anrufe waren nicht von Jonas, sondern nur von ihrem Vater. Sogar auf die Mailbox hatte er gesprochen. So oft hatte sie es schon klingeln hören, aber nie hatte Sophie die Kraft besessen, die Anrufe entgegen zu nehmen.

Stattdessen hörte sie die Mailbox ab. „Hey, Kleine." Mittlerweile war er zu ihrem alten Kosenamen zurückgekehrt, ein Zeichen seiner zunehmenden Ratlosigkeit. „Ich hatte gehofft, du würdest mal zurückrufen, aber wahrscheinlich nervt es dich schon, dass ich so oft anrufe. Ich möchte doch nur wissen, wie es dir geht. Ich vermisse dich, Sophie. Vielleicht hast du ja mal Zeit, mir eine Nachricht zu schreiben oder komm doch einfach mal rüber. Irgendwas."

Eine lange Stille folgte, aber er hatte nicht aufgelegt, hoffte vielleicht, dass sie doch noch abnahm. „Meine Tür steht immer offen", fing er wieder an und seine Stimme klang merkwürdig belegt. „Das weißt du, ja? Was immer du brauchst, ich bin für dich da."

Noch dreimal hörte Sophie die Nachricht an, einfach nur, um seine Stimme zu hören. Trotz seiner Worte fühlte sie sich so schrecklich allein. Wie die Kälte war auch die Einsamkeit nie gewichen.

Jonas hatte manchmal gesagt, dass sie es war, die ihn am Leben erhielt, ihm ein Licht in seiner Dunkelheit gewesen war. Dabei hatte sie nicht mal gemerkt, wie schnell er ihr Leuchtturm geworden war. Nun, da er weg war, war sie auf die Klippen aufgelaufen.

Langsam ließ die Wirkung der Mixtur nach und Sophie sank erleichtert auf eine Parkbank, um ihre Füße auszuruhen. Solange die Musik und das Aufputschmittel noch durch ihren Körper rauschten, gelang es ihr nie, die Füße stillzuhalten. Stattdessen musste sie immer laufen, immer tanzen.

Sophie nahm die kleine Spieluhr aus ihrem Rucksack, die Jonas ihr zu Weihnachten geschenkt hatte. Während sie der kleinen Ballerina zusah, wie sie sich unaufhörlich auf einem Standbein drehte, zog sich ihr Herz zusammen. Trotz der furchtbaren Angstattacken war Jonas viel zu gut für sie gewesen. Er hatte sich um sie gesorgt, als sie nicht dazu fähig gewesen war, hatte sie mit Aufmerksamkeiten verwöhnt und nie mehr verlangt, als in ihrer Nähe bleiben zu dürfen. Und sie hatte ihn schamlos ausgenutzt.

Ob es ihm wohl gut ging? Mit Schaudern dachte Sophie an seine furchtbaren Albträume. Jedes Mal war er so fertig gewesen und nach Silvester war alles nur noch schlimmer geworden. Sie hatte durchaus mitbekommen, dass er versucht hatte, seine Ängste im Alkohol zu ertränken, und nun nagte die Schuld an ihr, dass sie es zugelassen hatte.

Jonas war immer glücklich mit dem Wenigen gewesen, das sie ihm gegeben hatte. Dabei hätte sie so viel mehr tun müssen. Hätte ihn zum Arzt schleifen müssen und den Alkohol verbieten. Aber sie hatte nicht die Energie gehabt, war selber zu verloren gewesen.

„Schau mal, Mama, eine Ballerina!" Die helle Kinderstimme ließ Sophie hochfahren. Erschrocken blickte sie das kleine Mädchen an, das an der Hand ihrer Mutter auf sie zeigte. Auf sie und nicht die Spieluhr. Weil sie zerfledderte Spitzenschuhe trug und sich der Tüll um ihre Hüften wölbte.

Der Blick ihrer Mutter war weniger wohlwollend, wahrscheinlich, weil man ihr die durchzechte Nacht deutlich ansah. Sanft zog sie das Mädchen zur Seite und sprach mit ihr. Sophie konnte die Worte nicht hören, aber der Tonfall war ihr wohl bekannt. Die Stimme ihrer Mutter hatte einen ähnlich warmen Klang gehabt.

Plötzlich schluckend sah Sophie sich um. Zwischen den

Bäumen konnte sie einen Spielplatz entdecken, auf dem die Kinder unter den achtsamen Blicken ihrer Eltern herumtobten. Zwei junge Mütter schoben ihre Kinderwagen an ihr vorbei, während sie sich über die neusten Fortschritte ihrer Sprösslinge unterhielten. Ihre Augen leuchteten vor Stolz, genauso wie es die ihrer Mutter getan hatten, als sie ihre ersten Schritte auf dem Parkett getanzt hatte.

Deutlich sah Sophie sie vor sich. Ihre dunklen Augen hatten in freudiger Erwartung geglänzt, schon bevor Sophie die Bühne betreten hatte. An diesem Tag hatte Sophie sich nur für sie gedreht und dabei sämtliche Einsätze verpasst. Später dann war sie konzentrierter gewesen, aber wenn sie nervös war, dann musste sie nur links in die zweite Reihe schauen und fand in dem zuversichtlichen Strahlen ihre Ruhe.

Es war Sophies zweiter Auftritt im Stadttheater gewesen, als sich der stolze Blick ihrer Mutter plötzlich ins Leere gekehrt hatte. Die Instrumente in ihrem Solo waren nach und nach ausgefallen und eine Unruhe hatte den Saal erfasst. Niemand hatte an sie gedacht, während sich Helfer, Schaulustige und schließlich die Rettungssanitäter um ihre Mutter versammelt und mit den Wiederbelebungsmaßnahmen begonnen hatten. Erst nach einer Weile hatte Sophie den sanften Druck des Griffs um ihr Handgelenk bemerkt. Jemand hatte auf sie eingeredet, aber keines der Worte war zu ihr durchgedrungen. Nur zögerlich war sie schließlich ihrer Tanzlehrerin von der Bühne hinunter gefolgt und auf die Traube Menschen zugegangen. In den Augen derer, die sie vorbeigelassen hatten, hatte sie deutlich lesen können, was ihr längst bewusst gewesen war.

Es war ein Gang gewesen, den Sophie nicht hatte zurückgehen können. Nie wieder hatte sie eine Bühne betreten.

Völlig außer Atem erreichte Sophie den Friedhof, auf dem ihre Mutter begraben lag. Ihr Kopf drehte sich im Schwindel, der so oft auf die Erschöpfung folgte. Fluchend stolperte sie zwischen den Gräbern umher und versuchte sich an den Tag zu erinnern, als ihr Vater und sie ihre Mutter zu Grabe getragen hatten. Die Bilder waren verschwommen, so als wären sie in dem Tränenschleier des Tages verwischt. Das schmerzhafte Hämmern in ihrem ihr Kopf trug ebenso wenig dazu bei, sich zu erinnern.

Frustriert und verzweifelt blieb Sophie stehen und sah sich um. Warum war sie nicht schon öfter hierher gekommen? Was für eine Tochter besuchte in zweieinhalb Jahren nicht das Grab ihrer Mutter? Ein junger Birnenbaum fiel ihr ins Auge und die Erinnerung kam zurück. Ihre Mutter hatte Birnen geliebt und sich gewünscht, unter einem solchen Baum begraben zu werden.

So früh im Jahr war er über und über mit zarten, weißen Blüten besetzt. Ein Windhauch strich durch die Zweige und ein Schauer von Blütenblättern rieselte auf das Grab zwischen seinen Wurzeln hinunter. Sophies Knie gaben nach und sie sank keuchend auf den Boden nieder. Heiße Tränen liefen ihr über die Wangen und das Atmen fiel ihr unsagbar schwer.

„Ich hab's vermasselt“, beichtete sie zwischen den Schluchzern, die ihren ganzen Körper schüttelten.

„Mama, ich hab's wirklich total verbockt. Jonas ist weg!" Erschrocken schlug Sophie sich auf den Mund, von ihrer eigenen Heftigkeit überrascht. „Sie sind alle weg und ich bin so allein."

Heulend brach Sophie auf dem Grab zusammen, sich nicht darum scherend, dass Gras und Dreck bald ihr Tüllkleid ruiniert hatten. Ihre Finger gruben sich in die weiche Erde, als die lang angestaute Wut sie erfasste. „Wie konntest du mir das antun? Einfach so? Man stirbt nicht mit achtunddreißig! Und vor allem nicht während meiner Vorstellung. Warum hast du mir denn nicht gesagt, dass der Arzt dir Bettruhe verordnet hat? Du hättest mich doch ein anderes Mal sehen können."

Ihre Tränen flossen unaufhörlich und minutenlang wurde Sophie so heftig von Krämpfen geschüttelt, dass sie sich sogar übergeben musste, derart plötzlich überkamen sie all die Gefühle, die sie jahrelang unterdrückt hatte. Da waren Wut und Zorn auf die Mutter, die sie allein gelassen hatte, tiefe Trauer um die einzige Person, die ihre Leidenschaft für das Tanzen geteilt hatte und Schmerz über den Verlust ihrer besten Freundin. Über all dem schwebte die Schuld wie ein Damoklesschwert und drohte, Sophie zu ersticken. Wie oft hatte sie sich mit ihrer Mutter gestritten? Hatte gedroht, das Ballett hinzuschmeißen, nur weil sie wusste, dass sie das mehr als alles andere treffen würde? So häufig war sie beleidigt gewesen, wenn ihre Mutter es nicht geschafft hatte, sie zu begleiten. So viele zornige Worte, die sie nie wieder zurücknehmen konnte.

„Es tut mir so leid. Es tut mir alles so schrecklich

leid", würgte Sophie hervor. „Ich wollte das nicht. Es ist alles meine Schuld!" Vor der Vorstellung noch hatten sie sich angeschrien, weil sie zu lange aufgeblieben war und getrunken hatte.

„Kannst du das Tanzen denn nicht einmal ernst nehmen? Gott, Sophie! Ich verstehe dich nicht. Du bist so talentiert und dann machst du so einen Scheiß." Sie waren im Ankleidezimmer, wo ihre Mutter ihr energisch die Haare zusammenband. Der Knoten war zu fest und Sophie schrie empört auf.

„Du tust mir weh", beschwerte sie sich und wollte ihrer Mutter dazwischenfahren.

Grob schlug ihre Mutter die Hand weg und richtete den Dutt ein wenig.

„Die Anderen haben doch auch gefeiert."

Im Spiegel funkelten sie die Augen ihrer Mutter an. „Du bist aber nicht die Anderen. Dein Körper ist dein Kapital. Wenn du es in der Tanzwelt zu etwas bringen willst, kannst du nicht bis in die Puppen feiern gehen und dich volllaufen lassen." Heiser hielt sie die Hand vor den Mund und hustete verhalten.

„Und wenn ich es gar nicht zu etwas bringen will?" Sophie verschränkte die Arme. „Vielleicht ist es ja gar nicht mein größter Traum, auf der Bühne zu stehen."

Ihre Mutter rollte die Augen und zog sie ungeachtet ihres Protests auf die Füße. „Ich habe jetzt keine Zeit für dein kindisches Verhalten. Wir müssen los."

„Ich bin nicht kindisch! Ich will nur auch mal Spaß haben", keifte Sophie und stampfte trotzig mit dem Fuß auf. „Und vielleicht ein Leben haben und nicht nur deinen Traum erfüllen, weil du es

selbst nicht mehr kannst. Ich bin nicht deine Marionette."

Entnervt blieb ihre Mutter stehen und ließ Sophie los. „Bitte! Schmeiß doch alles hin, wofür du gearbeitet hast! Lass deine Freunde im Stich und ruinier dir deinen Körper mit Alkohol!"

Am Ende war sie doch gegangen. Im Auto hatten sie sich noch beleidigt angeschwiegen, aber am Theater hatte ihre Mutter sie wie üblich umarmt und auf die Stirn geküsst, bevor sie ihr die Schuhe angezogen hatte, die sie extra für diese Vorführungen tragen durfte. Die Schuhe, welche ihre Mutter als Dornröschen getragen hatte, bevor sie das professionelle Tanzen hatte aufgeben müssen.

Es waren die gleichen Schuhe, in denen ihre zerschundenen Füße jetzt steckten. Die Schuhe, die Sophie nicht länger ablegen konnte, egal wie zerschlissen sie waren. Schlussendlich hatte sie ihren Willen doch bekommen. Statt auf der Bühne zu tanzen, war sie auf Partys gegangen und hatte das Leben in vollen Zügen genossen.

Jetzt schämte sie sich schrecklich dafür. „Ich konnte einfach nicht zurückkehren, ohne dass du mir dabei zusiehst. Du warst nicht mehr da und für wen hätte ich denn noch tanzen sollen?"

Jonas fiel ihr ein. In seinem Blick hatte sie sich wieder geborgen gefühlt, hatte die Anerkennung und Begeisterung gespürt, die ihr das Ballett brachte. Und wie hatte Sophie es ihm gedankt? Indem sie ihn genau wie ihre Mutter vor den Kopf gestoßen hatte und die schlimmsten Dinge ausgesprochen hatte, die sie in sich trug. Nur, damit sie sich selbst nicht im Spiegel sehen musste.

Sie vermisste ihn so sehr.

„Luca! Ich habe dir nie von Luca erzählen können. Er braucht mich so sehr und liebt mich. Du würdest ihn mögen.“ Nein, das würde sie nicht. Im Gegenteil, ihre Mutter wäre entsetzt gewesen zu erfahren, dass sie für einen Jungen ihre Karriere aufs Spiel gesetzt und ihr Talent weggeworfen hatte. Und Sophie hätte sie angeschrien, dass das ganz allein ihre Entscheidung war. „Ich glaube, ich habe einen Fehler gemacht.“

Blinzelnd sah Sophie auf das Grab, als die ganze Last der Wahrheit über sie hereinbrach. „Ich hätte es nicht aufgeben dürfen. Du hast immer gesagt, dass man dranbleiben muss und dass ich so viel Talent hätte. Jonas hat das auch gesagt. Er war meine zweite Chance, aber ich habe ihn vertrieben. Genau wie dich, Mama.“ Erneut wurde sie von Krämpfen geschüttelt, als sie an Jonas' enttäuschtes Gesicht zurückdachte. So oft hatte er sie gebeten, sogar angefleht, aber sie hatte nichts hören wollen, weil Lucas Licht sie zu sehr geblendet hatte. Luca, der zugleich ihr Fluch und die Erfüllung all ihrer Wünsche war.

„Ich kann nicht mehr tanzen. Ich will nicht mehr“, schluchzte Sophie. „Alles tut weh und nichts macht mehr Spaß. Du bist nicht da und Jonas ist nicht da. Ich kann nicht mal mit Papa reden, weil er so enttäuscht wäre. Ich vermisse dich so schrecklich, Mama.“ Weinend legte sie ihre Stirn auf die kühle Erde. „Und ich bin so furchtbar müde.“

Erschrocken fuhr Sophie hoch, als die Sonne schon rot am Horizont glühte. In ihrer Erschöpfung war sie in ihrem eigenen Dreck auf dem Grab eingeschlafen. Verwirrt blinzelte Sophie der Abendsonne entgegen und wischte sich über die klebrigen Wangen, bevor sie feststellte, wie dreckig ihre Hände waren. Erst dann realisierte sie, dass sie nur noch wenige Minuten Zeit hatte, bis sie im DeModie sein musste.

„Ich muss los, Mama. Aber ich komme wieder. Ganz bestimmt“, rief sie, während sie regelrecht in ihren Schuhen davonflog.

Es war keine Zeit, um nach Hause zurückzukehren und sich hübsch zu machen. Ihr Herz raste, während sie sich Lucas Entäuschung ausmalte. Er war schon einmal versetzt worden und Sophie hatte sich geschworen, dass sie ihm das nie antun würde.

„Da bist du ja endlich“, warf Tomas ihr entgegen, die Tür weit aufgerissen. „Luca dreht schon halb durch. „

Keine Frage, wie es ihr ging. Kein Interesse daran, dass sie aussah, als wäre sie gerade dem Grab entstiegen. Erde hing in ihren Haaren und Schmutz bedeckte ihre Wangen. Ihre Augen waren stark gerötet, das Make-up verschmiert. Das Kleid war zerknittert und voller Dreck, aber Tomas sagte kein einziges Wort, schloss lediglich die Tür hinter sich. Es fühlte sich an, als ob er ihr damit die Luft zum Atmen nahm.

Hastig eilte Sophie die Treppen hinunter durch den wundersamen Wald, der jegliche Schönheit für sie schon längst eingebüßt hatte. Unten stand Luca. Er atmete hörbar aus, als sie sich von den letzten Stufen direkt in seine Arme warf. Bevor sie ihm überhaupt erklären konnte, was sie so aufgehalten hatte, spielte schon die Musik auf und Luca riss sie im Tanz fort.

Mehr schlecht als recht stolperte Sophie hinter ihm her und ließ sich führen. Es dauerte mehrere Minuten, bis sie genug Atem zum Sprechen bekam. Nicht einmal jedoch erkundigte sich Luca nach ihrem Befinden. Sie tanzten, als wäre es das Normalste auf der Welt, dass sie mehr einer Obdachlosen glich als einer Prinzessin.

„Ich muss mit dir reden", begann Sophie schließlich und legte sich langsam die Worte im Kopf zurecht.

Alarmiert sah Luca sie an. „Brauchst du gleich einen Drink?"

„Nein!", widersprach Sophie vehement und war versucht, ihm auf den Arm zu hauen. „Ich will mit dir über unsere Zukunft reden." Sie brauchte einen Plan, irgendeinen Lichtschimmer, der ihr neue Hoffnung versprach. Früher hatte er ihr versprochen, für sie die Sterne vom Himmel zu holen, aber jetzt brauchte sie konkrete Absprachen. Sie musste einfach wissen, dass noch nicht alles für sie verloren war.

Lucas Augen weiteten sich und sein Griff wurde ungleich stärker, so dass Sophie zusammenzuckte. „Du willst mich doch jetzt nicht im Stich lassen?" Mit Mühe gelang es Sophie, den Kopf zu schütteln. „Wir sind so kurz davor, Sophie. Ich gebe dir alles, was du brauchst. Schätze, Magie, Mittel, die durch die ganze Nacht tragen. Alles."

Erschrocken sah Sophie ihn an. So manisch hatte sie ihn noch nie erlebt. „Du tust mir weh!" Tatsächlich bohrten sich seine Finger schmerzhaft in ihre Haut.

„Versprich mir, dass du mich jetzt nicht hängen lässt!“, flehte Luca erbärmlich.

Enttäuscht nickte Sophie mit dem Kopf. Sie hatte nicht mehr die Kraft, um mit ihm zu streiten. „Ich verspreche es ja.“ Lucas Gesicht entspannte sich sofort und sie tanzten weiter, als wäre nie etwas gewesen, als stünde sie nicht gerade vor dem Zusammenbruch.

Es gab nichts, was Sophie noch sagen oder tun konnte. Selbst, wenn sie es über sich gebracht hätte, ihn im Stich zu lassen, ihre Schuhe hätten sie ja doch immer wieder zurück ins DeModie getragen.

KAPITEL 11

Relevé

Die Landschaft rauschte an Jonas' Zugfenster vorbei, während er den Erinnerungen nachhing. Blühende Wiesen, glitzernde Flussläufe und dunkle Wälder. Ein Greifvogel kreiste hoch oben in der Luft und auf den Koppeln standen die Pferde mit ihren Fohlen. So viel Leben, das um ihn herum erblühte.

Nur noch zwanzig Minuten, dann würde der Zug in Sophies Heimatstadt ankommen. Die Aussicht bereitete ihm ein mulmiges Gefühl, während sie gleichzeitig freudige Erwartung in ihm weckte. Er hatte sie vermisst - seine Ballerina - obwohl es die richtige Entscheidung gewesen war zu gehen. Er hatte Hilfe gebraucht, ganz wie Sophie es gesagt hatte und er hatte sie schlussendlich bekommen.

Manchmal, wenn ihn die Melancholie packte, dachte

Jonas, dass er ohne Sophie vielleicht nicht mehr am Leben sein würde. Er hätte weder den Willen besessen, sich seinen Erinnerungen zu stellen, noch den Weg hinaus gefunden. Er schuldete Sophie so vieles, allem voran eine Entschuldigung. Deshalb saß er nun in dem Zug und fieberte ihrem Wiedersehen entgegen.

Quietschend kam der Zug etwas später im Bahnhof zu stehen. Der kleine Ruck, während Jonas schon in der Tür stand, ließ ihn einen Moment lang zusammenfahren. Dabei war es nur die Bremse des Zuges, nicht mehr. Einmal tief durchgeatmet und Jonas verließ den Zug, die Reisetasche auf der Schulter.

Auf dem Bahnsteig wartete er, bis die Menge sich aufgelöst hatte und er wieder Luft bekam. Dadurch fiel ihm der Bahnhofskiosk ins Auge und kurzerhand entschied Jonas sich, einen Strauß Blumen für Sophie zu kaufen. Dann machte er sich auf den Weg zu ihr nach Hause.

Mit jedem Schritt wuchs die Aufregung. Was, wenn sie ihn nach dem Streit nicht mehr sehen wollte? Vielleicht hätte Jonas doch lieber anrufen oder einen der Briefe schicken sollen, die er nie geschrieben hatte. Aber er musste Sophie einfach sehen. Musste wissen, dass es all das wert gewesen war.

Die Therapie war die Hölle gewesen, erinnerte sich Jonas mit einem Schaudern, als er schließlich in die Straße zum Kallenbach-Anwesen einbog. Der vertraute Anblick ließ ihm für einen kurzen Moment die Knie schwach werden. Geradezu zögerlich trat er an die Schwelle und klopfte laut. Keine Antwort. Ein zweites Mal klopfte er, aber nichts rührte sich hinter der Tür. Einen Moment lang überlegte er, ob Sophie nicht vielleicht aus war, aber es war später Vormittag und damit eigentlich die Zeit, in der sie immer zu Hause war. Noch einmal klopfte er und stellte dabei fest, dass die Tür nicht eingerastet war. Als er vorsichtig hineinsah, fiel Jonas vor Schreck fast die Tasche von der Schulter.

Sophie war nie besonders ordentlich gewesen, aber mit einem solchen Chaos hatte er nicht gerechnet. Wie in Trance trat er in die Wohnung und erkannte sie kaum wieder. Der Boden war bedeckt mit dreckiger Wäsche und überall stand schmutziges Geschirr herum. Fruchtfliegen umschwärmten einen halbbefüllten Smoothiebecher, dessen Farbe bläulich-grau geworden war und ein ätzender Gestank kroch in Jonas' Nase. Angewidert sah er sich um und entdeckte das Erbrochene neben dem Sofa.

„Sophie?" rief er in den Raum hinein und erhielt keine Antwort. Den pelzigen Belägen auf dem Geschirr nach zu urteilen, war dieses schon seit Wochen nicht mehr angerührt worden.

Kurzerhand stellte Jonas seine Tasche ab, griff sich eine Mülltüte und begann, den Schmutz zu beseitigen. Drei Müllsäcke brachte er nach draußen, bevor er die Wäsche einsammelte und die erste Ladung anstellte. Als nächstes kam das Geschirr dran und schließlich machte er sich daran, die Spuren des Erbrochenen zu beseitigen. Die Arbeit tat seinem Kopf gut und hinderte ihn daran, zu sehr darüber nachzudenken, wie es soweit hatte kommen können oder sich womöglich die Schuld dafür zu geben.

Energisch riss Jonas in der Hoffnung, den Gestank endlich zu vertreiben, die Fenster auf und entdeckte im nächsten Moment neuen Unrat. Es dauerte Stunden, die Wohnung wieder auf Vordermann zu bringen.

„Jonas?“ Sophie stand an der Schwelle zu ihrem Schlafzimmer, schwer gegen den Türrahmen gelehnt.

Seine Augen weiteten sich, als er sie dort sah. *So zerbrechlich,* schoss ihm durch den Kopf. Im Nu war er bei ihr und hatte sie fest an sich gedrückt. In seinen Armen spürte er ihren viel zu dünnen Körper zittern. „Was ist?“

„Mir ist so kalt“, erwiderte Sophie völlig neben der Spur.

Sofort hielt Jonas sie auf Abstand, um sie näher zu betrachten, und bemerkte, dass es Sophie nicht gelang, ihm in die Augen zu sehen. Stattdessen wanderte ihr Blick unstet umher, nie lange genug auf einem Punkt verweilend. Ihre Augen waren gerötet und darunter lagen tiefe Schatten. Die Haare waren strähnig und ungekämmt, ihre Haut bleich und eingefallen. Sie wirkte mehr tot als lebendig. Kein Wunder, dass sie fror.

Unweigerlich senkte er den Blick, bis er die Schuhe sah, welche kaum noch mehr als ein paar Lappen Stoff waren, dreckig und zerfranst. Durch das dünn gewordene Leder konnte er die blauen Flecken und aufgeschürften Stellen sehen. Rostbraune Flecken stachen deutlich unter dem Dreck hervor. „Verdammt, Sophie!“, murmelte Jonas und zog sie wieder an sich heran.

Minutenlang hielt er sie eng an sich gedrückt, bis ihr Zittern endlich nachließ. Dafür schwankte sie gefährlich in seinen Armen. Jonas nahm sie hoch und trug sie hinüber zum Sofa, bevor er zahllose Decken heranschaffte, in die er sie einwickeln konnte. „Du schläfst am besten noch eine Runde, während ich einkaufe, zur Apotheke gehe und dir was Vernünftiges zu Essen mache.“ Ihm war klar, dass sie gerade erst aus dem Bett kam, aber ihren Augenringen nach zu urteilen, hatte sie es bitter nötig. „Ich bin gleich zurück.“ Sophie nickte nur schwach zum Zeichen, dass sie ihn gehört hatte.

Jonas wandte sich ab und verließ die Wohnung. Für einen Moment überlegte er, den Notarzt zu rufen, aber sofort kam die Erinnerung an das letzte Mal zurück, als er sich in ihr Leben eingemischt hatte. Sophie schien trotz ihres Zustandes nicht in akuter Lebensgefahr zu schweben. Er sollte zumindest erst einmal mit ihr reden, bevor er wieder über ihren Kopf hinweg entschied. Außerdem würde der Notarzt sie wahrscheinlich über Nacht dabehalten wollen und das würde Sophie gar nicht gefallen.

Wieder zurück machte sich Jonas daran, Sophie eine stärkende Kartoffelsuppe zu kochen und Tee aufzubrühen. Während die Kartoffeln kochten, setzte Jonas sich auf die Sofalehne und löste vorsichtig die Bänder von den Schuhen. Allein der Anblick ihrer Füße tat ihm weh. Liebevoll strich er über die geschundenen Zehen und bückte sich dann nach dem Waschlappen. Er benässte vorsichtig den verkrusteten Dreck mit warmen Wasser, aber dennoch fuhr Sophie zischend in die Höhe. Ihre Finger verkrampften sich in der Sofalehne und sie presste die Lippen zusammen, um ein Stöhnen zu unterdrücken.

Ihre Augen schimmerten verdächtig. Dann blinzelte sie und führte erschrocken die Hand zum Mund „Du bist wirklich zurückgekommen."

Jonas nickte, während er sorgsam den Schmutz von ihren Füßen ablöste. „Allerdings. Das bin ich."

Mit einem Handtuch tupfte er so sanft wie möglich die Füße ab, doch Sophie ließ sich dennoch japsend wieder auf die Couch fallen. „Sie tun so weh", jammerte sie und das schlechte Gewissen zog in Jonas' Brustkorb.

Er trug die Creme auf, die er in der Apotheke erstanden hatte und stand schließlich auf. „Ich mach dir den Tee fertig." Sophie seufzte nur schwach, eine Hand auf der Stirn und die Augen zur Decke gerichtet.

Besorgt goss Jonas das heiße Wasser auf, bevor er sich kurz der Suppe widmete und die Kartoffeln zerstampfte. Die Stille tat ihm fast körperlich weh und er wusste, dass er sie vertreiben musste. Stille war nie gut.

„Ich war gerade in der Stadt und dachte, ich schau mal vorbei." Mit einem schiefen Grinsen sah er zu ihr hinüber und war erfreut, dass sie seinen Blick erwiderte, auch wenn ihre Augen seltsam leer war. „Das ist natürlich Blödsinn", gab Jonas zu. „Ich bin wegen dir hier. Nach all dem musste ich dich einfach wiedersehen."

Er stellte die Herdplatte herunter und brachte ihr den warmen Tee. „Dich kann man auch wirklich nicht allein lassen." Während Sophie die Tasse in ihre knochigen Finger nahm, strich Jonas ihr liebevoll durch das Haar.

„Ich hatte keine Zeit aufzuräumen. Hätte ich gewusst, dass du kommst ...", begann sie und stockte schließlich, als wüsste sie endlich, dass sie ihm nichts vorspielen musste. Sophie senkte den Blick. „Ich dachte, du wärst noch immer sauer auf mich."

Überrascht sah Jonas sie an. „Sauer? Sophie, ich war nie sauer auf dich. Na gut, vielleicht ein bisschen, aber das Problem warst nicht du, sondern ich. Wie konnte ich mir denn anmaßen, dir Tipps zu geben oder eher aufzudrängen, wenn ich selber auf der Kante stand? Nein, Sophie, ich war vielmehr wütend auf mich, weil ich dir nicht helfen konnte."

Zaghaft kam ein Lächeln über ihre Lippen, als traute sie sich kaum, sich darüber zu freuen. Erneut stand Jonas auf und kehrte an den Herd zurück. „Ich bin übrigens nach Hause zurückgekehrt und habe eine Therapie begonnen. Der Anfang war ziemlich übel. Ich hätte fast aufgegeben, aber jetzt geht es langsam. Ich lerne, damit klarzukommen und das Erlebte irgendwie abzuhaken."

Die Erinnerungen an die Therapiestunden waren kaum besser als die vom Krieg, aber seine Therapeutin hatte Recht behalten. Mit der Zeit verloren die Visionen ihren Schrecken. „Es ist noch ein langer Weg, aber ich kann jetzt zumindest ein Ende sehen. Ich habe mich sogar letzten Monat eingeschrieben." Lächelnd warf er einen Blick auf sie, um sicher zu gehen, dass sie den Tee auch trank. Sophie schien jedoch förmlich an seinen Lippen zu hängen. „Ingenieurwesen. Da lerne ich, wie man Sachen aufbaut, statt sie kaputt zu machen."

Der kleine Scherz entlockte ihr ein Glucksen und ihre Augen leuchteten kurz auf. Schmerzlich wurde Jonas bewusst, welch schwacher Abklang dieser Laut von dem einstigen Lachen war, das ihm so schnell den Verstand geraubt hatte. Wenigstens kehrte dabei auch etwas Farbe in ihre Wangen zurück und ihr Blick war nicht mehr ganz so leer.

„Ja, ich hab mir das mit der Architektur noch mal überlegt. Es ist nett, aber ich glaube, ich brauche erst einmal etwas Handfestes. Außerdem habe ich noch nicht den Nerv dazu, eine aufwändige Bewerbungsmappe zusammenzustellen. Vielleicht versuche ich mein Glück nach dem Bachelor. Obwohl ich sagen muss, dass mir Ingenieurwesen richtig gut gefällt. Ich habe gar nicht gewusst, wie sehr mir Mathematik und Physik gefehlt haben."

Ungläubig weitete Sophie die Augen. „Mathe und Physik? Das kann man vermissen?"

„Jetzt wieder, ja." Versonnen füllte Jonas einen tiefen Teller mit der deftigen Suppe und stellte ihn auf den Tisch.

Sophie beäugte das Essen mit fast ehrfürchtiger Achtung. Sie schluckte und für einen Moment fürchtete Jonas, dass sie ablehnen würde. Aber dann setzte sie sich auf und begann vorsichtig die Suppe zu löffeln.

„Es ist auch weniger die Mathematik an sich, sondern eher das Gefühl, dass sich alles logisch zusammensetzt. Es gibt Regeln und Gesetze und wenn man die einhält, bekommt man etwas wirklich Stabiles. Das ist ein wundervolles Gefühl."

„Dir scheint es auf jeden Fall viel besser zu gehen", bemerkte Sophie zwischen zwei Löffeln. „Isst du nichts?"

Es war ihm eigentlich genug, ihr dabei zuzusehen, aber aus Solidarität stand Jonas noch mal auf, um sich selber einen Teller fertig zu machen. Als er sich wieder setzte, wagte Jonas endlich, die Frage zu stellen, die ihm auf der Zunge brannte. „Und du? Wie geht es dir?“ Ihr Löffel verharrte in der Luft. „Tanzt du immer noch mit deinem Prinzen?“

Sophies Löffel fiel zurück in die Suppe, während sie ihn anstarrte wie ein Reh im Scheinwerferlicht.

Jonas bereute es, gefragt zu haben, aber er musste die Antwort einfach wissen.

Schließlich löste sich Sophies Schockstarre und sie nickte leicht. „Ja, sechs Tage noch.“ Mit einem Mal füllten sich ihre Augen mit Tränen und sie blinzelte verzweifelt, um nicht zu weinen.

„Sophie, was ist los?“, fragte Jonas besorgt und lehnte sich über den Tisch, um ihre linke Hand in seine zu nehmen und fest zu drücken.

Energisch wischte Sophie sich die Tränen aus den Augenwinkeln. „Das ist so bescheuert. Dir geht es endlich besser und jetzt komme ich schon wieder mit meinen Problemen an.“

Sofort beruhigte Jonas sie: „Hey, deshalb bin ich doch hier. Du bist mir wichtig und ich will wissen, wie es dir geht.“

„Grauenvoll?“, vermutete Sophie mit einem hilflosen Schulterzucken. „Siehst du doch. Ich bin ein Wrack, eine totale Versagerin. Du hast so oft versucht, mir den Kopf zu waschen, und was habe ich getan? Getrunken und getanzt.“ Einen Moment lang musste sie Luft holen, bevor sie weitersprechen konnte: „Du warst so gut zu mir und ich habe dir die ganze Zeit von meinem doofen Prinzen vorgesäuselt.“

Die Erinnerung daran tat immer noch weh, aber die Worte ließen ihn auch unverhofft hoffen. Vorsichtig fragte Jonas nach: „Doofer Prinz?"

„Er interessiert sich nicht im Geringsten für mich", ereiferte Sophie sich mit einem Mal und gewann etwas von ihrem Feuer zurück. „Ständig geht es nur um ihn. Ich meine, ich verstehe ja, dass der Fluch scheiße ist, aber ich hänge da mit drin. Ich halte mein Versprechen. Ist es da denn zu viel verlangt, wenn ich mich auch mal ausheulen möchte?"

Erschrocken sah sie Jonas an und mit einem Mal fielen die Tränen doch. „Er hört mir nie zu und ob ich mich hübsch mache oder aussehe wie ein Waldschrat, spielt nicht die geringste Rolle. Ich weiß gar nicht, wie ich mich jemals in so einen narzisstischen Egomanen verlieben konnte. Ich komme mir vor, als wäre ich nur Mittel zum Zweck für ihn. Austauschbar."

Die Worte gaben all die Vorurteile und Sorgen wieder, die Jonas bezüglich Luca immer gehabt hatte. „Aber noch gehst du jede Nacht hin?"

Sophie nickte. „Jetzt ist es ja fast vorbei." Nachdenklich sah sie auf den Tisch, bevor sie mit einem Mal entschlossen aufschaute. „Aber dann mache ich Schluss mit ihm. Sobald wir draußen sind, möchte ich nie wieder etwas mit ihm zu tun haben."

Jonas' Herz setzte einen Schlag aus, bevor es schließlich aufgeregt zu pochen begann. Dass Sophie jemals ihre ungesunde Beziehung zu Luca beenden würde, war mehr als er je erwartet hatte. Wie gerne wollte er ihr in diesem Moment sagen, was er für sie empfand, aber es war nicht der richtige

Zeitpunkt. Sophie hatte gerade beschlossen, sich von ihrer großen Liebe zu trennen, da hatte sie sicher kein Interesse an einer neuen Beziehung. Also schwieg Jonas und erfreute sich daran, dass sie sich wieder der Suppe widmete.

„Schmeckt wirklich lecker", sagte Sophie schließlich mit einem Lächeln, das sein Herz wärmte. „Danke, dass du zurückgekommen bist, Jonas. Ich habe dich vermisst."

Jonas umsorgte Sophie für den Rest der Woche und begleitete sie auf ihren Wunsch wieder zum DeModie. Obwohl er den Mantel dabei hatte, wagte er kein weiteres Eindringen auf eigene Faust und Sophie fragte ihn nie. Unter seiner Pflege erholte sie sich ein wenig, aber ihre Apathie und geringe Belastbarkeit beunruhigten ihn zunehmend und er fieberte dem Tag entgegen, an dem die Sache mit Luca endlich vorbei war.

Sein Zorn auf Luca, der sie so weit getrieben hatte, loderte immerzu unter der Oberfläche, aber Jonas hielt den Mund und ließ sich zu keiner abwertenden Bemerkung hinreißen. Sophie schien sowieso bemerkt zu haben, dass ihr Märchenprinz eher ein Albtraum war.

„Du schaffst das", baute er sie am Vorabend des letzten Tanzes vor dem DeModie auf. Noch war die Sonne nicht untergegangen und die Clubs waren geschlossen. Dennoch würde die unauffällige Tür zwischen den zwei großen Tanzbars aufschwingen.

Gedankenverloren sah Sophie auf ihre Füße. „Ja, werde ich wohl." Er wusste, dass es ihr trotz des Vorhabens nicht leicht fallen würde, Luca aufzugeben.

Noch einmal nahm Jonas sie in die Arme und drückte sie. „Es ist nur noch diese Nacht. Du tanzt noch ein einziges Mal mit Luca und dann nie wieder. Ich verspreche dir, ab morgen wird alles besser.“

Ihre Augen waren feucht, als sie zu ihm aufsah und versuchte zu lächeln. Es gelang Sophie nicht ganz, aber er konnte in ihren Augen das Leuchten sehen, das er so vermisst hatte. Mit wahrer Leidensmiene ging sie schließlich auf das DeModie zu. Wie von alleine öffnete die Tür sich und kurz darauf hatte der geheimnisvolle Club Sophie wieder verschluckt.

Seufzend wandte sich Jonas um und beschloss, sich noch ein wenig die Beine zu vertreten. Er wusste bereits jetzt, dass diese Nacht unendlich lang sein würde. An Schlafen war heute nicht zu denken.

Seine Füße trugen ihn durch die Straßen, die an diesem Frühlingsabend recht belebt waren. In einem kleinen Studio sah er durch die großen Scheiben, eine Gruppe junger Tänzerinnen ihre Ballettübungen machen. Einen Moment lang blieb Jonas stehen und beobachtete sie dabei. Von sich selbst erstaunt, konnte er all ihre Positionen benennen. Ihm fielen sogar die kleinen Haltungsfehler auf, die einigen von ihnen dann und wann unterliefen.

Einst hatte Sophie ebenfalls in solch einem Studio getanzt, hochkonzentriert, die Zehen hoch über ihren Kopf gestreckt. Sie hatte mit den anderen gelacht und sich in die Musik fallen lassen. Deutlich sah er sie vor sich, wie sie ihm an seinem ersten Tag erschienen war: voller Lebensfreude und einer Eleganz, die ihresgleichen suchte.

Bevor er noch aufgrund seines Starrens angesprochen wurde, machte sich Jonas wieder auf den Weg, kaufte sich etwas zu essen und begann ziellos herumzustreifen. Wenn er schon nicht schlafen konnte, hätte er die Zeit lieber nutzen und sich mit seinen Vorlesungsmaterialien beschäftigen sollen, aber der Gedanke an Sophie und ihr Martyrium ließ ihn nicht los. Unweigerlich führten ihn seine Füße wieder in die Nähe des Clubs.

Andere Nachtschwärmer waren eingetroffen, aber die Tür des DeModie blieb geschlossen. Einen Moment lang überlegte Jonas doch die Nacht davor auszuharren, dann riss er sich von dem Anblick los und ging davon. Sophie würde ihm sicher wieder Vorwürfe machen, wenn er sich so kontrollierend aufführte.

In Gedanken versunken stolperte er fast über den Bettler, der sich in das Dunkel einer Seitenstraße drückte. Jonas wollte weitergehen, aber dann sah er in die hellblauen Augen des Mannes und überrascht erkannte er, dass es der gleiche Mann war, der ihm damals den Mantel gegeben hatte. Auch er hatte Jonas erkannt und klopfte enthusiastisch neben sich auf den Boden.

Mit einem Lächeln setzte Jonas sich zu ihm und reichte ihm prompt den übrig gebliebenen Cheeseburger aus seiner Tüte. Gierig begann der Mann zu essen und bemerkte mit vollem Mund: „Reich siehst du nicht aus, aber glücklich. Warst wohl doch nicht drin."

„Weil einen das DeModie auf keinen Fall glücklich machen kann?", fragte Jonas schmunzelnd und kannte zumindest seine Antwort. „Ich war drin. Zweimal, aber meinen Schatz habe ich nicht bergen können."

Nachdenklich sah der Bettler ihn an, dann wischte er sich über den Mund und die Soße in den Bart. Resigniert reichte Jonas ihm ein Taschentuch, woraufhin die blauen Augen belustigt funkelten. „Du hättest Gold und Silber mitnehmen sollen. Der Rest lohnt sich nicht."

„Nicht?", hakte Jonas nach und ihm kam ein irrwitziger Gedanke. „Was haben Sie mit dem DeModie eigentlich zu schaffen? Gebunden scheinen Sie ja nicht daran zu sein."

Der Bettler lachte heiser. „Nicht mehr."

Plötzlich verspürte Jonas Aufregung. Die Antwort, die er suchte, lag nur knapp außerhalb seiner Reichweite. „Nicht mehr? Dann gehörten Sie einmal dazu. Waren einer von ihnen. Wie sind Sie denn ..." Da war die Lösung, so ungläubig es auch scheinen mochte. „Sie sind einer der Prinzen."

„Scheint, als hättest du dich intensiv mit dem DeModie auseinandergesetzt", antwortete der Bettler anerkennend und saß gleich viel gerader. Dennoch lagen zwischen ihm und Luca Welten. Er schien denselben Gedanken zu haben, denn er schnaubte. „Ja, viel sieht man davon nicht mehr. Der Zauber verfliegt. Diese Welt macht ihn kaputt. Sie macht uns alle kaputt, aber vor allem birgt sie keine Magie, erhält keine Illusionen."

Eine tiefe Traurigkeit ergriff von Jonas Besitz, als er über die Wahrheit seiner Worte nachdachte. Die Welt war tatsächlich ein düsterer Ort. „Aber nicht immer", widersprach er dennoch. „Es gibt durchaus einen Zauber." Er musste an Sophies wunderschönes Lächeln denken. „Den Zauber der Musik. Die Magie eines Lachens."

Der ehemalige Prinz betrachtete ihn sehnsüchtig. „Ja, es gibt ihn noch, aber ihn zu finden ..." Er sah in die Ferne. „Einmal hatte ich ihn. Alles Glück der Welt war in meinen Händen und ich habe es verkauft." Als Jonas ihn fragend ansah, seufzte der Bettler. „Sina. Mein Mädchen. Ein Jahr lang hat sie mit mir getanzt, gelacht und mir von all den Wundern der Oberwelt erzählt." Erneut seufzte er und versank in den Erinnerungen. „Ich kann sie immer noch sehen, aber sie lacht nicht mehr."

Unruhig rutschte Jonas auf seinem Sitz herum. Er hatte keinen Gedanken an das Mädchen verschwendet, welches den Mann neben sich befreit haben musste. Sophies Vorgängerin. Ob Luca Sophie auch so sehr liebte? Und nun wollte sie ihn verlassen.

Schließlich überwand er sich zu fragen: „Was ist mit ihr geschehen?"

Schuldbewusst fiel der Bettler förmlich in sich zusammen. „Was schon? Sie hat meinen Platz eingenommen. So will es der Fluch."

Die blauen Augen flehten um Vergebung. Die Hände des Bettlers begannen zu zittern und Tränen liefen ihm über die Wangen.

Jonas wusste, dass er den Mann anstarrte, während ihm die furchtbare Bedeutung des Ganzen klar wurde. Mit einem Mal war er aufgesprungen und rannte. Rannte, wie er noch nie in seinem Leben gerannt war. Rannte, bis ihm die Lunge brannten, in der wilden Hoffnung, dass es noch nicht zu spät war.

KAPITEL 12

Coda

Hunderte Augenpaare starrten auf Sophie, während sie in Lucas Armen über den Schlossplatz glitt. Über ihr ragten die dunklen Zinnen bedrohlich in die Höhe, aber schlimmer waren die hungrigen Augen in den zahllosen Gesichtern um sie herum. Keines von ihnen hatte mehr Ähnlichkeit mit den Leuten, die sie kennengelernt hatte. Stattdessen blickten sie fellbesetzte, klauenbewehrte und scharfzähnige Monster an. Jeder Albtraum, den sie je gehabt hatte, schien vertreten zu sein und sie alle warteten nur darauf, sie zu zerfleischen und zu zerreißen.

Einzig in Lucas Gesicht fand sie Sicherheit, denn er strahlte genauso wie am ersten Tag. Er umsorgte sie, scherzte und lachte und war ganz der perfekte Märchenprinz. Vielleicht würde doch alles gut gehen, wenn sie nur endlich hier herauskamen.

Sophie musste an sich halten, um nicht ständig auf die Uhr zu schauen. Hier im DeModie war es immer nachts und immer war der Himmel wolkenverhangen. Lucas Aufregung erreichte auch sie und konnte sie doch nicht mitreißen. Sie lächelte, aber ihr Herz war nicht mehr bei der Sache. Es kostete sie zu viel Energie, ihre Füße zu setzen und ihre Haltung zu bewahren. Wie leid sie die Musik hier mittlerweile war.

„Du siehst wunderschön heute aus", gurrte Luca, während er sie nach hinten bog und ihr sanft mit den Lippen über den Hals strich. Ihre Hand kam in seinem Nacken zu liegen und hielt sich an ihm fest, als er sie wieder hochzog.

Für den letzten Abend hatte Sophie sich noch einmal hübsch gemacht. Ihre Haare waren frisiert und das Kleid aufreizend wie eh und je. Ihr Make-up verbarg die Spuren der Müdigkeit und des Alkohols und selbst ohne den Cocktail gelang es ihr heute, ihre beste Leistung abzurufen. Lediglich die Schuhe ihrer Mutter wollten nicht recht dazu passen. Vielleicht war es tatsächlich Zeit, sie an den Nagel zu hängen.

Mit einem Schaudern dachte Sophie an die Wand der Schuhe, von der Jonas ihr einst erzählt hatte. Ob sie wirklich existierte und ein Haken dort nur auf sie wartete?

Ein klein wenig Sorge schlich sich in Lucas Gesicht, wofür sie ihm unendlich dankbarer war als für all seine Komplimente. „Fehlt dir etwas?"

„Nur Ruhe", antwortete sie und strich ihm sanft über die Wange, bevor sie sich an seiner Hand wegdrehte.

Luca erwartete sie mit einem Lächeln. „Die sollst du bekommen. Nach dieser Nacht wirst du alle Ruhe bekommen, die du verdient hast.“ Als er Sophie küsste, weckte er die alten Gefühle, die sie so lange für ihn gehegt hatte. Möglicherweise sollte sie ihre Entscheidung, mit ihm Schluss zu machen, noch einmal überdenken. Schließlich war sie nicht die Einzige, an der das Jahr gezehrt hatte.

Plötzlich wich Lucas Blick jedoch von ihr und seine Stirn kräuselte sich. Irritiert drehte Sophie sich um und bemerkte, wie die Menge unruhig wurde und sich von ihr abwandte. Lautes Zischen und Fauchen ertönte und mit einem Mal konnte sie Tomas' verärgerte Stimme hören. „Du gehörst hier nicht her“, rief er und konnte doch nicht verhindern, dass sich die Menge teilte.

Überrascht riss Sophie die Augen auf, als sie Jonas erkannte. Um die Schultern trug er einen schillernden Mantel, der ihn fast selbst königlich erscheinen ließ. Er machte ihn nicht unsichtbar, wie er es ihr geschildert hatte, aber offensichtlich hielt er die Monster und Tomas auf Abstand, der ohnmächtig hinter ihm herlief.

Als Tomas Luca ansah, wandelte sich sein Zorn sofort zu Unterwürfigkeit. „Er hat ihn von Immanuel.“

Lucas Griff um ihre Hand wurde plötzlich fester. Sein anderer Arm legte sich um ihre Taille und zog sie näher heran. Die Härchen auf ihren Armen richteten sich auf und Sophie fühlte sich mit einem Mal unbehaglich. Jonas' finsterer Blick galt Luca, doch als er vor ihnen zu stehen kam, war sie es, die er ansah.

Nervös versuchte Sophie die angespannte Situation

aufzulockern, doch die Worte rollten ihr nur schwerfällig von der Zunge: „Was machst du denn jetzt schon hier?"

„Du kennst ihn?", fragte Luca scharf, bevor Jonas ihr antworten konnte. Natürlich. Sie hatte nie auch nur ein Sterbenswörtchen von Jonas erzählt.

„Wir gehen jetzt nach Hause, Sophie", verkündete Jonas mit fester Stimme. Tomas hinter ihm sah aus, als wollte er ihn auf der Stelle wieder hinausschmeißen, doch der Mantel flößte ihm noch immer Respekt ein.

Seine Antwort verunsicherte Sophie, genauso wie es der feste Griff um ihre Körpermitte tat. „Aber die Sonne geht doch noch lange nicht auf. Du weißt, der Fluch wird erst im Morgengrauen gelöst." Schließlich antwortete sie auch Luca: „Jonas ist ein Freund. Der beste Freund, den ich habe." Zaghaft lächelte sie Jonas an und seine Züge wurden etwas weicher, während sich Lucas nun verfinsterten.

„Schön, dann soll er gefälligst draußen warten", riet Luca ihm bissig. „Sie braucht jetzt keinen Freund. Sophie hat mich." Demonstrativ legte Luca eine Hand unter Sophies Kinn und drehte ihr Gesicht zu ihm, damit er sie küssen konnte.

Zum ersten Mal war ihr der Kuss unangenehm und sie wand sich aus seinem Griff. „Lass das!"

Luca hob eine Augenbraue und runzelte die Stirn. Bei seinem Blick lief es Sophie eiskalt übers Rückgrat. Entschlossen wandte sie sich von ihm ab.

Jonas hatte die Hände zu Fäusten geballt und stierte auf den Boden. Das war es also, was Luca beabsichtigt hatte.

Nahezu sanft wiederholte ihr Prinz: „Sophie gehört mir."

Entrüstet wollte Sophie protestieren, aber da riss sich Jonas endlich vom Anblick des Bodens los. Mit funkelnden Augen fixierte er Luca. „Sophie ist kein Besitz! Wenn du sie lieben würdest, wüsstest du das."

Spöttisch bemerkte Luca mit einer kalten Stimme, die Sophie noch nie vernommen hatte: „So wie du etwa?"

Zitternd wandte Jonas den Blick ab.

Ein warmes Gefühl breitete sich mit einem Mal in ihrem Bauch aus und ihr Kopf schwindelte. Jonas war für sie gekommen.

Nun aber schien er den Mut zu verlieren. „Jonas", wisperte sie und sein Kopf ruckte herum. „Warum bist du hier?"

Statt ihr fixierte er Luca. Jeder Muskel in seinem Körper schien in diesem Moment angespannt zu sein. „Ich liebe sie, ja. Ich liebe sie schon, seit ich sie das erste Mal aus diesem verdammten Club raustaumeln sah." Die Wärme in ihrem Inneren breitete sich immer weiter aus und als Jonas sie ansah, machte ihr Herz einen kleinen Sprung. „Sophie, du hast mich mit deinem Lachen verzaubert und mir wieder einen Grund zu hoffen gegeben", fuhr er fort. „Ohne dich würde ich heute hier nicht stehen. Ich hätte nie den Mut gefunden, mich meinen Albträumen zu stellen. Ich weiß, du hörst es nicht gerne, aber du bedeutest mir alles."

Lucas Griff um ihre Taille begann weh zu tun. Jonas' Worte hingegen hatten etwas in Sophie freigesetzt, dessen Anwesenheit sie sich vorher nie bewusst gewesen war.

Zu stark hatte Lucas Licht alles andere aus ihrem Leben gebrannt. Jetzt aber kribbelten ihre Fingerspitzen und ihre Mundwinkel zuckten unwiederbringlich nach oben.

In ihrem Kopf spielten sich all die Kleinigkeiten ab, die sie mit Jonas verband. Die Art, wie er sie angeschaut hatte, wenn er glaubte, dass sie es nicht sah. Wie er über sie gewacht hatte, selbst wenn sie sich wie die größte Zimtziege der Welt aufgeführt hatte. Die Hingabe, mit der er mit ihr mitgefiebert hatte und sie an ihren Traum erinnert hatte. Jonas kannte sie wie kein anderer. Vom ersten Tag an hatte er geradewegs hinter ihre Fassade gesehen, ihren Schmerz zu seinem gemacht und versucht zu richten, was sie nicht hatte richten wollen.

„Rührend", ließ Luca angespannt verlauten. „Aber sie ist mit mir zusammen. Ist doch so, oder Sophie?"

Mit Mühe riss sie den Blick von Jonas los und sah Luca an. Das Gesicht ihres Prinzen war verkniffen, seine blauen Augen stahlhart. „Äh", begann Sophie wenig verheißungsvoll. „Ich ..."

„Sophie!" Verzweiflung spiegelte sich in Lucas Augen wider, während sich seine Finger schmerzhaft in ihre Taille bohrten. „Du und ich, wir gehören zusammen. Wir haben ein Jahr lang jede einzelne Nacht miteinander verbracht. Wie kannst du jetzt daran denken aufzugeben? Du weißt, was man mir schon einmal angetan hat. Was Pia Frederick angetan hat. Das willst du doch nicht etwa ebenfalls tun?"

Sofort beteuerte Sophie ihre Absicht: „Nein, nein, will ich nicht. Ich tanze ja mit dir." Zu Jonas meinte sie jedoch. „Nur noch ein paar Stunden. Dann setzen wir uns zum

Kaffee zusammen und reden." Sie hatte ihm so vieles zu sagen.

Diesmal schüttelte Jonas den Kopf und trat noch näher. Tomas folgte ihm auf den Fuß und zum ersten Mal sah Sophie den mörderischen Blick, den Jonas beschrieben hatte, in dessen Augen. „Nein! Du darfst diese Nacht auf keinen Fall zu Ende tanzen."

„Du musst diese Nacht zu Ende tanzen!", widersprach Luca und Panik belegte seine Stimme. „Wenn du es nicht tust, werde ich wieder dem Fluch erliegen. Wie viele Jahrzehnte werde ich dann warten müssen, bis sich jemand meiner erbarmt? Jahrhunderte. Sophie, es sind doch nur noch ein paar Stunden."

„Er lügt!", fauchte Jonas plötzlich. Verwirrt sah Sophie von Luca zu ihm. Sie merkte, dass ihr Prinz allmählich die Geduld verlor. Wahrscheinlich verschwendeten sie wertvolle Zeit durch ihr Gerede. „Er würde dir alles erzählen, nur damit du den Fluch von ihm nimmst. Aber was er dir nicht sagt, ist, dass du danach seinen Platz einnimmst."

Auf einen Schlag wurde es vollkommen still im Club. Die Monster und Dämonen um sie sahen aus, als fehlte nur wenig, bis sie sich auf Jonas stürzten. Tomas waren sämtliche Gesichtszüge entgleist und Sophie konnte sehen, dass die anderen Prinzen ebenfalls herangetreten waren.

Verunsichert suchte Sophie Lucas Blick. „Ist das wahr?" Jegliches Gefühl schien aus ihren Gliedern zu weichen.

„Natürlich nicht. Das ist der größte Blödsinn, den ich je gehört habe. Das ergibt doch nicht einmal Sinn", erklärte Luca und rollte die Augen. Der Blick, den er danach

Jonas zuwarf, ließ Sophie jedoch erschaudern. Suchend wanderten ihre Finger zu seinem Arm, der ihre Taille noch immer fest umschlungen hatte. Luca lockerte den Griff etwas.

Jonas gab nicht so schnell nach. „Ich habe es von einem von ihnen. Einem Prinzen, der auf diese Weise befreit wurde. Es ist wahr. Wenn dieser Morgen anbricht, wird Luca ein freier Mann sein und du wirst für immer hier unten tanzen." Flehend sah Jonas sie an. „Du musst mir glauben, Sophie!"

Alles in ihr sträubte sich dagegen. Sie wollte nicht wahrhaben, dass ihr ganzes letztes Jahr eine einzige Lüge gewesen sein sollte. Dass sie nur Mittel zum Zweck für Luca gewesen war. Gleichzeitig war Sophie bewusst, dass Jonas sie noch nie angelogen hatte, egal wie unbequem die Wahrheit auch für ihn war. Er war immer schmerzhaft ehrlich gewesen und auch jetzt überwogen die Angst und die Sorge um sie in seinem Blick.

Lucas Finger schlossen sich erneut um Sophies Kinn und drehten ihr Gesicht zu ihm, so dass sie ihm direkt in die tiefblauen Augen sah. „Glaubst du wirklich, all das hier wäre nicht echt gewesen? Ich liebe dich, Sophie. Du bist das Beste, was mir je passiert ist."

Jonas schnaubte: „Ja, weil sie dich aus dieser Hölle rausholen wird."

„Er hat Recht", meldete sich plötzlich eine ihr bekannte Stimme. Es war die Frau, die sie schon einmal im Boot hatte warnen wollen.

„Sina!" Mit schnellem Schritt erreichte Tomas die

verzweifelte Frau. Sie konnte er immerhin festhalten. „Komm! Ich mache dir etwas zu trinken."

Es gelang der Frau nicht, sich von ihm loszureißen, doch ihr Blick suchte Sophies. „Es ist alles wahr! Ein Jahr und einen Tanz habe ich ihm geschenkt." Gewaltsam zerrte Tomas sie hinter sich her und ihr Gesicht verschwand in der Menge, doch ihre Worte schallten immer noch hervor. „Kaum war er frei, war ich gefangen. Dreißig Jahre! Seit dreißig Jahren muss ich ..." Der Rest ging in einem Gegurgel unter, das Sophies Herz schneller schlagen ließ.

Erschrocken wandte sie sich Jonas zu, der genau wie sie besorgt in die Richtung der Frau gesehen hatte. Sein verzweifelter Blick fand Sophies. „Du darfst das nicht zulassen, Sophie. Komm mit mir! Vertrau mir! Nur dieses eine Mal", flehte er.

Sophie musste schlucken. Furcht machte sich in ihr breit, als sie die Möglichkeit erwog, dass Sina und Jonas Recht hatten.

Luca musste ihren Sinneswandel bemerkt haben, denn anstatt ihr erneut Versprechungen zu machen, rief er lediglich seinem Bruder zu: „Spiel auf, Bastien!"

Bereits der erste Ton fuhr Sophie durch Mark und Bein. Die Musik vibrierte in ihr und wie von selbst begannen ihre Füße, sich im Tanz zu bewegen. Hilflos sah sie zu Jonas und streckte die Hand nach ihm aus, aber Luca wirbelte sie herum. So schnell drehte er sie, dass ihr Hören und Sehen verging. Die Musik wurde ihr Ein und Alles. Nur der Tanz hatte Bedeutung. Die Melodie floss durch ihren Körper und spornte ihn zu immer höherer

Leistung an. Erbarmungslos führte Luca sie unter den dunklen Zinnen entlang, hob sie hoch in die Lüfte und mutete ihr die kompliziertesten Figuren zu.

Ihr Atem ging keuchend und das Herz schlug ihr heftig in der Brust, aber Sophie konnte sich dem Sog der Musik nicht entziehen. Unermüdlich setzte sie die Füße, streckte und verbog ihren Körper, glitt vom Spagat in die Pirouette und gab sich der Musik hin. Was auch immer um sie herum passierte, konnte sie nicht länger wahrnehmen. Die Klänge hatten alle anderen Geräusche verbannt. Jemand griff nach ihr, doch der Tanz ließ ihr keine Gelegenheit, sein Gesicht zu sehen. Schon drehte sie sich weiter und kam in Lucas' Armen zu liegen.

Seine Augen leuchteten, als er sich herabbeugte. Sein Kuss raubte ihr den Atem und die Leidenschaft ließ ihre Wangen glühen. Dann forderte die Musik erneut ihren Soll ein. Sophie gab ihr alles, was sie hatte, ungeachtet der Warnsignale, die ihr Körper aussandte. Die Füße schmerzten, als würde sie auf Scherben stehen und ihr Kopf rauschte von den vielen Drehungen und Sprüngen. Luca war die einzige Konstante in diesem wilden Reigen.

Mit einem Mal ließ er sie jedoch los, die Augen entsetzt aufgerissen. Wie sanfter Flaum breitete sich eine Decke um sie herum. Es war der kostbare Mantel, den Jonas getragen hatte. Offensichtlich verhinderte er, dass Luca sie anfasste. Jonas hingegen ergriff ihre Hand und sah sie eindringlich an. „Komm jetzt, Sophie! Wir haben nicht mehr viel Zeit." Die Dämonen pirschten sich bereits näher an sie heran, nun da sie einen Schwachpunkt witterten.

Sophie bemerkte, dass sie jegliches Zeitgefühl verloren hatte, als sie dem Zauber der Musik verfallen war. Sie nickte, aber erneut erfasste sie die Melodie und ihre Füße trugen sie trotz des Mantels zu Luca. Entsetzt zerrte sie Jonas mit und versuchte, sich des Tanzes zu erwehren, doch es war, als hätte sie die Kontrolle über ihren Körper verloren.

Luca erwartete sie. Das Lächeln auf seinen Lippen machte ihr Angst. Vergangen war sein liebevoller Blick, ersetzt durch einen grausamen Zug.

„Die Schuhe, Sophie. Es sind die Schuhe!“, rief Jonas hinter ihr und versuchte noch immer, sie von Luca fortzuziehen. Mehr und mehr Verzweiflung mischte sich in seine Stimme. „Die Schuhe binden dich an das DeModie. Deshalb konntest du sie nicht mehr liegen lassen. Denk an den Nagel in der Wand!“

Die Worte wollten keinen Sinn machen. Sie hatte die Wand mit den zertanzten Schuhen nie gesehen, wusste nicht mal, ob sie existierte. Wie konnten ihre Schuhe verflucht sein? Es waren doch die heißgeliebten Schuhe ihrer Mutter. „Das ist nicht möglich.“

Der Schmerz in Jonas’ Gesicht brach ihr fast das Herz. „Doch! Du hast immer nur die angezogen. Egal, was auch passiert ist. Selbst im Regen und im Schnee. Dabei sind sie schon lange kaputt.“

„Aber sie gehören meiner Mutter“, entgegnete Sophie und spürte, wie sie Jonas entglitt, weil ihre Füße anderes mit ihr vorhatten. Sie musste tanzen. Musste mit Luca tanzen, ob sie wollte oder nicht.

Ein weiteres Mal griff Jonas nach ihr und zerrte sie erneut aus dem Takt. „Lass sie endlich los, Sophie! Die Schuhe sind nicht deine Mutter. Sie bringen sie dir nicht zurück. Du musst sie loslassen." Plötzlich stürzte sich der erste Dämon auf Jonas und riss ihn an den Schultern um. Entsetzt sah Sophie, wie das Monster ihm gewaltsam die rote Lebensenergie abnahm, mit der auch sie so viele schon genährt hatte.

„Jetzt komm schon", kamen Lucas sanfte Worte. Er hatte die Hand nach ihr ausgestreckt. Trotz des Mantels um ihre Schultern trugen ihre Füße sie ihm zu.

Hinter ihr schrie Jonas wütend auf und die Geräusche ließen Sophie erschauern. Eingeschüchtert sah sie Luca an, dessen Lächeln immer breiter wurde. Er wusste, dass sie ihm nicht entkommen konnte. Trotzig beugte Sophie sich vornüber und zerrte die ausgefransten Bänder auseinander.

„Sophie, nicht!", warnte Luca und die Panik kehrte in seine Stimme zurück.

Davon angespornt riss Sophie sich den ersten Schuh vom Fuß. So brüchig wie er war, fiel er fast entzwei bei der groben Handhabe. Das Geräusch des zerreißenden Stoffs brach ihr das Herz und heiße Tränen liefen ihr über die Wangen. Der zweite Schuh folgte und wütend warf Sophie das Paar in Lucas entsetztes Gesicht. „Da, die wolltest du doch so sehr", schrie sie und wandte sich endlich von dem Prinzen ab.

Panisch glitt Sophies Blick auf der Suche nach Jonas durch die Menge. Erleichtert stellte sie fest, dass er noch stand. In einer Hand den Silberzweig, in der anderen den

Goldzweig, kämpfte er um sein Leben. Zu ihrer Verwunderung wichen die Monster den Zweigen aus, als hätten sie allein vor der Berührung Angst.

Mit einem Tritt beförderte Jonas eine wolfsähnliche Kreatur zurück in die Menge und riss dabei zwei klauenbewehrte Wesen um. Dennoch gelang es den Dämonen immer wieder, von seiner Lebensenergie zu speisen.

Sophie hatte keine Ahnung, wie lange Jonas dem standhalten konnte. Schließlich litt er immer noch an seinen furchtbaren Erinnerungen und verfügte vielleicht nicht über so viel Lebenskraft, wie sie einst besessen hatte. Lucas Stöhnen hinter ihr erinnerte sie jedoch an die Gefahr, die ihr selbst drohte.

Energisch schob sie sich durch die Menge, die vor dem Mantel zurückwich und packte Jonas am Ellbogen. Einen wahnwitzigen Moment lang setzte er zum Schlag an und ihr Herz schlug heftig in der Brust. Sie hatte diesen Gesichtsausdruck schon einmal gesehen: die nackte Angst, die ihn wild um sich schlagen ließ. Aber Jonas erkannte sie und ergriff ihre Hand, während er mit den Zweigen eine Bresche für sich schlug. „Lass uns von hier verschwinden!"

Gemeinsam flohen sie vor Luca, der hinter ihr brüllte: „Macht Platz, ihr verdammten Missgeburten!"

Ihr Körper schmerzte von der Anstrengung des letzten Jahres und ihr Geist war müde. Hätte Jonas sie nicht unermüdlich vorangezogen, hätte Sophie schon längst aufgegeben.

Noch dröhnte die Musik in ihren Ohren, dann endete sie mit einem Paukenschlag. Auf einmal gab der Boden unter ihnen nach und kaltes Wasser empfing sie. Die Tanzfläche war dem See gewichen, den sie darstellte, und Panik ergriff Sophie. In ihrer Verzweiflung klammerte sie sich an Jonas, der die Zweige fallen gelassen hatte und stattdessen auf eines der Boote zu schwamm. Nur wenige Meter entfernt, stellte sich der Weg dennoch als Herausforderung dar.

Die Monster waren am Ufer gefangen, wenn sie nicht das Pech gehabt hatten, selbst ins Wasser zu fallen, doch überall streckten verlorene Seelen ihre blassen Hände nach ihnen aus. Ihre Gesichter sahen sie mit langen Schreckensmienen an, ihre Münder im stummen Schrei geöffnet. Sie griffen nach Jonas und drohten, ihn in die Tiefe zu ziehen, während der Mantel Sophie selbst hier noch schützte. Auch sog er sich nicht voll, sondern schwebte wie eine große Wolke um sie herum an der Wasseroberfläche. Kurzerhand griff Sophie den Stoff und zog ihn mit um Jonas' Schulter, was diesem eine dringend benötigte Atempause verschaffte.

Kurz darauf erreichten sie das Boot und Jonas half Sophie hineinzuklettern. Gefährlich kippte das Boot ihr entgegen, dann war sie drin und kauerte keuchend auf dem Boden. Noch einmal schwankte das Boot heftig, bis Jonas sich ebenfalls über die Kante gezogen hatte, mindestens drei Paar Hände von sich schlagend. Außer Atem sah er Sophie an und lehnte sich einen Moment lang zurück. Zitternd schlang Sophie die Arme um ihren Körper.

Ein Schatten flog über sie und zerstörte den kurzen Ruhemoment. Jonas setzte sich auf und sah sich in dem Boot um, das einst eine Sitzecke gewesen war. Wasser schwappte von außen gegen das Holz. „Was machen wir jetzt?“, fragte Sophie, als sie wieder zu Atem kam. Völlig durchnässt, fror sie erbärmlich.

Jonas hob den Zeigefinger, die Zunge konzentriert zwischen den Lippen, und Sophie verstummte. Sie zerbrach sich den Kopf nach einer Lösung, doch die Kälte ließ sie keinen klaren Gedanken fassen. Mit ein paar geübten Handgriffen brach Jonas schließlich den kleinen Tisch in der Mitte so entzwei, dass er das Tischbein als unförmiges Paddel benutzen konnte.

Unfähig ihm zu helfen, kauerte Sophie sich in den Bug und blickte dem Ufer entgegen. Jonas’ Paddel war nicht sonderlich effektiv, aber es brachte sie dem Wald von Gold und Silber Stück für Stück näher.

Das Ufer war nicht leer. Der Großteil der Monster war beim Schloss geblieben, doch einige hatten es auf die andere Seite des Sees geschafft. Unter ihnen stand eine hochgewachsene Gestalt, die sie besser als jede andere kannte.

Luca blockierte die Treppe. Auf seinem Rücken breiteten sich zwei pechschwarze, lederne Schwingen aus. „Das war also der Schatten“, stellte Sophie fest und erschauerte, als sie die Schuhe erkannte, die Luca in seiner Hand für sie bereithielt.

„Hmm?“ Jonas sah nun ebenfalls an ihr vorbei und fluchte laut. „Verdammt hartnäckig! Keine Angst, Sophie, ich überlass dich ihm auf gar keinen Fall.“ Seine mutigen Worte bereiteten ihr kaum Hoffnung, sah sie doch keinen Weg jemals aus diesem Club zu entkommen.

Jonas überließ das Boot nun den Wellen, welche sie die

letzten Meter auf das Ufer zu trugen, und erhob sich, sein selbstgebautes Paddel wie einen Baseballschläger in der Hand.

Luca lächelte amüsiert, bevor er rief: „Sie ist mein, Jonas! Sie hat sich schon vor langer Zeit dem DeModie verschrieben. Daran wird dein erbärmlicher Aufstand auch nichts ändern. Es ist zu spät. Das Jahr und der Tag sind um."

Beinahe übergab Sophie sich in den See. Die Aussicht, ihr ganzes Leben hier unten zu verbringen, schnürte ihr die Luft ab.

Jonas war weniger beeindruckt, als er von dem Boot in den juwelenbesetzten Strand sprang. „Ach ja, warum bist du dann noch nicht draußen in der Sonne und genießt deine Freiheit?"

Mit vor Wut verzerrtem Gesicht fauchte Luca nur und sprang auf Jonas zu, der ihm mit dem Holz einen Schlag quer ins Gesicht versetzte.

Erschrocken schrie Sophie auf und schlug die Hände vor den Mund.

Luca taumelte benommen zur Seite und Jonas reichte ihr eine Hand, um ihr aus dem Boot zu helfen.

Wie in Trance stolperte sie heraus, während sie sah, wie Luca sich etwas Blut aus dem Mundwinkel wischte. Darunter war sein Gesicht makellos. Seine blauen Augen funkelten.

„Pass auf!", rief sie Jonas panisch zu.

Geschwind wirbelte Jonas wieder herum und schlug diesmal Lucas Arm beiseite. Das hässliche Krachen schien Luca nichts auszumachen. Stattdessen griff er nach dem

Holzscheit und hielt ihn regungslos in der Luft, während sich Jonas verzweifelt abmühte, sich seinem Griff zu entziehen.

Kurz entschlossen, bückte Sophie sich und schmiss Luca eine Handvoll der kostbaren Steine ins Gesicht.

Überrascht ließ der Dämonenprinz los und noch im selben Moment schlug Jonas ihm mit dem schweren Holz in die Rippen.

Keuchend stolperte Luca rückwärts.

Jonas aber schleuderte das Tischbein weg und ergriff wieder Sophies Hand. Gemeinsam flüchtete er mit ihr an den Monstern vorbei durch den Wald. Luca verfolgte sie gnadenlos, dicht gefolgt von den anderen Ungeheuern.

Das filigrane Moos splitterte unter ihrem schweren Tritt und Sophie fühlte sich, als würde sie auf tausend Scherben laufen. Die Schmerzensschreie, die plötzlich ertönten, waren jedoch nicht ihre.

Luca hatte das Gesicht verzerrt und keuchte, einen Moment innehaltend. Hatte er die Schläge etwa doch nicht so einfach weggesteckt, wie sie dachte?

Einen Moment lang war Sophie versucht, nach ihm zu sehen, denn Jonas war plötzlich stehen geblieben. Sie hatte Luca fast ein ganzes Jahr lang geliebt. Als sich ihre Blicke begegneten, konnte sie den Geliebten jedoch nicht mehr erkennen. In seinen Augen loderte der Hass und sein Gesicht ähnelte mehr einer Fratze.

Panik erfasste Sophie erneut und sie drückte Jonas' Hand, damit er endlich weiterging. Erst da fiel ihr auf, dass Jonas' Augen weit aufgerissen waren und in die Ferne starrten.

„Jonas!“, stieß sie entsetzt vor. „Jetzt ist nicht der richtige Zeitpunkt für einen Anfall. Komm schon!“

Er bewegte sich nicht. Stattdessen kam Luca immer näher. „Einen schönen Helden hast du dir da ausgesucht, Sophie.“ Spott umspielte seine Mundwinkel trotz der Kratzer an seinem Hals.

Kratzer.

Mit einem Mal erinnerte Sophie sich an die Abende, von denen sie nun wusste, dass Jonas die Zweige abgebrochen haben musste. Es hatte laut gedonnert und dann hatte Luca einen Kratzer mehr gehabt oder war mit dem Fuß umgeknickt. Deshalb hatten die Zweige Jonas auch in seinem verzweifelten Kampf als Waffen gedient.

Entschlossen griff Sophie nach dem nächstbesten Zweig und brach ihn ab, ihren Blick dabei auf Luca geheftet.

Dieser sank fluchend zu Boden und hielt sich die Seite. Der bekannte Donner ließ die Blätter um sie herum klirren und mit einem Mal schnappte Jonas nach Luft. Seine Augen waren wieder klar.

„Brich so viel von den Bäumen ab, wie du kannst“, wies Sophie Jonas an und sah aus dem Augenwinkel, wie Luca wieder auf die Beine kam. „Es schadet ihm.“

Endlich verstand sie es. Alles im DeModie war miteinander verbunden.

Jonas fragte nicht nach, sondern zog sie hastig weiter.

Ohne Rücksicht trampelten sie über das Moos und brachen links und rechts Zweige von den Bäumen.

Nicht nur Luca und seine Häscher litten darunter. Auch die Illusion von Schönheit verflog. Am Himmel hingen dunkle Gewitterwolken unter einer rot schimmernden Höhlenwand. Das Wasser des Sees war pechschwarz und wogte in der Dunkelheit. An den Ufern lauerten die Monster und verlorenen Seelen, die ihre Hände nach ihnen in ewigwährendem Hunger ausstreckten. Zunehmend verwandelte sich der glitzernde Wald in eine tote Landschaft des Grauens.

Luca verfolgte sie noch immer, aber er war langsamer geworden. Dafür hatten andere die Verfolgung aufgenommen. Neben und hinter ihnen schnaufte und keuchte es. Etwas rannte durch den Wald, das den ganzen Boden erbeben und die Glasscherben klirren ließ. Schatten flogen über sie hinweg und Sophie wünschte, sie könnte sich irgendwo verstecken, aber in dem Wald mit seinen zartgliedrigen Bäumen gab es kein solches Versteck und ein Aufgeben kam nicht länger in Frage.

Dicke Tränen verschleierten ihre Sicht. Schon längst wusste sie nicht mehr, wo sie waren und wohin sie mussten, um dem Albtraum zu entkommen.

Luca schrie nach ihr, aber seine Stimme klang verzerrt und verursachte ein eiskaltes Schaudern bei ihr.

Einzig Jonas' Griff um ihre Hand gab ihr Hoffnung. Solange er sie führte, konnte sie nicht verloren gehen.

„Nein, nein, nein, nein“, wisperte Jonas mit einem Mal und kam zum Stehen.

Sophie wagte es kaum hinzuschauen, aber da sah sie bereits, was ihn hatte anhalten lassen. Vor ihr erstreckte sich eine Wand voller zertanzter Schuhe und ganz am Ende hingen die Spitzenschuhe ihrer Mutter. Das Herz schlug ihr bis zum Hals, denn sie wusste nicht, wie sie dahin gekommen waren. Luca hatte sie doch eben noch in der Hand gehabt. Wimmernd betrachtete sie die so lieb gewonnenen Schuhe, die ihren Untergang bedeuteten. „Es ist zu spät“, hörte sie sich jammern.

Energisch schüttelte Jonas den Kopf. „Nein, die Sonne steht noch nicht am Himmel.“ Er schaute auf seine Uhr und nickte, seine Worte bestätigend. Dann griff er wieder ihre Hand. „Aber jetzt weiß ich, wo wir lang müssen.“

Gemeinsam rannten sie weiter in die Dunkelheit. Da war die Tür und Sophie atmete erleichtert aus. Von Luca war nichts zu sehen. Erleichterung machte sich in ihr breit. Sie würden es tatsächlich schaffen, Schuhe hin oder her.

Plötzlich krachte etwas geradewegs in Jonas und riss sie auseinander. Ihr Mantel verfing sich in den Klauen der ledrigen Flügel, die sie einen Moment lang streiften, und zog ihn von ihren Schultern, während die Kreatur und Jonas die Treppenstufen hinunterstürzten. Entsetzt erkannte Sophie das Gesicht des Dämons, als er Jonas unter sich begrub und die Hände um seinen Hals schloss.

Tomas.

Er war ihr nach Luca immer der Liebste der Brüder gewesen, nett und zuvorkommend, oft mehr um sie besorgt als Luca selbst. Sie erinnerte sich noch gut daran, dass er sich hatte weigern wollen, ihr mehr Drinks zu mixen. An seinen finsteren Blick, als Luca sich dennoch darüber hinweggesetzt hatte. Nun unterschied er sich kaum von den anderen. Wie sie war er nicht mehr als ein grausiges Monster, in dessen Fratze sich nur Mordlust fand.

Und Jonas hatte Recht gehabt: Tomas wollte ihn töten.

Erschrocken sah Sophie zu, unfähig, sich auch nur zu rühren.

Im ersten Moment noch von dem Aufprall betäubt, griff Jonas nun nach den Händen um seinen Hals, brachte sein Knie hoch und rammte es dann in Tomas' Leiste. Im selben Moment schlug er auf die Unterarme, während Tomas sich noch krümmte und Jonas so eine Öffnung verschaffte. Die Hände lösten sich und Jonas griff erneut an. All sein Training kam zum Einsatz, aber Tomas besaß die unbändige Kraft, die auch Luca hatte erahnen lassen, und die Schläge machten ihm kaum etwas aus.

„Lauf, Sophie! Verschwinde!", schrie Jonas sie mit einem Mal an, bevor Tomas ihm krachend ins Gesicht schlug.

Sie konnte nicht mehr erkennen, wer von den beiden die Oberhand hatte, hörte nur, wie Knochen knirschten und Haut auf Haut klatschte. Sophie wollte Jonas nicht zurücklassen, nicht in dieser Situation, aber sie konnte auch nicht zulassen, dass sein Opfer umsonst war. Mühevoll wandte sie den Blick ab und hetzte auf die Tür zu, nur um festzustellen, dass Luca ihr zuvorgekommen war.

Er stand da und lächelte. Die Flügel auf seinem Rücken angelegt, reichte er ihr seine Hand zum Tanz. Wimmernd wich Sophie zurück, doch schon war er bei ihr und drückte sie an sich. Kaum hatte er sie berührt, erklang die Musik in ihren Ohren, als hätte sie nur auf diesen Moment gewartet. Obwohl sie sich gegen seine Führung sperrte und ihre Füße nicht länger mehr in den verfluchten Schuhen standen, war es Luca ein Leichtes, sie tanzen zu lassen. Jeder Versuch von ihr, zur Tür zu gelangen, wurde zu einer ausdrucksstarken Drehung. Versuchte sie davon zu springen, hob er sie an und führte sie wieder zurück und jedes Mal entfernten sie sich weiter von der Tür.

Verzweifelt schluchzte Sophie auf. Sie war so nah und doch so fern.

Luca quittierte ihr Leid mit einem Lächeln, beugte sich vor und wisperte rau gegen ihre Halsbeuge: „Es ist zu spät, Sophie. Du wirst mich befreien."

„Das wird sie nicht", widersprach plötzlich eine neue Stimme. „Du bist nicht an der Reihe."

Fast hätte Sophie ihn nicht erkannt, aber als er sie an sich riss und in die Höhe stemmte, stellte sie fest, dass es Frederick war. Seine Augen waren blutunterlaufen und seine Bewegungen grob und heftig.

Keuchend drehte Sophie sich in seinen Armen, bevor Luca sie zurückforderte. „Gib es endlich auf! Der letzte Tanz gehört mir", fauchte dieser seinen älteren Bruder an. Auch sein Griff tat Sophie weh und sie fühlte sich immer mehr wie eine Puppe herumgeschleudert, als noch im Tanz geführt. „Tanz, Sophie! Tanz!"

Die Musik peitschte sie in die Bewegung. Ihre Füße brannten. Ihr Puls hämmerte. Alles in ihr schien sich nach außen zu kehren, von der Fliehkraft aus ihrem Leben gedrängt. Rote Schlieren bildeten sich um sie herum und verschwanden im Dunkeln. Mit jeder weiteren Drehung band die Musik sie an sich. Ans DeModie.

Mit einem Mal drehte Sophie frei und stolperte von Luca

weg. Aber es war nicht, weil die Nacht vorüber war und er die Freiheit erlangt hatte. Frederick hatte sich immer noch nicht geschlagen gegeben. Statt Sophie hielt er Luca fest, unwillig, dem jüngeren Bruder seinen Sieg zu gönnen.

„Sophie!“ Verzweifelt streckte der Dämonenprinz die Hand nach ihr aus. Erschöpft stolperte Sophie an die Wand hinter sich. Ihre Knie wurden weich und der Boden schien ihr entgegenzukommen.

Nein!

Sie durfte jetzt nicht aufgeben, nicht nach allem, was geschehen war. Suchend sah sie sich nach Jonas um und entdeckte ihn leblos auf der Treppe liegen. Von Tomas war keine Spur zu sehen.

Mit einem Schrei des Entsetzens stürzte Sophie auf ihren Freund zu und brach fast erleichtert zusammen, als dieser sich stöhnend regte. Hustend rollte Jonas sich auf die Knie und Sophie konnte sehen, dass Blut sein Haar rostbraun gefärbt hatte.

Ein Blick nach hinten verriet ihr, dass sie nicht mehr viel Zeit hatte. Doch sie konnte Jonas nicht liegen lassen. Nicht nach allem, was er für sie getan hatte und nicht bei allem, was sie für ihn empfand. Entschlossen griff sie ihm unter die Arme und zog ihn auf die Füße. Er stützte sich viel schwerer auf sie, als sie gedacht hatte, doch das Adrenalin half ihr, seinem Gewicht standzuhalten.

„Es ist nicht weit“, wisperte Sophie und entlockte ihm ein fast delirisches Lächeln. Bei dem Anblick spürte sie, wie sich die eisigen Finger der Furcht um ihr Herz legten. „Bitte gib nicht auf.“

Ihre Worte erreichten ihn, denn plötzlich richtete Jonas sich auf und packte sie ihrerseits an der Hüfte. „Er kommt."

Schluckend stellte Sophie fest, dass er Recht hatte.

Luca hatte sich aus Fredericks Griff befreit und stürmte nun vorwärts, sein Gesicht vom Zorn verzerrt. „Wag es nicht, Sophie! Wag es nicht, mir das anzutun!"

Sie hörte nicht auf ihn. Gemeinsam strengten sie und Jonas ihre letzten Kräfte an und eilten auf die Tür zu. Jonas riss so heftig an dem Griff, dass er in seine Hand fiel, und frische Luft schlug ihnen entgegen.

In Lucas Augen war nun nur noch furchtbare Angst. Fast hatte er sie erreicht, da trat Sophie ins Freie und zog Jonas mit sich.

Die Tür schlug zu und mit donnerndem Getöse begann der Club auseinanderzufallen. Das Neonschild stürzte krachend hinunter und ein langer Riss zog sich in Windeseile vom Dach bis durch die Tür. Stein bröckelte und Staub rieselte auf sie nieder.

Mit Schrecken wichen Jonas und Sophie zurück. Ohne den Blick von dem Club abzuwenden, drückte Jonas Sophie an sich und sie schlang ihre Arme um ihn. Gemeinsam starrten sie auf das zerbröselnde Gebäude, welches langsam in einer Erdspalte versank. Die Spitze war gerade erst verschwunden, da bewegten sich die zwei Gebäude daneben mit einem Ruck zusammen.

Der Spuk war aus.

Kein Lüftchen rührte sich mehr und es herrschte eine fast gespenstische Stille nach dem Lärm im DeModie.

Von dem Club selber zeugte nicht ein Krümel. Selbst der Staub hatte sich gelegt. Sophie schluckte, als sie langsam zu verstehen begann, welch einem Schrecken sie nur mit Müh und Not entkommen war.

Als sich die sanfte Morgenröte am Himmel zeigte, beruhigte sich ihr Pulsschlag und sie kam wieder zu Atem. Jonas drehte sich zu ihr um und atmete erleichtert aus. Blut aus einer Platzwunde klebte an seiner Stirn und in seinen Haaren. Sein Gesicht lief bereits an manchen Stellen blau an, aber er grinste von Sekunde zu Sekunde breiter.

„Wir haben's geschafft."

Mit einem Mal drückte er Sophie fest an sich und küsste sie auf die Stirn.

Vor Erleichterung kamen ihr sogleich die Tränen, so froh war sie, dass sie beide wohlbehalten aus dem DeModie entkommen waren.

Jonas ließ sie wieder los. Mit liebevollem Blick betrachtete er Sophie und wischte ihr die Tränen von den Wangen. Dann reichte er ihr die Hand. „Du hattest mir einen Kaffee versprochen?"

Mit einem Lächeln legte sie ihre Hand in seine. Die nächtliche Kälte drang durch ihre nackten Füße, als sie sich erneut an ihn schmiegte. Noch immer schmerzten sie von der monatelangen Tortur. Es war Sophie egal, denn zum ersten Mal seit einem Jahr war sie frei.

EPILOG

Primaballerina

«Ich glaube, sie sind gleich soweit.“ Jonas war fast aufgeregter als sie. Dabei ging es nicht einmal um ihn.

Sophie schüttelte schmunzelnd den Kopf und stellte sich neben ihn, ein Bein hoch über den Kopf gehoben.

Vor der Bühne nahmen die Prüfer Platz. Neben ihr gingen die anderen Mädchen noch einmal ihre Routinen durch. Sophie würde als Erste auftreten und langsam wurde auch sie nervös. Wochenlang hatte sie geprobt, nachdem die verordnete ärztliche Ruhepause für ihre Füße abgelaufen war. Nun steckten sie wieder in Spitzenschuhen. Doch dieses Mal waren es ihre eigenen Schuhe. Sie saßen wie angegossen und ihre Füße fühlten sich endlich wieder ganz an.

Der Pianist spielte probeweise ein paar Noten und schaute sich dann noch einmal die Blätter an.

Sophie sah lächelnd zu Jonas auf. „Hattest du nicht vor, für deine Klausur zu lernen?"

Jonas schnaubte: „Als ob ich das könnte, wenn du dein Vortanzen hast. Nachher machst du noch einen Rückzieher."

Sophie knuffte ihn in die Seite. „Mache ich nicht." Es wurde langsam ruhig im Saal.

„Ich glaube an dich, Sophie", meinte er mit einem Mal ernst und legte seine Stirn an ihre.

„Ich weiß." Das hatte er immer getan, aber nun tat sie es auch selbst. „Ich bin bereit", versprach sie.

Jonas lächelte. „Gut."

„Sophie Kallenbach", ertönte es von dem Aufgang. Mit einem Mal vervielfältigte sich die Aufregung hundertfach. Sie hatte solange nicht mehr auf der Bühne gestanden und war noch nicht bereit, sich einer solch kritischen Prüfung zu unterziehen.

Jonas zog sie noch einmal an sich heran. „Du schaffst das." Dann spürte sie seine Lippen auf ihren und für einen Moment stand die Welt still, als seine Zuversicht auch sie erfüllte. Der Kuss war viel zu kurz, aber die Zeit drängte. „Hals- und Beinbruch!"

Sophie lachte und eilte die Stufen hinauf. Bevor sie hinaustrat, war ihr Gesicht wieder geglättet. Das Kinn erhoben, die Finger bis in die Spitzen gestreckt, trat sie mit federndem Schritt auf die Bühne. Das Scheinwerferlicht machte sie blind für die Gutachter, aber das Holz unter ihr wies ihr den Weg. Ruhe legte sich über sie, als sie ihre Position einnahm. Ihr Körper harrte dem Tanz, die Schritte fest in ihrem Gedächtnis eingebrannt. Jeder Nerv war auf das Äußerste gespannt, bereit sich der Musik hinzugeben. Ihre Füße sehnten sich nach der Bewegung und Sophie konnte es kaum erwarten, ihrem Wunsch nachzugeben.

Wie ein leichter Sommerregen fielen die ersten Töne in ihren Schoß und ein leichtes Lächeln stahl sich auf ihre Lippen. Sie war daheim.

ENDE

Nachwort

Es war einmal das Märchen von den zertanzten Schuhen: Der Soldat kommt dem Geheimnis auf die Spur und erhält die älteste Prinzessin zur Braut. Die Prinzen aber wurden auf so viele Tage wieder verwünscht, wie sie Nächte mit den Zwölfen getanzt hatten.

Als ich das vor einiger Zeit meinen Kindern vorgelesen habe, musste ich ganz schön stutzen. So leid mir der Soldat auch tat; mit seinem Eingreifen verhinderte er die Erlösung von zwölf Prinzen, die den Königstöchtern wichtig waren. Ein richtiger Antiheld also oder steckt da mehr hinter den Prinzen, als man auf den ersten Blick erkennen kann?

Betrachtet man das Ganze im Kontext der Zeit, so steigen die Prinzessinnen jeden Abend in die Unterwelt ab. Die Prinzen aber sind Diener des Teufels, die die Mädchen mit Tanz und Romantik zu ihrem ausschweifenden Lebensstil verführen. Und genau aus dieser Überlegung heraus entstand „Im Bann der zertanzten Schuhe".

Aber dieser kleine Funke wäre niemals entflammt, wenn ich nicht im Tintenzirkel-Forum für Fantasyautoren auf die anderen Märchenspinner getroffen wäre. Gemeinsam haben wir die Märchenspinnerei aufgezogen und uns gegenseitig bei den Veröffentlichungen unterstützt.

Ich danke insbesondere meinen Testlesern Tina, Valentina, Julia und Sylvia, die das Manuskript regelrecht zerpflückt haben und mir noch kurz vor Lektoratsende zwei zusätzliche Kapitel aufgebrummt haben.

Katherina danke ich dafür, dass sie mein Manuskript in Rekordzeit Korrektur gelesen hat, während ich mich in London und im Schieferpark vergnügt habe.

Sabrina wiederum verdanke ich einen guten Überblick über die anstehenden Marketingpläne, die ich alleine niemals so schön hinbekommen hätte.

Und allen anderen Märchenspinnern, die mich in der Entstehung begleitet und immer wieder angefeuert haben, ebenfalls Danke!

Zu den Märchenspinnern gehören aber auch unsere dreizehn guten Feen, die uns schon seit Anfang des Jahres intensiv begleiten und dafür sorgen, dass unsere Bücher gut in die weite Welt hinaus kommen. Besonders erwähnen möchte ich dabei meine Patenfee Michèle, deren Enthusiasmus schon lange vor Bekanntwerden des Titels mich immer wieder motiviert hat.

Darüber hinaus gibt es noch weitere Personen, denen ich meinen Dank aussprechen möchte. An erster Stelle steht da meine gute Freundin und Grafikdesignerin Yvi, die immer mit viel Freude dabei war und sich auch nicht von meinen zahlreichen Änderungswünschen hat kleinkriegen lassen. Ihr verdanke ich nicht nur das hübsche Äußere, sondern auch den Buchsatz. Ich werde auf ewig in deiner Schuld stehen.

Von der ersten Minute dabei war wie immer mein Brienchen. Mit ihr habe ich den Plot besprochen, ihr mein Herz ausgeschüttet und immer wieder Sachen zum Testlesen überlassen. Du bist und bleibst meine erste Adresse, wenn es irgendwo klemmt oder ich Zuspruch brauche.

Zu guter Letzt wäre da noch mein Mann, Gerd, der, auch wenn ich ihn ganz schön triezen und mit Hundeblick anbetteln musste, wieder mal seine Magie gewirkt hat und meine Redewendungen zurechtgerückt, meine holprigen Sätze begradigt und mein Manuskript in ein Buch verwandelt hat. Unendlich dankbar bin ich dir aber vor allem für all die Wochenenden, an denen ich schreiben durfte, während du mit den Kleinen unterwegs warst. Ohne diese Zeit wäre das Buch wohl nie fertig geworden.

Und an alle Leser: Vielen Dank, dass ihr Jonas und Sophie eine Chance gegeben habt und sie auf ihrem Weg begleitet habt. Euch möchte ich folgendes mitgeben: Euer Leben ist das, was ihr daraus macht. Also kämpft für eure Träume, stellt euch euren Dämonen und lebt euer Leben!

Schlussendlich möchte ich auch an all die Veteranen denken, die Brandon Stanton von „Human of New Yorks“ ihre Geschichten erzählt haben und so mir und tausenden Anderen persönliche Einblicke in ihre unsichtbare Krankheit gewährt haben. Ohne ihre Schilderungen wäre Jonas' Geschichte niemals so intensiv für mich geworden. Wer Veteranen, die mit einer posttraumatischen Belastungsstörung aus den Kriegsgebieten heimgekehrt sind, unterstützen möchte, kann wie ich dem Headstrong Projekt (www.getheadstrong.org) oder direkt dem Veteranenverband, Soldatenhilfswerk und Eisblume (für Angehörige von an PTBS erkrankten Soldaten & Soldatinnen) in Deutschland spenden.

Eure Janna

IRGENDWANN

Erstmals erschienen Dezember 2017

„Was soll das heißen, sie ist nicht da?“ Fassungslos sah Frederick seinen Bruder an.

Tomas stand da und wagte es nicht einmal, ihn anzusehen. Stattdessen blickte er sich suchend nach Hilfe um, während er seine Worte wiederholte: „Es ist seit einer Stunde dunkel und Johanna ist nicht gekommen. Es hat nicht funktioniert.“

Die Worte machten keinen Sinn, wollten einfach nicht in Fredericks Kopf rein, in dem die Melodie der langen Nächte noch widerhallte. Sieben Monate lang hatte er jede Nacht mit Johanna getanzt. Alles hatte er dafür getan, dass sie sich wohlfühlte, ihr jeden Wunsch von den Lippen abgelesen und sie wie eine Königin behandelt. Sie hatte sich in ihn verliebt, hatte sie gestanden, und Frederick hätte nicht glücklicher sein können. Dieses Mal war er sich sicher gewesen, dass er dem Fluch entkommen würde, der sie alle hier unten hielt.

„Gibt's ein Problem?“ Luca hatte sich zu ihnen gesellt, seine Hand schützend auf Tomas' Schulter legend. Auch die anderen Prinzen kamen langsam näher. Ihre mitleidigen Blicke stachen in Fredericks frisch gebrochenes Herz und er verfluchte die Musik, die jede Gefühlsregung in sich aufnahm und tausendfach wiedergab.

Tomas übernahm es, die anderen über sein Versagen in Kenntnis zu setzen: „Johanna kommt nicht mehr. Sie hat Frederick im Stich gelassen." Ein Misston. Frederick zitterte.

„Sieben Monate, Mann", begann Luca und streckte nun die Hand nach Frederick aus.

Blitzschnell wich Frederick aus und endlich gelang es den Worten, einzusinken. Er hatte verloren: Johanna und mit ihr seine Freiheit. „Fass mich nicht an!" Zorn brodelte in ihm hoch und brannte den Schmerz von seiner Seele. Luca war der Letzte gewesen, der mit ihr gesprochen hatte. „Ich habe euch gesehen."

Lucas Gesichtszüge verhärteten sich und ein kühler Blick trat in seine stahlblauen Augen. „Und? Meinst du etwa, ich habe ihr gesagt, sie soll dir lieber fernbleiben? Was hätte ich denn davon?"

Frederick wusste es nicht, wusste nur, dass er die beiden am Morgen noch im Wald gesehen hatte. Zwischen den klirrenden Silber- und Goldzweigen hatte Luca sich zu ihr hinübergelehnt und ihr etwas ins Ohr gewispert.

„Ich weiß es nicht, Luca. Erzähl du es mir!", forderte er den Bruder auf und ließ der Wut freie Bahn. Wenn Luca der Grund war, warum Johanna diese Nacht verstreichen ließ, wollte er Blut sehen.

Luca trat gemächlich näher, mit jeder Bewegung bedrohlicher wirkend. Schließlich, als nur noch wenige Millimeter sie voneinander trennten, flüsterte er, sein Atem heiß auf Fredericks Haut: „Sie hat dich einfach nicht mehr geliebt." Für einen Moment verstummte die Musik.

Dann setzte sie einem Crescendo gleich wieder ein. Mit einem Wutschrei warf Frederick sich auf den jüngeren Bruder und rammte ihm seinen Kopf in die Brust. Keuchend stolperte Luca nach hinten, griff jedoch sofort mit dem rechten Arm nach ihm und nahm ihn in den Schwitzkasten. Die Töne prasselten auf sie ein, wurden immer lauter und schriller. Lucas Arm presste gegen Fredericks Nacken und drückte ihn nieder, bevor er auch schon seine Faust im Magen spürte. Bittere Galle bahnte sich ihren Weg nach oben und heiße Tränen stiegen ihm in die Augen, während er wild um sich schlug und trat.

Schmerz, Zorn und Musik wurden eins.

Frederick sah und hörte nichts mehr, spürte nur noch den Takt der Melodie, mit dem er auf den Jüngeren einschlug. Sein eigener Körper schmerzte, aber das war nichts Neues. Er schmerzte schon, seit er dem Fluch erlegen war, schmerzte davon, dass er ihn jeden Abend erneut in den Tanz zwang. Im Gegensatz dazu war der metallene Geschmack von Blut auf seiner Lippe eine willkommene Abwechslung.

Mit einem Mal wechselte das Lied und eine sanftere Melodie setzte ein. Jemand zerrte Frederick am Arm fort von seinem verhassten Bruder. Durch einen roten Dunstschleier sah er, wie die anderen Brüder, allen voran Tomas, Luca besorgt umschwirrten. Zufrieden stellte Frederick fest, dass er zumindest dessen Haare in Unordnung gebracht und das verdammte Lächeln von seinen Zügen geprügelt hatte.

Erst als ihn zwei Hände auf die Sitzbank stießen und ihm ein Glas des blauen Cocktails in die Hand drückten, für den das DeModie so berühmt war, widmete Frederick seinem Gegenüber Aufmerksamkeit. Sein ältester Bruder, Immanuel, ließ sich auf die gegenüberliegende Bank sinken und rieb sich die Stirn. „Manchmal glaube ich echt, ihr habt alle den Verstand verloren. Zumindest jede Benimmregel ist euch völlig abhandengekommen. Wir können froh sein, dass das unsere Mutter nicht sehen muss."

„Dreihundert Jahre, Manu. Wir sind hier seit dreihundert verdammten Jahren." Bevor er sich noch weiter in Rage redete, nahm Frederick lieber einen Schluck und atmete erleichtert aus, als das zauberhafte Getränk den bitteren Geschmack aus seiner Kehle spülte. „Ich dachte, diesmal schaffe ich es. Diesmal löse ich den Fluch. Es waren doch nur noch fünf Monate." Wütend wischte sich Frederick über die Augen. Johanna war es nicht wert, dass man um sie weinte, nicht jetzt, wo sie ihr Versprechen gebrochen hatte. Den Rest des Glases trank er mit einem Schluck.

Ohne nachzufragen, füllte Immanuel erneut das Glas. „Es tut mir leid, dass sie nicht die Richtige war. Ich dachte wirklich, ihr beide könntet es schaffen."

Die Bitterkeit kam wieder hoch. „Hätten wir auch, wenn Luca sich nicht eingemischt hätte. Johanna war mein Mädchen, meine Tänzerin." Mit Wucht schleuderte Frederick das Glas auf die Tanzfläche, wo es klirrend zerbrach. Drüben an der Bar sahen Tomas und Luca nur kurz auf, bevor sie wieder die Köpfe zusammensteckten.

„Luca hat sich in Johanna verliebt", meinte Immanuel ungerührt und nahm selbst einen Schluck aus der Flasche.

„Was?"

Der große Bruder seufzte. „Immer wollt ihr beiden dasselbe. Nie gönnt ihr einander den Vorteil."

„Er hat kein Recht. Ich bin der Ältere", ereiferte Frederick sich und spürte, wie der Zorn in ihm wieder hochkochte.

Immanuel hob lediglich eine Augenbraue und das schlechte Gewissen, das mit einem Mal auftauchte, erstickte die Wut. Kleinlaut und ein wenig hilflos sah Frederick seinen älteren Bruder an. „Wie erträgst du das nur?"

Diesmal schnaubte Immanuel. „Dass Nacht für Nacht ein Mädchen hier herunterkommt und mit einem meiner Brüder tanzt? Manchmal Monate lang, so dass ich seine Freiheit schon riechen kann?" Betroffen nickte Frederick und Immanuel lächelte. „Hoffnung, Frederick. Hoffnung."

Er lehnte sich zurück und schloss die Augen, ein seliges Lächeln auf seinen Lippen. „Ich hoffe, dass sie eines Tag kommt. Die Frau, die sich nicht darum schert, wie gut Luca aussieht oder was für ein guter Tänzer du bist. Ich hoffe, dass irgendwann die Eine dabei ist, die mich auswählt. Und wenn sie kommt, dann wird sie die Richtige sein. Die, die den Fluch löst und ich werde frische Luft auf meiner Zunge schmecken. Die Sonne wird mir das Gesicht wärmen und die Vögel werden singen, so viel lieblicher als die Musik hier unten." Immanuel öffnete die Augen und sah ihn an. „Irgendwann kommt sie, Frederick. Irgendwann kommt die Richtige."

Viele Jahre später

Ein einzelnes silbernes Blatt lag vor ihm auf den Boden, inmitten von Staub und Trümmern. Eine letzte Erinnerung an all die Pracht. Es würde Jahre dauern, bis das DeModie sich wieder erholt hatte.

Frederick hob das Blatt auf und drehte es zwischen den Fingern. So einsam klang keine Musik aus dem Blatt. Genau wie in Frederick, seit Immanuel seine Tänzerin gefunden hatte. Jetzt war er er gänzlich alleine. Die anderen Brüder hatten sich ins Schloss zurückgezogen und Frederick im Schutt zurückgelassen. Als ob das alles seine Schuld gewesen war.

Ein Lächeln stahl sich auf seine Lippen. Vielleicht war es das sogar gewesen und wenn dem so wäre ... Luca hatte nicht einmal mehr Worte in seinem Zorn gefunden. Diese Genugtuung nach all den Jahren war es wert gewesen.

Behutsam legte Frederick das Blatt auf den Bartresen und langte in Tomas' heiliges Reich, um sich einen Drink zu mixen. Es würde sicher dauern, bis er die abscheuliche Musik wieder hören würde, die ihm keine Ruhe ließ. Vielleicht wäre das nächste Mal sogar er wieder an der Reihe.

Irgendwann.

„Mixt du mir auch einen?", erklang hinter ihm eine Frauenstimme und das Blatt vibrierte, einen einzelnen Ton in seinen Schoß fallen lassend. „Ich hatte einen grässlichen Tag, aber nichts gegen das hier offensichtlich. Gab's eine Razzia?"

Mit jedem Wort mischten sich neue Töne in die altbekannte Melodie und Frederick wusste nicht, ob er lachen oder weinen sollte. Schließlich drehte er sich um und musterte die junge Frau, die vor ihm stand. Älter als die Letzte war sie, aber hübsch. Das Make-up etwas verschmiert.

Frederick schüttelte den Kopf. „Nein, aber einen Drink ist es dennoch wert. Heute ist ein guter Tag.“ Mit etwas Schwung holte er zwei Gläser hervor und goss ein, während sie es sich auf dem Barhocker neben ihm bequem machte und verlegen lächelte.

Der Tanz würde von Neuem beginnen, das spürte er bereits im Blut.

Und vielleicht war dieses Mal ja Irgendwann.

Bisher von der Autorin erschienen:

Tanz der Feuerblüten

von Janna Ruth

ISBN: 978-3764191887

Im Palast des Abendrots strebt alles nach vollkommener Schönheit: Wasser, Metall, Holz und Luft werden zu bewundernswerten Kunstwerken geformt, an denen sich die höfische Gesellschaft ergötzen kann.

Als der junge Schwerttänzer Jinnan aus der Provinz den Hof betritt, fühlt er sich unbeholfen und von der komplizierten Etikette überfordert.

Dann jedoch trifft er auf die bildhübsche Ayaka und lässt sich von ihrem Luftspiel verzaubern. Wider jegliche Vernunft versucht Jinnan, Ayakas Herz zu erobern – wohl wissend, dass er mit dem Feuer spielt …

Es war Einmal ... ganz anders

von Janna Ruth & Sylvia Rieß

ISBN: 978-3959590754

Ein Prinz im Korsett
Eine modelnde Ziege
Eine Rose im Winter

Ein echtes Happy End ist harte Arbeit: Die gute Fee Bridget weiß genau, an welchen Faktoren sie schrauben muss, um dem Königssohn zu seiner Traumhochzeit zu verhelfen. Schwieriger hat es da schon Arife, die als Muslima trotz ihrer herausragenden Leistungen nicht ins Schwimmteam darf, damit sie nicht aus Versehen mit deutschen Jungs in Berührung kommt. Während knallharte Mafiosi um unschuldige Kinder handeln und Prinzessinnen in der Suppenküche aushelfen, verschläft Dornröschen fast ihren Märchenprinzen und König Drosselbart fängt sogar einen Krieg an, um seine Schmach zu tilgen.

In dreizehn Kurzgeschichten verweben die Märchenspinnerinnen altbekannte Märchen mit zeitgenössischen Problemen und füllen fantasievolle Welten mit neuem Leben.

Beteiligte Autorinnen:
Susanne Eisele, Anna Holub, Laura Kier, Valentina Kramer, Mira Lindorm, Christina Löw, Julia Maar, Sylvia Rieß, Janna Ruth, Barbara Schinko, Sabrina Schuh, Tina Skupin und Katherina Ushachov